私達、
魂
しました
守野伊音
Illustration 鳥飼やすゆき

イェラ
エリーニ

オルトス

私達、欠魂しました

守野伊音
イラスト　鳥飼やすゆき

新紀元社

目次

第一章　欠魂

「俺を殺したければ、兎を連れてくるんだな！」

ひっきりなしに現れる暗殺者へ、そう高らかに宣言することで有名なその人は、黒の称号を持つセレノーン王国王子。

そして、虚無の象徴だった。


極限まで薄く伸びた硝子が砕けるような、透明感と鋭さ、そうしてもろさを象徴する音が響き渡る。音に濁りはない。かしゃあんと、心地よささえ感じる軽やかな音が涼やかに広がっていく。

そんな音を身の内から響かせた私達は、縺れ合いながら地面に倒れ込む。倒れ込んだ勢いが収まった瞬間、腕を突っぱねて身体を起こす。

「うぎゅ！」

片手に杖を構えたまま周囲を見回すも、人の気配はない。

私達が倒れ込んだ芝生が広がる庭をざっと確認し、さらに視線を流す。私が飛び出した通路側には背の高い建物がそびえ立つ。それらも一階から屋上までざっと視線を走らせ、誰もいない事実を確信できるまで見続けた。

確認後も、しばらく杖を周囲に向けたまま固定する。

頭上からは、雲一つない空を通り過ぎた陽光が降り注ぐ。夏はとうに過ぎ、冬の訪れをひしひしと感じるも秋が去りきらないこの季節。当然焼けるような暑さは感じない。寒さが強くはあるが、光が当たれば熱はある。

光の熱をじわじわ服越しに感じながら、ちらりと一瞬だけ視線を落とす。もう一度周囲の気配を確認した私は、溜息をつきながら完全に身体を起こした。

「きゃうっ！」

不安定な体勢からきちんと地面を踏みしめ、立ち上がる。視線が上がってもやはり人影は見つけられず、また周囲に変化はない。襲撃者は完全に去ったと見ていいだろう。

本当ならば逃した結果を悔しがらなければならない。だが今回は最初から、捕縛も追跡も行動に移すつもりはなかった。

周囲へ向けていた杖の固定を解き、反対の手に持ち替えると同時に力を抜く。脱げかけていた分厚いフードをかぶり直し、長いローブを叩いて汚れを落とす。

すると、それまで私の下で呻いていた存在がようやく起動を開始した。

私の体勢変化と体重移動を一身に受けていた人は、私の体重を乗せた膝と肘によりダメージを負った箇所を押さえながら起き上がった。

どうでもいいが、この人悲鳴が犬みたいだ。

「何だ何なの何なんだ！」

一気に怒鳴ったことにより噎《む》せ込《こ》んだ人を見下ろす。見下したわけではなく、特に動く必要性を感じなかったからだが、その人は涙目になりながら私を睨み上げた。

起き上がったとはいえまだ座っているから致し方ないことだが、太陽を背に立っている私を見上げて眩しくないのだろうか。

その人は、眩しさなど物ともせずかっと目を見開いた。

「こういうときは背を擦るのが一般的だろう！」

「はあ」

「はあ⁉」

復活するや否や、騒がしい人だ。

その人は、痛みと酸欠で赤くなった頬を隠しもせず、だんっと地面に拳を打ちつけた。

「大体お前、俺を誰だと思っている！」

「さあ、とんと存じ上げません」

「そっ……そう、なのか……？」

何やら衝撃を受けたらしい金色の物体は、悲しげに目を伏せかけて、はっとなった。

その勢いで立ち上がった人を、今度は私が見上げる。

私より優に頭一つ分高い金色の物体は、日の光に透ける金髪が乱れるのも構わず私のフードに掴みかかった。大きなフードが無造作に外され、日除けがなくなる。

黙って見上げていると、金色の物体はうっと怯んだ。しかしすぐに持ち直したらしく、きっ、と私を睨む。

青みがかった緑色の瞳の中に、私が映り込んでいる。我ながら、いろいろどうでもよさそうな顔をしている。

三つ編みにした赤紫色の前髪を横に流し、後ろも大雑把に三つ編みにした髪型。これは個々人の自由だ。

しかし、頭の左右にある銀色の羽根飾り。これは、国軍所属魔術師の証だ。

ついでに軍服も着ているうえに、持っている杖を鑑みれば一目瞭然。

私の所属はセレノーン国軍魔術二課である。

魔術師だから杖を持ち、二課だから髪飾りは二つ。簡単な話である。

その人は私の身形《みなり》から私の所属を簡単に読み解いた。

「セレノーン国軍魔術二課が、俺の顔を知らないわけないだろう！」

「存じ上げませんが」

「え……？」

きりりと跳ね上がっていた眉が、へにょりと下がった。

「身形から身分の高い方かと判断致しましたので言葉遣いを改めましたが、どこのどなたかまでは……そもそも魔術二課は、人付き合いに難がある魔術師が集まった課ですし」

「そ、それはそうだと、聞いたことが、ある、が……あの、本当に？」

一息の間に自信を失ったらしいその人が、そぉっと問うてきた質問に私はまっすぐ返答した。

「はい」

「なん、だと……？」

金色の物体はへなへなと崩れ落ちていく。

「俺は、国で一番価値のない男として名を馳せている自信があったのにっ……！」

しおしおと萎れながら盛大に嘆く器用な人は、地面に頽《くずお》れたままだ。柔らかな草が生い茂っているから怪我はしないだろうが、地面にへたり込むのは服を汚すと思うのだ。

後々面倒になったら困るので、フードをかぶり直しながら溜息をつく。

「お召し物が汚れますので立ち上がったほうが宜しいかと、オルトス王子」

「お前やはり知っているじゃないかっ！」

セレノーン王国第一王子は、ぎゃんっと吠えるように叫んだ。


オルトス・ゼース・セレノーン。十八歳。

セレノーン王国第一王子。

さらりとした透き通る金色の髪に、青みがかった緑色の瞳。

王位継承権第十三位、堂々の最下位。

称号：黒。

知っている情報を頭の中でつらつら流している間も、王子はぎゃいぎゃい怒っていた。

「この突飛な状況下でそんな冗談どうかと思うぞ！　何故なら甚《いた》く傷ついたからだ！　俺が！」

「冗談ではなく本気です」

「本気……俺を知っているのだろう？　どういう意味だ？」

「そのうえで、うわ直接関わりたくないなと思いまして」

「この正直者！」

正直に答えたら、正直者と言われた。予定調和である。

王子は柔らかな金の髪をぐしゃぐしゃと掻き回し、じとりと私を睨んだ。

「……俺は最も不人気でほぼ永久欠番になっていた黒の称号を押しつけられるような男ではあるが、一応曲がりなりにも王子だ。いくら王位継承権最下位といえど、ここまで無礼な扱いを受けたことはないぞ⁉　少なくとも、誰もが表面上はかろうじて取り繕っていた！　ぼろはだいぶ出ていたがな！」

母は娼婦。父は国王。

それだけで大体事情を察することができるが、この男の不運は出自だけに留まらない。

生まれた順番が何よりまずかった。

低い身分でありながら、なまじっか一番目に生まれてしまったばっかりに、正妃であり第二王子の母である王妃から散々手を回された。

彼がこれまで生きてきた十八年間は容易に想像がつくだろう。

ここまでならよくある話なのだが、更にまずかったのが、正妃は同盟国からの輿入れであり、夫となる現セレノーン国王を慕っていたのだから、もうどうしようもない。

見事な大惨事である。


セレノーンの王族には色による称号がつく。

それぞれの指揮系統を分かりやすくする意味合いも兼ねて、属する派閥によって色の基調を統一するのだ。そうはいっても、全身を同じ色に統一するのは側近だけだ。それらは親衛隊と呼ばれる。

陣営に入っていても大半はその色のマントを身につける程度だが、親衛隊は違う。

全身をその色に染める場合、絶対に他の主を持たない。仕えていた主が死ねば墓守となるほどに徹底し、ただ一人を主とする。

その中でこの王子は、地味、不吉、純粋に暗いという理由で忌み嫌われていた黒の称号を得ている。

当然王妃の嫌がらせだ。

王子の服は上から下までほとんど黒一色といっていい。申し訳程度にセレノーン国の紋章が金色の糸で刺繍されているだけだ。

本来ならば当人の髪や瞳の色程度は使っていいのだが、刺繍ですら黒だ。鮮やかな金の髪があるから映えて見えるのが唯一の救いだろう。

そして、当然というべきか王族なのにというべきか、権力もなければ臣下も数えるほど。

自他共に認める、あってないような王子と評判だ。

王族でありながら、一人ぽてぽて呑気に王城内を歩き回る姿がよく目撃されるほどである。

それでも、一応は王族であり、第一王子だ。皆、上っ面では一応敬っている。一応感がありありと窺える惨状ではあるが、一応。

そんな王子は現在、私に向かってぎゃんぎゃん怒っている。立ち上がれば私より身長があるから、今度は私が見上げなければならない。そうはいっても太陽は私の背にあるから眩しくはないので助かる。

「大体お前は何なんだ！　突如飛びかかってきたと思えば、俺の腹に肘を入れるわ膝を入れるわ！　襲撃か⁉　真っ昼間の王城ど真ん中で王子暗殺未遂か⁉　堂々としすぎるにも程があるわ！」

「暗殺未遂ではありますが」

「あるの⁉　嘘ぉ⁉」

両手で自分を掻き抱き、長い足を駆使してざかざか離れていく様子は脅えた動物のようであり、謎の進化を遂げた虫のようでもある。

そんな王子を一歩も動かないで見送ると、追われないことに安心したのか、王子の動きが四歩で止まった。そぉっとこっちを窺ってくる。

「私が仕掛けたわけではありません」

「え？」

王子が半歩私に近づいた。

「むしろ、僭越ながらお救いした立場にございます」

「そ、そうなの？」

王子が一歩私に近づいた。

「はい」

「そ、そうか。うん、大義であった？」

そぉっとそぉっと近づいてくる王子を見て、頷く。

「はい。ですので、どちらも欠魂で済みました」

「致命傷だわ大馬鹿者――！」

絶叫と共に崩れ落ちた王子がやかましくて、私は無言で耳を塞いだ。きーんとした。

王子は、元々黒で目立たないとはいえ、汚れた裾をはたきもせず堂々と靡かせ、私から数歩距離を取った。近づいた距離は無と化した。

「いいか、そこにいろ！　俺はすぐに人を呼んでくる！　いいかっ、動くな、よ――……？」

走り出した瞬間、そのまま糸が切れた人形のように倒れた王子に駆け寄る間もなく、私の意識もぶつりと途切れた。

最後の瞬きで目蓋が閉じる寸前、王子の医者が血相を変えて駆け寄ってくるのが見えた。

私の感覚としては、閉ざした目蓋を上げた時間しか経過していない。しかし、次に視界が開けた際、私の前には王子を背負った医者がいた。

「あ」

「あ？」

「ふぇあ？」

私と、医者と、王子の声が重なる。

「あれ？　俺なんでイェラに背負われうわ動くな！　びっくりするだろ！」

王子を背負った医者が三歩下がっていく。私もとりあえず起き上がろうと身を動かす。しかし、医者がもう一歩下がると同時に私の意識は再びぶつりと途切れた。


「いやぁ、今日も義母上様は容赦がない。そのくせ隙もない。もう少し可愛げがあれば、どこかで糾弾できたのになぁ」

「お気に入りの人選でねじ込む割には、無能を寄越してくるわけでもなし。きちんと役職をこなせるお気に入りを持ってくるからな」

「でもまあ、糾弾できないまま王妃派一色に染まった現状にしては、少なくなった。一時期は三度の飯より暗殺者って状況だったからなぁ」

「一日六回来ていたからな」

私の前に王子、王子の隣に王子の医師。

以上、第一王子陣営である。

少ない。歴代最小規模である。

「王妃は鬼畜だがお前は阿呆だ」

「おまっ、王子に向かって阿呆とはなんだ阿呆とは！」

「命を狙われてるのに一人で勝手に出歩く奴を阿呆以外のなんて表現しろと言うんだ、馬鹿野郎」

「馬鹿野郎って表現してるな！　俺だって気晴らししたいときくらいあるわ！」

「その結果魂散らしていれば世話ないな、あほんだら王子」

「あほんだら王子⁉」

あの後、若干の差違あれど二人同時に意識を失い二人同時に目覚めるという状況を三度繰り返した私達は、四度目は再試行せず王子が暮らしている建物の客間に場を移した。

この客間、向かって右手には炊事場が見えているし、真っ正面にある窓の外には洗濯物が干されている。

そこで、王子はこっぴどく怒られている。

「暗殺者に兎要求する頭が足りない王子で有名だが、お前の足りない頭はそこじゃない。全部だ」

「相当な悪口すぎるだろ、それ」

「しかも今は魂も足りない。最低だな」

「最悪って言えよ！　せめてな！」

王子の臣下と呼べる人が一人しかいないとはいえ、護衛をつけずに城内をうろついていたのだ。臣下である医師が怒らないわけにはいかないだろう。

毎日一人で出歩く王子を見かけたが、その度この調子で怒られていたのだろうか。つまり、王子は全く懲りていないし改善するつもりもないらしい。

　医師の罵倒は妥当だ。

　王子が怒られている間、私は医師が淹れてくれたお茶に口をつけた。舌が味を理解する反射を放棄した。脳が痺れ、思考までをも放棄したがっている。

「まあいいさ。それで、報告は済んだか？」

「一応父上には報告済みだ。陛下には父上から伝えていただいた」

「で？」

「いつも通りだ。ただし、城内で欠魂者が出たとなると混乱が予想されるため、欠魂した事実は内密にせよとの仰せだ」

「いつも通り、生きるも死ぬも勝手にやれってことだな。いやぁ、本当に父上は自身の家族情勢に全く興味がおありでない。隣国情勢及び国家経営にはそれなりに意識を向けてくださっていることだけが救いだな。こんな継承権最下位の王子に、誰もやりたがらない領地を押しつけようとする程度には。あそこ統治に行ったら、明らかに王妃関係なく現地で殺されるだろ」

　王子と医師は長い付き合いだ。

　幼馴染みとも呼べる付き合いの二人が慣れた様子で会話を繰り広げている横で黙々とお茶を飲む。

　王子と医師の元には、まだ手つかずのお茶が残っている。

　けらけら笑った王子が自身の分に口をつけた瞬間、盛大に噴き出した。

　身体が飲み込むことを拒否したのか、秒にも満たぬ僅かな時間しか口に含まなかった彼の反射は素晴らしい。

王子は噎せ込み、盛大に眉を寄せたまま私を見た。

「まっず⁉　何だこれ毒薬か⁉　お前よくこんなの平然と飲んでいるな⁉　味覚が死んでいるのか⁉」

「いま死にましたのでお構いなく」

「そうか！　ご愁傷様！　おいイェラ！　何だこれは！　お前、普段の面倒くさいくらい几帳面に淹れた繊細な茶はどうした！」

口元を拭きながら怒鳴る王子を、イェラ・ルリック十八歳が無表情で見つめ返す。

薄青の髪に金の瞳。彼は宰相の長男でありながら、医の道に殴り込んだ変わり者だ。

イェラ・ルリックは、さっきまで辛辣に王子を罵っていた口をせっかく閉じていたのに、王子は自らそれを開いてしまった。

「何度言われても一人でうろつくのをやめず、その挙げ句欠魂した大馬鹿者につける薬はないから飲め」

「これ薬だったのかよ！　というか、何の薬だ？　欠魂に効く薬なんかあったか？」

「魂修正薬臨床実験の結果はどうだ。気付いたことがあれば全て詳細に伝えろ」

「王子で試す奴があるかっ！　そして効果はない！　不味いだけだわ、大馬鹿者！」

やっぱりそうだったのか。

飲みきったカップを机に置く。王子が信じられない者を見る目で私を見た。別に美味しいとは思っていないので、そんなに驚愕しなくてもいいと思うのだ。

欠魂により意識不明に陥った患者を目覚めさせたことで有名な植物の味がしていたのでとりあえず飲んでみたが、残念ながら効果はなさそうである。

視線を落とした先には、窓から差し込む光によって生み出された家具の影が映っていた。それらに混ざって、イェラ・ルリックの影も生えている。

だが、私と王子の影はない。

ばたばた手を振り回し、ぎゃいぎゃい怒っている王子の姿は床に写し取られず、また鏡にも映っていない。残念ながら窓硝子にも、恐らくはお茶の表面にもだ。それは私も同じだ。だが私の影はどうでもいい。

王子を無視した私とイェラ・ルリックの視線は王子の影を探し、そして王子に戻る。

「駄目だな」

「駄目ですね」

「何で？　何で初対面のお前らが一致団結して俺に駄目出しするの？　ねえ何で？」

別に王子が駄目なのではなく、魂修正薬の効果がなかったことに対しての反応だが、イェラ・ルリックは王子の言を訂正しない。仕方がないので私が訂正する。

「薬の効果がなかったことを確かめているだけで、王子に対して駄目出ししたわけではありません」

「そ、そうか」

「しかし、王子に駄目出ししたわけではなくても、王子が駄目でないとは言っておりません」

「どうしてお前、回避できたはずの傷をつけるの……？」

黙りこくった私達に、王子は泣き出しそうな顔になった。

「そもそも、欠魂とは何だ！　誰か詳しく説明しろ！」

結局ほとんど口をつけなかったカップをテーブルに叩きつけた王子は、イェラ・ルリックを見た。

「欠魂により意識不明に陥った後が僕の出番だ」

両手を上げて肩を竦めたイェラ・ルリックから、私へと視線が移った。

イェラ・ルリックは魔術の才もあるとは聞くが、それでも魔術師ではない。彼の本職は医師なので、確かに魔術は門外漢だ。そして王子は魔術の才が皆無である。

この場で魔術師が私だけである以上、私が説明するのが筋であろう。

「欠魂。欠魂とは魔族及び魔物が使用またはそれらに力を譲渡された魔術師が構成した魔法により、魂が欠ける現象を指す（魔族及び魔物の定義については59頁を参照。以下「魔物」という）。魔物が気紛れに行う場合もあるが、主に人間の依頼によって行われるため、魔術師を介したものが多い。欠魂は魔法によって引き起こされる現象を指す。魔術により魂が欠けた事例は現段階【本著は星暦681年出版】では確認されていない（魔法と魔術の定義については96頁を参照）。肉体に損傷は見られず、魂だけが欠けた状態。魂が全壊した場合対象は即死し、その場合は全損魂と記される。全損魂に至らなかった場合を欠魂と呼ぶ。欠魂した存在は、対象者が意識不明に陥る以外、肉体に変化は訪れない。肉体は緩やかに死へと向かい、対象者が覚醒しなかった場合、衰弱死する場合が一般的である。病や事故による意識不明者との区別は、対象者の影によって判断する。欠魂者は影を失うため、何らかの方法により影の確認を行う。影確認に使用する灯りは、太陽光、月光、炎、魔術灯など何でもよい。生が薄くなったことによる影の消失と考えられているが、確証は得られていない。ごく稀に生還を果たす存在も確認されているが、年齢・性別・職業・生育環境・体質など、身体・環境、様々な面において共通点はなく、現在に至っても生還の方法は解明されていない。欠魂した対象者に対し、外部から行える治療は身体の生命維持以外、現段階では存在しない。対象者が何らかの条件を満たした場合のみ生還していると見られるが、生還条件にも共通点は見つかっていない。現段階では欠魂の呪いを受ければ、それらを回避する術はない。※欠魂によって死亡した遺体処理の仕方：312頁。以上です」

必要事項を言い切った後、私は口を閉じた。

一切口を挟まなかった王子も、ぽかりと開けていた口をようやく閉じた。しばしの沈黙後、再び開く。

「……………お前、頭いいんだな」

「頭がよければ教科書を丸暗記するなどといった蛮行を犯すはずがないではありませんか」

「それもそう……なのか？　お前、よく分からん奴だな」

「私は大変分かりやすい人間だと自負しておりますが」

「お前、自分の認識を改めたほうがいいぞ」

そうだろうか。

首を傾げていると、王子は絹糸のような金髪を容赦なくがしがし掻き回している。髪が傷みそうだ。

「あー……つまり、何だ。俺達はそのごく稀な生還者になるってことか？」

「いいえ」

「いいえ⁉」

そんなに目を剥くと、転がり落ちそうで心配だ。目は生きていくうえでとても大切な器官だから大事にしたほうがいい。

「この場合の生還者とは、欠魂と同時に昏睡状態に陥った対象者が意識を取り戻した場合に使います。我々は、少なくとも欠魂時には意識を失ってはおりません。よって、欠魂者ではありますが生還者ではないという、前例のない事態となります。欠魂を研究している魔術師達にとっては喉から手が出るほど欲しい事例なので、解剖される恐れがあります。魂まで」

「そこまで捌かなくていいだろ⁉」

「研究対象が魂なのに、そこを捌かなくてどうするんですか」

現状、欠魂という現象自体に不明な点が多いので、断定できることは少ない。間違いなく捌かれることくらいしか分からなかった。私は確かに魔術師ではあるが、欠魂に対する研究はしていないので第一人者ではない。

さっきの説明を聞いても分かると思うが、一般的な魔術師が持っている知識しか所持していないのだ。

「……じゃあ、一応聞くが、お前は俺を助けてくれたんだな？　敵じゃない、な？」

「王子を殺しても私の手が汚れるだけで何の得もありません」

「いや違うわ！　俺の心を的確に抉ってくるこの無情さ！　お前絶対敵だわ！　そもそも、お前はどうしてあそこにいたんだ！　あそこは曲がりなりにも俺に与えられた区画だぞ！　弟妹達と比べたら草原と蜘蛛の巣ほどの差があるが、俺の貴重な陣地なんだぞ！」

不法侵入だ、侵入者だ刺客だと、ぎゃんぎゃん喚く王子をじっと見つめる。すると、居心地が悪かったのか、語尾はしおしおと萎んでいった。

「王子」

「な、なんだ！」

びくっとしつつもかろうじてふんぞり返ったところに根性を見た。いじめたつもりはないが、何故か勝手にいじめられていく王子から視線を外さず続ける。

「私が通っていた通路はかろうじて王子の宮殿より外れておりますし、あの道の先には魔術二課の倉庫がございます」

「何だそれ。俺は知らないぞ。……それとな、気を遣ってもらってありがたいが、俺の与えられた区画はそこいらの貴族の敷地どころか屋敷より小さいし、建物に至っては小屋に近い。まあ、今いるから分かるだろうがな！　残念ながら、この部屋の隣が寝室だよ！」

「二課の倉庫は、主に爆発物及び毒物の実験を行う際に使用されております」

「お前やっぱり刺客だろ!?　分かった！　あれだ！　あの青い屋根の倉庫！　夜中に不自然な光が点滅していて妙だと思っていたんだよ！　調べても国軍の所持物としか出なかったから詳細は分か

らなかったが、あれお前らか！」

実験には万全を尽くしているが、安全面には万全を期さない研究馬鹿達の所為で、魔術二課はそういった実験を行う際は本来与えられている軍部から出て、遙か離れた倉庫まで歩いていかなければならなかった。

第一王子の居住区域のすぐ側に配置されたのは、勿論王妃の采配だ。


一般人が魔術師として想像する姿は、花形である一課だ。

式典で派手な魔術を使用し、戦場で攻防魔術を駆使し戦う。何においても前面で輝かしい戦績を挙げてくるのが魔術師であるのだが、二課は少し違う。

公の場に出てくることは滅多にない。薬・魔術・魔道具の開発及び修理及び研究なども行っている。何でもやるが、主体は研究と開発だ。技術職でもあり、研究職なので、現場に出向く機会は、実験か研究結果確認くらいだ。

ちなみに安全面に万全を期さない研究馬鹿とは、魔術二課全員を指す。

「王子」

「な、なんだ。弁明があるなら言ってみろ」

「正確には昼も光っておりましたが、目立たなかっただけです。防音魔術壁を張っておりましたので音はしなかったでしょうが、一日中、それこそ四六時中暴発の嵐です」

「もうやだこいつ！」

わっと嘆いた王子を励ます者は誰もいない。イェラ・ルリックは、雪の精と称される顔に苛立ちを隠しもせず乗せている。そして、いつの間にか王子がじっとり私を睨んでいた。

「……俺は魔術二課を、人付き合いが苦手で引っ込み思案な、気の弱い大人しい連中と把握していたんだが……何か認識に違いがあるような気がしてならないぞ」

聞くべきか聞かざるべきか。そんな葛藤がありありと見て取れる王子の問いに、同僚達の顔を思い浮かべる。言うべきか言わざるべきか。

まあいいや言おう。

「大人しく気の弱い者もおりますが、正確には、人付き合いに難がありすぎて他ではどうしようもなかった魔術師か、人に全く興味がない魔術師か、人としてどうしようもない魔術師で構成されております」

「こんな所にいられるかっ、俺は帰らせてもらう！」

「王子、私から四歩離れたら意識を失いますよ」

「どうしてこんなことにっ！」

両手で顔を覆って泣き崩れた王子が机に突っ伏す前に、イェラ・ルリックがさっと茶器を下げた。手慣れた様子に二人の付き合いの長さと、王子の普段の様子が窺える。

それはともかく、私と王子はいま、それなりに大変な危機に瀕していた。

二人の距離が四歩離れたら両者意識を失うのだ。不便この上ない事態である。

どうしてこんなことにと王子が嘆く気持ちも頷けた。

「恐らくですが、王子を襲撃した犯人の目的が王子の全損魂であれ欠魂であれ、対象は王子一人だったはずです。歴史上二人以上が一度に欠魂した事例もありませんしかし王子に攻撃が着弾する直前に私という異物が交ざり込んだ結果中途半端に欠魂したのではないかと私達の影がない以上欠魂は決定的ですが私達の意識ははっきりしていますしかし四歩距離を取れば意識を失う近づけば目覚めるそれを踏まえたうえで仮説を立てますが魂とは万全な状態を少しでも損なえば意識に不調を来たすのではなく量なのではないでしょうかある一定の分量を超えて欠けた場合にのみ我々が欠魂と呼んでいる現象が現れるその分量さえ満たしていれば魂が損壊していても意識は機能する私達が意識不明に陥っていない理由は二人で欠魂による損傷を分散させたからだと思われますそして私達は欠魂した際に砕けた魂の破片を互いに取り込んでしまったのかもしれませんそのため限界寸前で保たれた魂が離れることで限界を超えてしまうのではないかとならば私達は現在一人分の魂を二人で分け合っている状態です二人揃ってようやく意識を保てる分量の魂しか残っていないのでしょうどこまでを一人とするのか定義は分かりませんが一人と判断される領域から出た場合魂が足らなくなり強制的に意識が混濁するのだと思われます」

「句読点っ――――！」

絶叫しながら王子が再び机と仲良くなる。

今度は固く握った両拳を机に叩きつけるだけでは飽き足らず、額まで机に着弾した。

「何なのお前！　一人早口言葉大会開催してるの⁉　ぶっちぎりで優勝だよおめでとう！」

「ありがとうございます」

「褒めとらんわ！」

何なんだ。

よく分からないが王子は元気だ。

「会話って知ってる⁉　ねえ、会話！　会話ってね、自分だけが喋るんじゃなくて相手の言葉を聞き、なおかつ自分の言葉も理解してもらわないと成り立たないの！　俺も相当な自覚あるけど、お前あんまりじゃない⁉」

真っ赤になった額を構わず嘆きながら怒るという器用な芸当をやってのけた王子に視線すら向けず、イェラ・ルリックは顎の下に当てていた自分の手を外して私を見た。

「成程。その仮定を採用するなら魂とは物質ではないかもしれないが存在として確立されたものになる。お前達の間で欠片がやりとりされているのなら、他者の魂を活用することも可能であり、また保持することもできる、と……ならば、欠けた魂の大元はどこにいった？」

「損壊した魂が自然消滅するのであれば、私は王子と魂を分け合えるはずがありませんし……襲撃者が、保持している……？」

「そう考えるのが妥当ではないか？　希望的観測も大いに込められているが」

「成程」

それならば、魂を回収することも可能ではないだろうか。

欠けて損なわれた部分が自然消滅するなら、私と王子が同期するわけがないのだ。だったら、イェラ・ルリックの立てた仮説の通り、私と王子の欠けた魂がどこかにあるはずだ。

あの場にはなかった。あの場にあったのならば、私と王子は四歩以上離れても倒れたりはしないだろう。身体に自身の魂が収まっておらずとも、四歩の距離内にあれば意識が保てる現状からそう判断できる。

ならば、王子の魂はどこにいった。

勝手に消えないのであれば、誰かに回収されたと見るほうが自然だ。そしてその誰かは、襲撃者であると考えるのが真っ当だろう。

あの場に人影はなかった。けれど襲撃があった以上、襲撃者がいたと考えるほうが妥当だ。そうして損壊した魂があの場になかったのであれば、誰かが持ち去り、その誰かは襲撃者と仮定するのが王道だ。

「どうして当事者の王子放置で、初対面のお前達が仲良しなの……?」

黙りこくって考えていると、何だか寂しげな声が聞こえた。

視線を向けると、王子はそれまでのやかましさなどなかったかのように、雪降る夜の静けさを纏い、寂しげに微笑んでいる。

「いいさ。誰も俺に期待なんてしないし、興味なんて持たないって分かってるから……」

「王妃は王子に興味おありですよ」

「あれ殺意。興味違う」

片言でぶんぶん首を振る王子が次第に騒々しくなってきた。元気になって何よりだ。

「では、方針としましては、王子を襲撃した犯人を強襲すると共に欠けた魂を回収という流れで宜しいでしょうか」

「どうしてお前が仕切ってるの……？　そして初対面だったことも忘れる勢いで馴染んでるなお前ら……俺、王子なんだけどね？」

「存じておりますが」

「だよね。存じていてその態度なんだよね……」

魔術二課にこれ以外の態度を期待しないほうがいい。

残念なことに、私はまだマシなほうだと言われている。基本的に全員、興味がないものに意識を割かない。会話にならないことのほうが多かった。

「では、私はこれより王子と行動を共にするという認識で宜しいでしょうか」

「それ以外ないよなぁ……どうしたもんか」

「肉体性能は標準以下ですので剣にはなれませんが、杖と盾にはなれますのでどうぞご自由にお使いください。そして、本日の寝床は王子の寝室で宜しいでしょうか。寝込みを襲わないと、私の寝食が煩わしく思うほど興味がある事柄に対して限定の知識欲と探究心に誓います」

「もうどこから突っ込めばいいかは分からんが、とりあえずお前は女としても人間としても最悪だってことはよく分かったからな⁉」

王子だ王子だと分かり切ったことを繰り返し主張するので、正妃や婚約者のいない御身を狙われる恐怖を感じているのだろうかと思った。だから大丈夫だと宣誓したのに、涙目で詰《なじ》られた。

何故だろう。

突然全幅の信頼を置けとは言わないが、四歩離れたら意識不明に陥る現状で、部屋を分けて眠るのは命に関わるのでできれば我慢していただきたい。壁に張りついて眠りたいなら話は別だが、寝返りを打ったら昏睡する現状だ。眠りづらいどころの話ではないと思うのだ。

「じゃあ、さっき飲んだクリサンセマムに誓います」

片手を上げて再度宣誓すれば、ぴくりと目蓋で反応したのはイェラ・ルリックが先だった。

王子は一度パチリと瞬きした目を見開き、一拍を置いてから反応を見せる。

「お前、何飲んで……」

「お茶に入っておりましたので」

「イェラ！　俺は使用許可していないぞ！」

眉を吊り上がらせた王子の怒声に、イェラ・ルリックはちらりと視線を向けただけだった。

成程、独断か。けれど独断だろうが王子の指示だろうがどうでもいいし、間違った判断とも思わない。

クリサンセマムは花の名前だ。

花の成分を魔術で精製し、自白剤として用いることが多い。

魔術で取り出さないと自白剤としては使用できないのに、民間では浮気を問いただそうと花びらを煮詰める使用が後を絶たないらしい。不味いだけだからやめたほうがいいと思う。

「私が刺客の可能性がある以上、自白剤の使用は当然かと」

距離を与えれば王子の意識が失われるとはいえ、確証がない段階から客間へ入れた判断は危うさを孕んでいる。

王子の味方が少なすぎて他にどうしようもなかったのだろうが、私が刺客だったらどうするのだろう。王子は剣の腕が立つが、暗殺対象者が受けて立っていいものか疑問は残る。

「ですが、正直申し上げて王子を殺しても得られるものが何もなく」

「王子、俺、王子！　あるだろ⁉　曲がりなりにも王子を殺すんだからな⁉　ほら、依頼者の王妃から何かしらの優遇を得られるとか！　金とか！　あの方は、務めを果たした者にはきちんと恩賞を与えるからな。生粋の貴族らしく、働きに応じた報酬を見誤ることはないはずだ。だから莫大な報酬と、何でも望みが叶う。ほら、俺を殺す価値があるじゃないか！」

暗殺依頼者が王妃であると断言された。イェラ・ルリックも突っ込まないし、私も突っ込まない。だって現状、何の権限もなく、名ばかりの王子の名でさえ怪しくなるほど残念な状態の王子を殺して得する人間は皆無である。

次代の王候補は第二王子と王弟の二強だ。第一王子を殺して得する人間は、本当にびっくりするほど皆無なのだが、王妃だけは王子を殺せばすっきりする利点がある。

すっきりするだけで、特に何かが有利になるわけではない。だがすっきりする。

それだけのために長年嫌がらせをされ続け、命を狙われ続ける王子は、不運界の星だ。

不運界の輝ける星に、私は続ける。

「いくつか特許を取得しておりますし、研究費もそれなりに潤沢ですので資金面において不足はございません。国軍に所属しているおかげで研究設備も整っておりますし、優遇措置を執ってもらいたい面も思いつきません。よって、王子暗殺は不足のない現状に隠さなければならない罪状を背負うだけで、得どころか損しかありません。王子暗殺犯の名称は、はっきり言って邪魔ですし、不快ですし、やっぱり邪魔です」

「そこまで言う……？」

王子はがっくりと項垂れた。

疲れたのだろう。確かに、ここまで王子は怒鳴るか項垂れるかのどちらかだ。それは疲れるだろう。是非休んでほしい。

疲労困憊した人間に追い打ちをかけるのも何なので、王子には触れずイェラ・ルリックへ意識を戻す。

「クリサンセマムを用いても別段差し出せる情報がないのですが、信頼いただくことは可能でしょうか」

金色の瞳がじっと私を見つめている。信頼できないならそれでもいいが、それならその旨を最初に伝えてもらったほうが動きやすい。

一応信が置かれている場合と、全く置かれていない場合では、同じ行動を起こすにしてもやはり違う。前段階を置かないと殺されるのであればちゃんと前段階を置くが、そうでないなら無駄だから省く。

それだけなので、確認は取っておきたかった。

しかし、イェラ・ルリックは無言のまま口を開かない。開いたのは、机に突っ伏し、頬を潰している王子だった。

「イェラ、お前の妥協案であるクリサンセマムをこいつは黙って飲んだ。で、お前は何を飲むんだ？」

舌打ちと共に、イェラ・ルリックは立ち上がった。そして、王子の向《む》こう臑《ずね》を思いっきり蹴飛ばす。

「いっ――!?」

「死にたがりにつける薬はないな。僕は僕の伝手で探るから、お前はお前で勝手にしろ。じゃあな、ぼけなす」

「ぼけなす!?　それと死にたがりがこの魔窟でこの歳まで生きてられるかいったぁ！」

二発目を受けた臑を抱えて悶え苦しむ王子を無視して、イェラ・ルリックは大股で部屋から出ていった。

その儚げな容姿と色合いから雪の精と呼ばれているらしいが、なかなか口が悪く暴力的な妖精だ。

本人が名乗ったわけではないので、思っていた印象と違うと文句をつけた人間は冷たい視線で嘲笑されるらしい。そうして何かに目覚めた人間もいるらしいが、どうでもいい話である。

一通り悶えきった王子は、しかし顔を上げず机に突っ伏したままだ。ぐったりと動かなくなった。

イェラ・ルリックが去った後、部屋の中には物音一つしなくなった。

どうしたものかと思っていると、ごそごそと顔の位置だけ変えて私を見上げる。

「どうしたもんかなぁ」

「何がでしょうか」

剣だこのある、けれど細く長い指が一本伸ばされ、私を指す。

「俺といると、お前殺されるぞ?」

「そうですか」

「そうですかってお前……イェラは、父親が宰相で国王の右腕だから手を出されないだけで、他の奴だと殺されるか、冤罪ふっかけられて投獄されるか、よくて王都追放だ。お前だけじゃなくて家族もだぞ」

すっと表情が消えた王子の顔を見て、即座に答える。

「家族はおりません」

「そうか……だが、友達もだぞ」

「友人もおりません」

「そ、そうか。あの……恋人、とか?」

「いると思われますか」

「……すまん。思わん。だが、同僚達にも危害が及ぶやも…………流石にないな」

自分で言って自分で答えを得た王子の言葉に頷く。いくら王が止めず権力絶大な王妃といえど、国軍に手出しすることは難しい。

それも、現在の魔術二課に対してならなおのこと。

当代の魔術二課は、魔術の歴史を何頁も進めた当たり年と称されるほどの魔術師が揃っている。

特に二課長は、魔法の領域だといわれていた空間魔術にまで手を届かせたのだから当然だ。他にも新たな技術や薬を開発した面々が揃っている。

そもそも研究部門を一身に担う魔術二課の成功は、国の水準も段階も上げるものだ。他国との間に差がつくか否かは、どれだけ新しい事実に気付けるかどうかにかかっているといっても過言ではない。他国が持ち得ない情報が勝敗を左右するのだ。

そんな課に手を出せば、王妃は国家転覆を担っている罪人と疑われる可能性がある。それに王妃は王子を殺したいだけなので、政はしっかり行っている人だ。国の不利益となる行いはしない。

だから魔術二課への手出しはないと思って大丈夫だろう。

王子もそこは安心したのだろう。僅かに安堵を覗かせた。

「……ところでお前、王妃が手を出せないような後ろ盾持ってるか？」

「使えるかは分かりませんし、使いたくもありませんし、使えてもどこまで抑止力になるか疑問ですが、一応ございます」

何だそんなことかとほっとする。王子が変に躊躇《ためら》ってから口を開いたので身構えてしまった。私がいると疎ましいから衰弱死を選ぶと言われたらどうしようかと思った。

私の返答に、王子は言葉を濁らせる。

「ん――……その後ろ盾、俺が聞いても大丈夫か？　だったら聞いておきたいんだが」

「はあ、第二王子です」

「…………なんて？」

「クレイ・リンソス・セレノーン第二王子です」

のっそりと王子が起き上がる。ぼさぼさになった髪の隙間から、透き通った青緑色の瞳が私を見つめた。

「…………何で？」

「私が特許を持っている事柄に関しての質問をお受けしていた関係で知り合いました。名を呼ぶ権利をいただいておりますが、特に使用してはおりません」

「あー、成程な。あいつも王子でさえなければ魔術師として名を馳せただろうなぁ……ん？　つまり……」

両手で私を指差す王子の目がきらりと光った。

「さてはお前、結構な腕の魔術師だな？」

「魔術師としての腕前は三流以下です」

「駄目だろ……死ぬだろお前……王妃の刺客どうするんだよ……俺の腕じゃ自分一人守るだけで手一杯だぞ……」

がっくり項垂れ、ぶつぶつ呟く王子を見つめる。

「クレイ、クレイがどこまで……あいつは優秀だけど、王妃を止める権限まではないからなぁ……どうするんだよ。いくら俺の所為で死ぬ人間を大量に見てきたとはいえ、俺だって寝覚めが悪いんだぞ」

「私が死んだ場合王子も目覚めませんのでご安心ください」

「何を？　何を安心するの……？　安心って言葉の意味知ってる？　ねえお前…………お前の名前、俺聞いたっけ？」

私に会話とは何たるかを説いていた人だが、私が言うのも何だがこの人も相当なものであると思う。自分でもそう言っていたから、自己紹介通りの人である。

私は、王子からの要請があったので名乗った。

「エリーニ・ラーニオンです、王子。どうぞお見知りおきください」

「エリーニ・ラーニオン⁉」

王子との距離が一気に近づいた。机を乗り越える勢いで身を乗り出した王子の髪が私の頬を擽《くすぐ》る。

目の前で星が散ったような気がした。

「ここ数年よく名前を聞いたが、そうか、お前だったのか！　十五歳と聞いていたが、そうか、確かに若い！」

初めて、初めて王子の瞳に光が入ったように思えた。

それまで、どれだけ怒鳴っていても、笑った顔をしていても、どこか冷めていたこの人の色に熱が灯された。

「雷雨のおかげで前線に出されず済んだ。あれは本当に助かったぞ！　感謝する！」

子どものようにはしゃぐ王子が言っている雷雨とは、私が開発した兵器だ。

この国は一年前まで隣国リューモスと戦争をしていた。

元々セレノーンとリューモスは、和平を築きかけては残念な結果に陥るという関係を長年続けて

きた。そして、今回戦端を開いたのはセレノーンだった。五十年前、リューモスに奪われた国境沿いの領土エルビスを取り戻したのである。

長年続いてきた戦争は、この戦闘を機に長年の悲願である和平が成った。だが、結果としてはセレノーンの勝利に等しい。

何が何でもエルビスを返すまいと意気込んでいたリューモスが、渋々和平を受け入れたのだ。そのまま続けて敗戦するよりは、という判断で成った和平だった。

リューモスが敗戦を危惧した要因となった存在の名が、雷雨。

私が作った兵器である。

一度の発射で数百から、下手すれば、いやうまくいけば、千の敵を屠《ほふ》れる兵器だ。

何せ頭上へ向け多数の弾を発射し、敵陣に雨の如く降り注がせる。弾は魔術で防げない特別仕様だ。

完成した日が大嵐だったのでそう名づけたが、リューモス軍は悪魔の咆哮と呼んでいたらしい。

兵器とは須《すべか》らくそうあるべきだが、我ながらえげつない物になった自負がある。

雷雨完成前、戦闘は膠着状態に陥っていた。それが数ヶ月続いたある日、王妃は第一王子を自爆前提で特攻させる案を出した。

生き生きと。

流石にそれにつけられる兵士が無駄だからとやんわり抑えられていたが、その後も膠着状態は続いた。普段はどこかで戦闘に見切りがつけられてきたものだが、今回の戦闘は違った。

長い歴史上、どの王もリューモス相手に一度は自身の威信を懸けた戦争を行ってきた。防衛は勿論だが、攻勢の意味を強めた戦闘こそを歴代の王達は重視した。

当然リューモスも同様の戦争を仕掛けてきたので、領土は取って取り返されを繰り返し、和平を望む人々の願いは潰えてきたのだ。

今代の王は、この戦争をそうと定めた。よってエルビスを奪還するまで、この戦争は止まらなかったのだ。

最初は王妃の案をゆるゆると制してきた者達も、戦闘が一年膠着した段階でそれもありかという空気になってきた。名ばかりであろうと第一王子が殺されれば、士気を集めやすいからだろう。

「膠着状態にいい加減焦れた連中が王妃の言に乗りかけやがったところに雷雨だ！　おかげで無駄死に前提で俺につけられた一軍が助かった！　あのときばかりは神がいたのかと思ったぞ！」

「お役に立てたのなら何よりです。神はいないとは思いますが」

「まあそうだな」

自分で言っておきながらけろっと笑い肯定した王子は、どっかりと椅子に戻った。背もたれを乗り越えた腕を背後に垂らしながら、天を仰ぐ。

「エリーニ・ラーニオン……エリーニ・ラーニオンなぁ……流石に稀代の魔術師を殺せば王妃もまずいと思ってくれるだろうが……どうだろうなぁ。あの方は俺に関することだけ理性ぶっ飛んでるからなぁ。二課丸ごとは宰相が止めるだろうが、お前個人となると……」

「稀代の魔術師ではないのでその件に関してはお答え致しかねますが、もし私が死んだとしてもそれはそれなので、どうぞお気になさらず」

天を仰いでいた顔が戻ってくる動きに合わせ、金糸がさらりと流れていく。

「俺の所為でこれ以上人が死ぬのは、流石に後味が悪いだろう。これまでの人生で、いったい何人王妃に殺されたと思ってるんだ」

「存じ上げません」

「だろうな。知っていたら怖いわ！」

それはそうだろう。誰だって初対面の相手が自分の過去を知っていたら、恐怖か不信感を覚える。だから調べていない。

なんとなくお茶が欲しくなったが、ここには試験薬と自白剤が合わさった味覚破壊兵器しかなかった。

そういえば王子もこのお茶を飲んだわけだが、私が飲んだお茶と若干色合いが違うので、自白剤は後から私にだけ入れたらしい。ならば王子の味覚はまだ生存している可能性がある。そして私の味覚は死んだままだ。

「それはともかく、私は王子と恋仲ということで宜しいでしょうか」

「待て！　早まるな！　それ以外の理由をいま必死に考えているところなんだ！」

そうは言ってもどうしようもない面もある。

何故なら、私達が欠魂した事実は内密にせよと、王から命じられているのだ。そう命じられている以上、私達は一緒にいる理由を他へ見つけなければならない。

私達は決まった歩数以上離れれば意識を失ってしまうので、物理的に傍に居続ける必要がある。他の王族であれば何かしら無理矢理理由をこじつけられたかもしれないが、王子の場合は難しい。

何故なら、私に命令できる権限がほぼ皆無だからだ。

だから、私のほうから王子の傍にいる理由を提示しなければならなかった。

「何なら字が違う結婚をなさいますか」

一通り考えたが適切な理由を思いつけず、一番手っ取り早い方法を提示してみた。

すると、瞳を極限まで見開いた王子は、次いでそれを哀れみに近しい形へと変えた。

「お前……せっかく才ある美人でしかも年頃の女なのに、どうしてそんな残念な情緒しか持ち合わせていないんだ……どうして、どうして……」

そんなにさめざめと嘆かなくてもいいと思うのだ。


離れることが不可能なのであれば、必然的にその後も活動を共にする必要がある。

「なんと驚くなかれ！　食事は他の王族と同じものが供給されるんだ！」

「当然ですね」

「し、しかも、この魔道具を使えば毒が入っているかどうか分かるんだぞ！」

「中の魔石に人体にとっての危険物と危険量を刻む作業が死ぬほど大変でしたし、新情報が出ると随時更新が必要なので、その手間をどうにかできればと思っております」

「……………お前が作ったの？」

「学生時代に」

　夕食を摂取する前から、何故か王子は食べすぎた後のようにぐったりしていた。

「俺の手を縛り、目隠しし、なんなら気絶させてくれたらなおいいぞ。一応これ、窓につけてた防衛魔道具を扉側にもつけとくから、安心して入れ」

「それ、新型に交換してください。現在の物より軽くしたので扱いやすいはずです。そして、別に私の入浴にそんな手間をかけていただかなくても結構ですので、なんならご一緒にどうぞ。ただし、私は髪の手入れに時間がかかりますのでのぼせないようご注意ください」

「俺自分で気絶しとくわ」

　何故か私から入ることになった入浴でもぐったりしていた。

「お背中流しましょうか？」

「お前を気絶させる必要があったのかよ！」

　王子の入浴でもぐったりしていた。

「この線から絶対入らないし、なんなら俺はベッドの下で寝るから安心していいぞ」

「寝返りを打てば意識不明に陥る距離とは斬新な度胸試しですね。抱き合った互いを縛っていてもいいくらいでは」

「…………何で俺が俺からお前の貞操必死に守ってるの？」

　終いには眠る前にもぐったりしていたので、王子は早く休んだほうがいいと思う。

自分以外の呼吸音に、不意に意識が浮上した。温かな温度は確かに心地いい。本来ならば微睡《まどろ》みを生む温度だろう。だが私の意識は、その体温の持ち主を見ようと目蓋を開く。

薄暗い世界が周囲を覆っている。

ふと思い出されるのは、今日初めて内部を見たこの家のことだ。一家族が生活する分には問題のない家だ。けれど、王子が住むにはあまりに不釣り合いである。

生活感があると言えば聞こえはいいだろう。だが歴史上、王族も貴族もその生活を秘匿して権威を保ってきた。保てる者を、そう呼んできたのだ。

この家も、威厳や権威を考えなければ一人の住処として申し分ないだろう。けれどそれは、彼に仕える人間がいないことを示している。彼の元に訪れる人間がいないことを、示しているのだ。

誰からも顧みられない王子。それなのに、ただ捨て置かれたほうがよほど穏やかな生を送れたであろう、セレノーンの第一王子。

目の前に、月があった。

太陽より優しげで木漏れ日よりも黄金めいた光だ。

夜中は外からの攻撃を警戒しているらしく、窓には鉄製の魔道具が嵌《は》められている。部屋の中の灯りは小さな魔術灯だけだ。

その光に照らされて、柔らかな月が静かな呼吸音で揺れる。

恋人以外の設定が思いつかず、遅くまでうんうん唸っていた人をよそ目に、私は先に眠った。王子もその後眠ったようだ。

ただ、ちゃんと布団を被っていないので、考え事の途中で眠りに落ちたらしい。

互いの同意のもと、私は杖を、王子は剣を装備したまま眠った。握られた王子の剣も剥き出しのままだ。

手を伸ばし、腰より下の位置にある布団を引っ張り上げる。鞘に触れないよう気をつけ、王子の肩を布団にしまい込み、私は元の位置に戻った。

さっきまで自分が眠っていた温度が残る位置に収まると、王子に合わせて引っ張り上げた布団に鼻の下まで埋まった。

掛け布団に顔を埋めながら王子を見上げる。

王子は、気をつけた甲斐あって目覚めることなく眠っていた。しかし、すぅすぅと穏やかに眠っているのに、時々魘《うな》されるように眉間に皺を寄せている。

悪夢でも見ているのだろうか。何にせよ、目の下の隈を見れば日常的に眠りは浅そうだ。

当たり前だ。以前に比べ暗殺者の数は減っていると言っていたが、王妃の憎悪は変動していない。むしろ王子が生き延びれば延びるほど、憎悪は深く粘度を増し堆積していく。

片手で胸元にぶら下げている杖を握りしめる。通常魔術を使用する際、今は首飾りのような大きさとなっている杖を本来の大きさに戻す。だが、この程度の魔術なら小さなままでも大丈夫だ。

伸ばした指を王子の額に当て、少し考える。どうしようかと寝ぼけた思考を回し、結局お茶の香りにした。

花の香り、お菓子の香り、木々の香り。

どれに楽しい思い出があって、悲しい思い出があって、幸せな思い出があって、つらい思い出があるのか。私には分からないのだ。だから、いつもイェラ・ルリックが丁寧に淹れて出しているらしいお茶の香りを選んだ。

嬉しいかどうかは分からないが、少なくとも日常の香りとしては受け取ってもらえるはずだ。

お茶の香りが漂って少しすれば、王子の眉間の皺がゆるりと解けた。どうやら正解だったようだ。

笑みとはいかないまでも、穏やかと表現して問題ないであろう寝顔が浮かんでいる。

その寝顔を瞳に閉じ込めるように、私も目蓋を閉ざす。

閉じた目蓋の裏に映っていたのは、約束だった。

『君は、人を殺せるかい？』

穏やかで柔らかな声が聞こえる。

『私の言うことをよく聞きなさい。ただ殺すだけではいけない。きちんと手順を踏まなければ、君は何も手にすることはできない。手順通り殺せたなら、君は未来を手に入れることができる。その時が来れば、私も君に協力するよ。……そうだね、そのとき互いが分からなくなっては困るから、合い言葉を決めよう』

約束をした。

『覚えたね？　じゃあ手順をしっかり守って、そうして』

人生で初めて優しくしてくれた人と、約束をしたのだ。

『必ず、第一王子を殺すんだ』

優しく笑う、あなたの声を覚えている。

第二章　朝

がんっと鉄を蹴りつける大きな音が、家を揺らしながら響き渡った。

杖を起動させたのは反射だ。反射とは、思考を通さず行われる無意識の反応である。

次いで、起動した杖と胸に衝撃が走った。咄嗟に身を折り畳んだのも反射だ。そうして撥ねた身体が折り畳まれ、膝も一緒に畳まれる。これは反射というより、人間の構造上正常に関節が折り畳まれた結果だ。

そうして胸を押さえ噎せ込む私の頭上で、呻きながら悶える人の悲鳴が飛び出す結果となった。

「…………一晩で、随分仲良くなったことだ。恋人関係はフリだけでよかったんだが、お前達真面目だな」

一呼吸の間に起こった結果で言葉を出せずにいる間、最初の音を発生させた人が寝室の扉を開けたらしい。

ベッド上で互いの身体にしがみつき、息も絶え絶えの私達は、部屋の入り口へと視線を向けた。腕を組み、扉に凭れているイェラ・ルリックの手には大きなバスケットがある。

「ちが、うわ、馬鹿者っ」

先に復活したのは王子だった。額に脂汗を滲ませ、腰を叩きながら身を起こす。その顎が赤くなっている。

顎を擦りつつ、続けてイェラ・ルリックへ言葉を告げようとした王子は、まだベッド上で身体を折っている私を見て、眉を落とした。そうして、引き抜きかけていた剣を収めた。中途半端に抜けていた剣は、すぐに鞘へと戻る。

どうやら、夜のうちに剣をしまっていたようだ。

「悪かった……」

「い、え、こちらこそ、申し訳ありませんでした」

王子からの言葉に応えるため、未だ衝撃が残る胸を押さえ、声を押し出す。

安全のため固く閉ざした玄関扉をイェラ・ルリックが蹴り開けた音に驚いた。それだけのことなのだが、反射による連鎖反応が起こってしまったのである。

要は、咄嗟に起動させた私の杖が王子の顎を撥ね飛ばし、同時に剣を引き抜こうとした王子の腕が私の胸を打ち、跳ね上がった私の膝が王子の腿を打ち、折り畳まれた王子の足が私の足ごと押し上げて更なる悲劇を呼んだだけだ。

ただの大惨事である。

私達は少しの時間を経て、他害でありつつ自傷でもある衝撃から立ち直った。

王子のベッドは王族とは思えぬ広さだ。つまりは狭い。一緒に下りようとすると王子の邪魔になりそうだ。だから私は一度、王子と反対側から下りようとした。しかし、下りることは可能でも長方形であるベッドを迂回する段階で四歩離れることに気付き、結局王子の横に並んで下りた。

私が場所を移動する間、先に両足を下ろして項垂れていた王子をイェラ・ルリックが見下ろしていた。

「男として同情くらいはくれてやる」

「やかましいわ！」

「で、表明する関係は決まったのか。僕だけで調査するのは限界があるから、早いところ決めて外に出てくれ」

「…………こ、恋人、しか、思いつかなかっ脱ぐなたわけ――！」

二人が話している間、私はやることがないので着替えていたら、脱いだ側から王子の寝間着が吹っ飛んできた。

一瞬で脱いだのか、凄いなと思ったが、よく見たら釦《ボタン》部分が引き千切れていた。脱いだというよりの破り捨てたらしい。

頭に被った寝間着から顔を這い出させれば、王子とイェラ・ルリックが背を向けていた。上半身の服を失った王子は寒そうだ。

「王子、風邪をひく前に着衣を推奨します」

「先に！　お前が！　着ろ！」

「ところで王子」

「ところわない！　何だ！」

「申し訳ないのですが、寝間着に引き続き服を貸していただけないでしょうか。私の着替えは昨日着用していた軍服しかありませんが、こちらは昨日倒れ込んだ際に付着した土で汚れていますので、できれば着用したくありません。そして、恋人という設定を採用するのであれば、王子の着衣を着用するのは効果的だと思います。外を歩く際には説得力を持たせるために手を繋ぎますか、腕を組みますか。同衾《どうきん》した事実を表明するために、人通りの多い道を歩きましょう。目撃者が多いほうが、説明する手間が省けます」

「おま、なに……も、おまえ、なんで、もう、おま、もう……ばかぁ……」

軍服の基本形は、誰かの陣営の色を優遇するわけにもいかない結果の曖昧な紫色。これだけは誰にも与えられない色となっている。

どこかの陣営に入ったのであれば、その色の軍服を新たに用意する必要があった。

軍服なのに色と形が揃わない。セレノーンの軍事形態は、少々特殊だ。所属は髪飾りで判別し、魔術師以外は帽子で判断するので混乱はないが、同じ隊でも違う色を纏う場合もあるので珍しい体制といえる。

他の陣営ではそれぞれ色と意匠が統一された衣装があるが、王子にもあると思わないほうがいいだろう。イェラ・ルリックも黒を着ていないくらいなのだ。なので、黒の軍服を着るのは難しそうだ。

ならば手っ取り早いのは、やはり王子の服を借りる方法だと思える。

王子は息切れしたかの如く言葉を途切れさせていたが、終いにはがっくりと項垂れてしまった。寒そうな背中が、今度は寂しそうだ。

「……俺なんかと交際の過去があったらお前の経歴を傷つけるし、絶対未来の邪魔になるから、俺が、俺がどれだけ考えて……俺がお前の弱みを握って脅した設定にしようかと、お前、それなのにお前……何なの⁉」

「男として全く意識されていない現状は同情してやる」

「お前もされてないからな⁉　お前の前でも平然と脱いでるからな、こいつ！」

「僕は医者だ」

「ちくしょう！」

「王子の服をお借りして宜しいでしょうか」

「お前もう黙って⁉」

何故か泣き出しそうな声で怒鳴られたので、口を閉ざす。

分かった。では、黙って借りよう。

四歩以内で確保できる王子の服は、王子が昨日着ていた上着しかなかったのでそれに手を伸ばせば頭を叩かれた。どうしろというのだろう。

王子は難しい人だ。


王子を嘆かせた着替えと髪などの身支度も終わり、私達はイェラ・ルリックが持ってきた朝食を摂ることにした。

魔術二課にある私の机より狭いテーブルの上には、とうの昔に湯気が出なくなったスープとサンドイッチが並べられている。

食事は他の王族と同じ物だと昨日聞いたが、今日の朝食はイェラ・ルリックの指示の元に用意されたらしい。忙しいのでさっと食べられる物にしたかったのだそうだ。

確かに、彼の目の下にはくっきりとした隈がある。公表する関係性が決まるまで人前に出られない私達の代わりに、私達を襲った襲撃者についての調査は彼任せになっていたのだ。

「襲撃者の情報は得られなかったが、依頼主は王妃だろう。相変わらず証拠はないが、それ以外お前の周辺で増えた厄介事は今のところないはずだ」

「だろうなー……おい、ちゃんと釦は上まで閉めろ、一つ開けるな。俺のシャツだと一つ開けただけで大惨事だ。外に出るときは絶対にローブを着ろよ」

「はい」

ローブの件は大変遺憾であるが、この条件を飲まなければ服を借りられなかったので致し方ない。

眉を落とした王子がそっと告げてくる。

「……隊服に戻さない？　隊服似合ってたよ。とっても可愛いよ」

「嫌です」

「泣きそう」

飲んでいた冷めかけのスープを下ろす。開いた胸元から杖を引っ張り出し、全員分のスープを温める。

そして杖を引っ張り出したまま釦を留めた。袖が落ちてきて無言でたくし上げる。王子の服は私には大きいが、全身黒で気分がいい。

袖や裾をたくし上げ、腰回りを絞り上げる手間などどうでもよくなる。上げた袖とは反対の袖が落ちてきたのでそっちも上げている私にちらりとだけ視線を向けたイェラ・ルリックは、すぐに王子へと視線を戻した。

私の動作が気になったというより、信用していない生き物が動いたことで反射的に視線を向けたようだ。今は王子も食事中なので、通常時より更に気を張っているはずだ。

のんびりした顔でサンドイッチを咀嚼している王子を見ながら、私もサンドイッチに齧りつく。固めの香ばしいパンと野菜は噛み切れたが、厚手のハムだけは噛み切れなかった。一口分では収まらず、本体全てがずるりと動きパンから出てこようとしている。

「王城内で欠魂者が出たにもかかわらず、調査が全く行われていない。王妃が原因なら王が把握しているし、あの方はお前に関して以外は常識的だ。他には使わないだろうから、当然調査は行われない」

「で、お前の見解は？」

「僕のではなく家の伝手で集めた魔術師達の見解だ。現場には魔物の残滓があるも薄い。魔物本体がいたとは考えづらい。魔物の力を一部譲渡された魔術師がいたと見るほうが妥当とのことだ」

「俺、いまいち魔法と魔術の違いが分からんのだが」

「おい、魔術師」

サンドイッチから厚手のハム脱走を阻止していると、お呼びがかかった。即座に噛み切るのは不可能と判断し、私はハムを完全に脱走させ、スープで丸呑みする。温め直さなくてもよかったなと思った。

「魔法と魔術の違いは」

「待て！　ちょっと待て！」

「はい」

「丸暗記の教科書そのままは勘弁してくれ。砕いて、易しく、頼む」

「了解しました」

王子がそう言うのなら仕方ない。

少し黙り、話そうとしていた内容を頭の中で整理する。

「では例えで話しますが、魔法は物理的な力、魔術は解から解く数学です。対象者が魔力持ちであることは前提となります。ここに林檎があるとします。その林檎を潰したいと考えたとき、魔術は林檎を潰す術を模索します。潰れた林檎を解とし、そこに至るまでの式を構築します。式と解が繋がれば魔術となり、解は現実のものとなります。林檎が潰れなかった場合、式が間違っているので、式を見直します」

「……これ易しいか？」

「魔法は自分の手で林檎を潰します。林檎が潰れなかった場合、それはただ自分の握力が足りなかったからです。だから握力を鍛えます。何の理解も公式も必要ありません。力任せが可能なのは魔法だけです」

「あー……何となく分かった」

よかった。易しくなったかは自分でもよく分からない。そもそも、他人が理解できるよう意識して話したことがないのだ。

魔術二課は大体この仕様が通常である人間で構成されている。

魔術二課仕様の説明を聞いた王子は、軽く身体を揺らし、体勢を変えた。

「そうなると、魔法を扱えるのが魔物だけっていうのも分かる気がするな」

「はい、そもそも人間は魔法に耐えうる構造をしていません。しかしごく稀に、魔法に対する耐性を持った人間がいます。魔物と比べれば微々たるものではありますが、多少は耐えられます。そういった人間が魔物と契約した場合、魔物の力を扱えます。正確には扱える場合があります。自分の身体が四散しない程度に力を借りて使用すれば、魔術師でも魔法を扱うことは可能です。四散と言いましたが、圧縮されて拳大になる場合もありますし、石になったり塩になったり土になったり様々ですので四散とは限りません」

「食事が美味しいなぁ……」

王子が急に遠くを見つめはじめた。話に飽きてきたのだろうか。私は会話を弾ませる術など知らないので頑張ってもらいたい。

「僕と一緒に習っただろうが」

「お前に便乗する形で習ってはいたけどな、俺いない日もあっただろうが」

「王妃に殺されかけた次の日とかな」

「そうそう。だから俺、あの辺りの授業内容すっぽり空いてるの」

その後追加で勉強しなかったからさぁとけらけら笑う王子を、イェラ・ルリックは呆れ顔で引っぱたいた。

友人二人が楽しげに思い出話に花を咲かせている間、私はハムを失い野菜とパンのみになったサンドイッチ攻略に再び取りかかる。しかし、すぐに動きを止めた。

私のサンドイッチに、失われたハムが再出現していたのだ。

顔を上げれば、王子が新たに取り出したサンドイッチにかぶりついたところだった。そこにハムはいない。王子はもうこっちを向いていないので、お礼を言いそびれた。

ハムが収容されたことによりちょうどいい塩気が帰還し、美味しい。スープで死にかけた味覚が帰還する。

「僕はあの時間帯に目撃された魔術師を当たる。そうは言っても魔法の有効範囲が分からない以上、かなり広範囲になることを考えるとどれだけ役に立つかは分からないぞ。お前達はとにかく影を何とかしろ。欠魂を隠すなら影をどうにかしないと始まらん。ずっと日陰や夜を歩くわけにもいかないだろう」

「俺が引き籠もったところで誰も気にしないだろうけどな」

「一度引き籠もったら二度と出られなくなるからやらないと言ったのはお前だろう」

「お前よく覚えてるなぁ。そんなの五つかそこらの話だろ」

「お前と同じで暇人なんだよ、僕も」

「俺なんかと関わってるからだろ。医者と兼任は大変だろうけど、宰相の仕事も手伝えよ」

「今でも手伝わされてるだろ。いつも通り、半分はお前やれよ」

「いつも思うんだけど、なんで俺、当たり前にお前の仕事手伝ってんの？　おかしくない？」

「その分タダで診てやってるだろう」

「診てって言ってないよね⁉」

　イェラ・ルリックはサンドイッチを掌で潰すと、口に放り込みあっという間に飲み込んだ。成程、そうやって食べると早く済むのか。いいことを知った。忙しいときに実践しよう。

　王子とイェラ・ルリックは淀みなく会話を続けている。そこには、二人が二人だけで過ごしてきた時間が見えるようだった。

「お前達はどうするんだ」

「あー、こいつが影をどうにかできるかもと言ってるから、二課の研究室に行く予定だ」

　スープも飲み干したイェラ・ルリックは、手を叩きながら立ち上がる。

「あまり長引かせると、仕事が溜まって徹夜一直線だぞ。いつもなら自分のことなんざほっとけと言うお前も、巻き添えがいる現状ではそうもいかないだろう。いい機会だ。そいつを守るついでに自分の身も守ってみろ」

「何度も言うけどな、俺はちゃんと自分の身を守っていーまーす！　そうじゃなきゃ、とっくに殺されてるだろ」

「どうだかな、あほんだら」

「今のどこにあほんだら要素が！」

叫ぶ王子を無視して、イェラ・ルリックは玄関扉に手をかけた。

しかし、不意に振り返る。

「魔術師」

「お前の態度も相当だよなぁ」

「うるさい、頭の中宵闇」

「それ罵り文句⁉ ……はっ、根暗⁉ 根暗ってことか⁉」

「現状を打破する唯一の手段を取るつもりのないお前なんて、あほんだらで充分だ」

王子が先に反応したので返事をし損ねたが、とりあえず用件を待つ。王子を黙らせたイェラ・ルリックは、私へと視線を戻した。

「お前についてもざっと調べた。出世も名誉も他人も自分の命にも興味がない、氷の精と評判のようだな。そのお前が何故こいつに協力する。雷雨投入時、戦場に立っても眉一つ動かさず、隣に立っていた同僚が敵の流れ弾で死んでも視線一つやらなかったそうだな。お前は自身もこいつも、欠魂で永久の眠りについたところで気にしないだろう」

「イェラ」

「黙ってろオルトス。お前はこいつの目的が何であれ気にしないんだろうが、僕はそうじゃない。現状クリサンセマムを無効化する薬も術もない。だからお前が暗殺者でないことは信じる。だが、答えろ魔術師。お前は何故こいつに力を貸す」

これは恐らく、昨日の段階で王子が聞かねばならない事柄だ。けれど王子は何も尋ねなかった。私がクリサンセマムを飲んで答えたから？　だからそれを真実と定め、それ以上の追及を行わなかったのだろうか。

それは、一理あるだろう。だが、本当にそれだけだろうか。

いや、違う。

どうでもいいのだ。

イェラ・ルリックが言う死にたがりは、説得力がとてもある。

暗殺者が来たら退けてきた人だ。けれど、一人でぷらぷら歩き回るその様子は、死を退けようとしているとは思えない。

剣の腕はある人だ。けれど魔術の才はない人だ。何度も死にかけた話を耳にした。何度も何度も怪我した話を耳にした。命は守っているのだろう。何故なら王子は生きてここにいる。だが、怪我にはまるで頓着していない。

命は確かに守っていても、腕を失いかけた話を、足を失いかけた話を、聞いたことがある。聴覚や視覚、味覚は実際に失った時期もあったという。

イェラ・ルリックが医者になったのは何故か。考えなくても分かることだ。

王子と目が合う。確かに私を見ているのに、その視線はどこまでも空虚だ。輝いたのは私の名を知ったあの一瞬だけで、後は硝子玉のよう。けらけら笑っているときも、ぎゃんっと怒っているときも、ぐったり呆れているときも。どこか空虚な色がその瞳の奥に刻まれている。

王子の世界では、イェラ・ルリック以外の人間は消えるものでしかない。それ以外の人間は、彼を裏切るか、王妃に殺されるか。誰も彼の元には残らない。

だから、いつか砕ける繋がりを見つめる暇はないのだろう。

私が暗殺者でも、この人を罵倒しても、侮辱しても、きっと笑うのだ。昨日と同じように、しくしく嘆いて、ぎゃんぎゃん怒鳴って、けらけら笑って、じゃあ仕方ないなと言うのだろう。

もう傷つく場所が残っていない心で、きっと笑うのだ。

ならば、笑えないようにしてやろう。

「王子が好きだからです」

「――――――は？」

その硝子玉を溶かす熱が、いつか宿ればいい。あなたの瞳に、熱という名の光が灯ればいい。

「だから王子がよくいる庭が見える通路を選んで通っていました。だから王子の名を知っていました。だから王子が戦場に出されることを聞いて雷雨を作りました。防御壁も作りました。毒検出装置も作りました。他に必要なものがあれば仰ってください。作ります。欠魂についてはこれから研究しますが、私は王子のお傍に侍ることが叶って嬉しいです」

「ちょ、ちょっと待て！　お前なに言って……モテない男をからかうものじゃありません！」

持っていたサンドイッチを握り潰した王子の前に、ずいっと顔を寄せる。本当は直接関わりたくはなかったけれど、こうなっては仕方ない。

目的は変わらない。ずっと、何一つ、変わりはしない。

「あなたが好きです、王子。だからどうか、あなたの未来を考えてください。どうぞ、よろしくお願い申し上げます」

茶化すことも怒鳴ることも嘆くこともできなくなった王子の手から、握り潰されたサンドイッチがぼたぼたと落ちていく。野菜とパンのみとなったそれは、彼の優しさだ。そういうところも好きだと告げたら、更に呆けてしまった。

照れるわけでもなく、青褪めるわけでもなく、ただただ呆けたあなたの心が動けばいい。

熱を灯せ。熱を灯せ。

あなたに熱を。あなたの生に息を吹き込め。

熱を灯す光の火が現れたそのとき、私は約束を果たすのだから。


本格的に城が稼働するまでまだ時間があるとはいえ、夜と呼んでも差し支えのないほどの早朝でもない。今はそんな時間だ。

人の動きはそれなりに始まっている。そもそも城は眠らない。どの分野においても夜番が活動している。そうして次へと引き継がれた仕事はまた夜を迎え、長い間回り続ける。

城は稼働を止めない。人が睡眠中も稼働し続けるように、城が完全に稼働を止めた日は、国の死となるだろう。

城の中を血液のように人々が稼働し続ける中、王子の横を歩く私は酷く目立っていた。私達が通過した場に存在する人間全てが、一度は私達へ視線を向ける。

いい傾向だ。自分で宣言しなくても勝手に事実ができていく。ローブさえなければ、喪に服しているわけでもないのに、黒の、大きさが合わない男の服を着ているると知らしめられたのに。残念である。

あれから無言になってしまった王子を見上げるも、反応はない。照れてくれたら嬉しいのだが、暗殺者の嫌疑をかけられたときより警戒度が上がった気がする。

「王子」

「ラーニオン！」

話しかけたと同時に、余所から声がかけられた。明確に誰かを呼び止めようと張り上げられた声は、早朝の通路によく響く。

そこでようやく王子が前方以外へ視線を動かした。歩み以外で王子が反応してくれたことは嬉しいが、私の呼びかけに反応を返したわけではない。私もああいう声で王子を呼べば、王子は私の呼びかけに振り向いてくれるだろうか。

大声を上げる機会があまりなく、人の意識を引き寄せられるような声を出せるか分からない。人の意識を引き寄せやすい声の研究をしてくるべきだったかもしれない。

そういう声または音が出せれば、王子へ向けられた暗殺者の意識を逸らせるかもしれない可能性に思い至った。これは今の研究が落ちつけば本腰入れて取り組むべきだ。

「呼ばれてるぞ」

「ああ、そうでした」

そういえば呼ばれていた。

朝日の向きに気をつけ、すぐに日陰が失われない場所を選んで立ち止まる。私達の影がここにないと誰にも気付かれてはならないので、決して陰からは出ない。

その場から一歩も動かず視線を向ければ、頭に羽根飾りを一つつけた青年がローブを翻しながら近寄ってきた。

魔術一課だ。

走ってはいないが足早に私達の前で立ち止まった青年は、私の格好と隣の王子の存在に驚いた顔をした。

「何でしょうか」

「昨日の話なんだけど…………王子様、大変不躾なお願いとなりますが、彼女と二人だけで話がしたいのです」

「あー……」

どうしたものかと王子がへらりと笑う。

失礼なことを、先に一緒に歩いていた王子が邪魔だからどこかへ行けと言ったこの男に、王子は怒りもしないのだ。

「嫌です」

「え？」

虚を衝かれたような顔をする青年の前で、王子の裾を握りしめる。

「用は何でしょう」

「え、ああ、ええと、昨日のことなんだけど、どうかもう一度考え直してくれないかと」

「昨日とは」

青年は王子にちらりと視線を向けたものの、王子は動けず、私も手を離さなかった。それを見て諦めたのか、完全に王子から視線を外した。

ないものとして扱う気のようだ。イェラ・ルリックと王妃以外の多くが、彼をそうして扱うように。

「いや、あの、昨日俺が交際を申し込んだ件なんだけど」

「記憶にありません」

「え⁉」

無言の王子が形容しがたい顔を私に向けた。そんな目で見られても、事実だ。

青年の姿を上から下まで改めて見る。羽根飾りが一つ。一課だ。以上だ。誰だ。

「申し訳ありませんが、興味のない事柄は覚えられません。そしてお話の内容が交際の申し込みであれば一律お断りしております。お受けした事例はありません。以上です。失礼します」

歩き出そうとした手を青年に取られ、眉を寄せる。振り払おうとしたのに、思ったより力が強い。

痛みはどうでもいいが、不愉快だ。

ああ、だが、私も勝手に王子へ触れた。青年と同じことをしたのだ。だから不愉快に思う権利はないのかもしれない。けれど仕返しをする権利があるのは王子だけだ。

　王子が不快に思っていたら申し訳ないが、ないものとして扱ってくる青年にも勝手に触れた私にも怒りや不快感を向けないのであれば、それはそれで腹立たしい。

「だったら、王子とは、何で……」

「王子は私が申し込んだ交際を受けてくださったんです。私から申し込みました。ですが勿論、王子が申し込んでくださったら二つ返事で承諾しました。以上です。手を離してください」

　会話は終わりだと伝えているのに、青年の力は強くなる一方だ。痛みはどうでもいいが、振り払えないのは鬱陶しい。王子がいるのに、王子以外へ意識を割かなければならない時間が続くのも面倒だ。

　王子の裾を握りしめていた指を渋々外し、杖を握ろうとした手が包まれた。私の腕を掴んでいる青年のものとは全く違う。痛みはない。温もりがそこにあるだけだ。

　見上げれば、王子は私を見ていない。王子の視線は青年を向き、軽い笑みを浮かべている。

「そういうことだから悪いな。それと、朝帰りさせた恋人の腕を掴まれるのはいい気がしない。離してくれ」

　ふっと笑みを消した王子に、青年は驚いたのかぱっと手を離した。

　すぐに腕を回収し、王子が包んでくれている手より内側に引っ込める。

「もう宜しいでしょうか。それでは失礼します」

　再度会話の終了を告げ、今度こそ歩き出す。陰を選んで歩いている都合上、一直線に去ることはできなかったが、青年は追ってこなかった。何やら呆けている。

彼が動く気配のないことを確認し、視線を外す。杖を握る手に籠めていた力も抜く。

一課と魔術対決にならなくてよかった。王子に失礼をした男なのでやるとなると雷雨持ち出しを考えるくらい徹底的にやるが、今は始末書を書く時間も惜しい。

私は魔術師としては三流以下なので、魔道具を持ち出すのは絶対だ。そのための魔道具だ。

すたすた歩いている間、つらつら考える。けれど、いつまで経っても温もりが消えない。王子が私の手を包んだままなのだ。

「王子、ありがとうございました」

「あー……いやぁ、お前モテるんだなぁ。確かにお前、綺麗だもんなぁ」

「顔とえげつないと評判の魔道具を生み出す頭と特許による資産はご好評いただいております。人間性は最低値を記録しております」

「お、おう。正しく己を理解できているようで何よりだ……あー、何だ。あの手の手合いは、多いのか？」

あの手の手合い。それがさっきの一課を指していることに思い至るまで、少しかかった。

むしろ私から、王子に失礼な態度を働くあの手の手合いについて聞きたかったが、質問とは早い者勝ちだ。残念だ。後で聞こう。

王子からの質問なので、どうでもいいが記憶所持の必要性に迫られる可能性も考慮し、一応片隅にしまっておいた情報を引っ張り出す。

「誰が私と交際を開始するかで賭博が行われているようですので、それなりに」

確か賭け事の対象になっていたはずだ。

「賭博ってお前……」

「後は、友人関係を含め誰とも交遊しない私を侍らせることができれば自慢になるそうです。単純に私が開発した魔道具による収益を手に入れたいといった意見も多数です」

王子は妙な顔をした。形容しがたい顔ではなく、はっきり嫌悪を滲ませている。

だが、嫌悪を滲ませる理由が分からない。

「………誰かが、お前にそう言ったのか」

「はい。交際をお断りした際、そういう事情だから調子に乗るなブスと」

よくある事象なので比較的思い出しやすかった内容を伝えると、王子はじっと私を見た後、静かに口を開いた。

「お前は綺麗だよ。可愛い顔してる。性格は、とんでもないが……そう呼ばれる類いじゃない」

「恐れ入ります。王子がお気に召してくださるのなら、この顔で生まれた甲斐がありました」

「一般的にな？　一般論として、お前相当可愛らしい顔立ちしてるしかなりの美人だぞと、一般論としてだな」

「王子、一般論を語れるほど一般に馴染んでいらっしゃったのですか」

「どうしてお前、不意に致命傷負わせてくるの……？」

関わった人間は王妃によって排除される現状で、交友関係を広げてこられたのか疑問だ。

昔は第一王子の派閥もあったらしいが、そのどれもが今では離散している。元第一王子派だった家門は、王妃に目をつけられないようひっそり生きていると聞く。中には堂々と寝返っている家もあるそうだ。

純粋に疑問だったのだが、王子は傷ついたと言わんばかりに嘆いている。おいおい大仰に嘆いていた。

しかし手は離れない。握り合っているわけではない。私の掌が拳のまま包まれているだけだ。王子の長い指は、私の手を簡単に包めてしまう。

私の手を包む皮膚は硬い。すらりと伸びた細く長い指の節々は膨れ、掌や指にははっきりとした胼胝《たこ》が存在する。硬く使い込まれた人の手は、その硬さとは裏腹に柔らかく私の拳を握っていた。

さっき私の腕を掴んだ青年は、皮膚は柔らかく力は強かった。王子は力の使い方が優しい人だ。

「まあ、何だ。お前を貶す言葉は、フラれ男達の下らん腹いせだ。気にする必要はないぞ」

「気にしたことはございません。聞いた回数が多かった台詞は記憶にかろうじて引っかかっておりますが、一度限りのものは記憶しておりません。先ほどの青年も名前が分かりません。一課所属なのは分かりました」

「うん、そうね。それは俺にも分かるし、城勤めの奴なら大抵分かるね？」

王子の瞳が遠くを見つめた。

「それにしても、お前本当に興味ないんだな。さっきの奴、相当顔よかっただろ？　まあイェラには及ばないが。それに、あの若さで勲章をつけていたから腕もいいんだろうな。まあイェラには及ばないだろうが」

「そうだったんですか」

「……うん、あの、もうちょっと興味持ってあげて？」

「王子以外に興味はありません」

正直に答えたのに、王子は形容しがたい顔になる。

言うことを聞かない子に手を焼くような、後回しにした厄介事と対峙したような、得体の知れない贈り物を開くときのような、そんな顔だ。

「美人局したいならもっと有益な奴にやったほうがいいし、何よりお前はもっと自分の身を大切にしろ」

「美人だと思ってくださるのなら嬉しいですし、大切にしてきたので申し込まれた交際は全てお断りしてきました。私は嘘などついておりません。朝食のスープに入っていたクリサンセマムに誓って申し上げます」

「またかっ！」

何故か王子のほうが悲痛な声を上げる。その様子を見るに、王子のスープには入っていなかったようで何よりだ。イェラ・ルリックが今更王子から聞き出したい情報があるはずもなく、当然といえば当然だ。そして王子はいつでも安全で美味しい物をお腹いっぱい食べるべきである。

「だから飲まなくていいんだぞ！　不味かっただろうに……」

「味覚が死にかけましたが、魂修正実験薬と同時摂取ではありませんでしたので瀕死で済みました」

「生きろ」

「生きております」

だからこうして隣を歩いているではないか。

「……クリサンセマム飲んでそれだったのか？」

「当然です」

「クリサンセマムの影響時間は」

「摂取量と摂取者の耐性にもよりますが、私の場合、摂取後四時間は持続するかと」

私の研究内容を奪われないよう、その手の薬に対する影響は把握する必要があった。これは私の個人的なものではなく、魔術二課としての義務だ。

私の答えを聞いた王子は少し困った顔をした後、考え込んでしまった。その横顔を見上げる。

さっきの男の顔がいいと王子は言っていたが、王子のほうがよほど整っているし、美しい。さっきの男の顔を全く覚えていないが、そう思う。王子は世界中の美しい顔全てを集めた中でもきっと誰より美しい。他の男の顔は全く覚えられないだろうが、そう確信できる。

「……俺のことが本当に好きだと言うなら、好きな箇所を十個言ってみろ」

「いま手を繋いでくださっているところ。ご自身が貶されたときは何も反論せず笑っていらっしゃるのに私が貶されたときは励ましてくださったところ。朝、先にハムを食べた私にご自分のハムをくださったところ。イェラ・ルリックと気安いやりとり中の幼い表情。困ったときの眉を下げた顔。キノーケセイムの香りが好きでその時期にはしょっちゅう庭に出て香りがすると嬉しそうに緩める表情。人気のない場所で休憩している人がいたら王子のほうが先にいたのに気付かれないよう移動して場所を譲ってあげるところ。私はイェラ・ルリックより王子のほうが美しいと思いますし、せっかく顔だけはいいと評判なのにその顔に全く頓着せず感情で崩し回るところも可愛いです。……いま何個言いましたか、あと何個大丈夫でしょうか。十個超えても聞いてくださいますか？　王子？

王子、どうなさいましたか」

王子は空いた片手で顔を覆っている。顔が見えないので少し寂しいが、王子の手は相変わらず温かい。

時間が経つにつれ増え続ける人々の視線は遠慮なく纏わりついてくる。こんな中で影がないことが知られると大騒ぎになるだろう。

王子の反応が消え失せたので、私がもっと気をつけなければなるまい。日陰を選び進んでいくうちに、ようやく王子が反応を見せた。

「いや、手は……手は、あの後すぐ離したら、逆に怪しいだろうと……けど、お前、お前なんで、変なとこばっか見てるの。しかも俺、見られていることに全く気付かなかったぞ。視線には聡《さと》いはずだぞ、俺は」

「好きな存在は自分が意識せずとも自然と目に入るのだと、王子を好きになるまで知りませんでした。話をしてみたくもありましたが、私が王妃に殺された場合あなたはきっと傷ついてしまうので、話しかけるつもりはありませんでした。なのでせめて見ていようと、通路を選ぶようになりましたので、見る機会は増えました。私は気配を消すなどの特殊技能を身につけてはおりませんし、気配の数値化ができていない現状ではそれらを補助する魔道具も作製できません。ですので王子が気付かなかった原因は私ではなく、王子が好意の視線に疎いからではないかと推測します」

「ああそう……お前ちょっと黙って………」

王子は思考の海に潜ったようだ。二課の魔術師はそういうとき、外部からの音を勝手に遮断する機能が備わっているが、王子は違うらしい。第三者が話しかけると気が散ってしまうようだ。

だから私は要請通り黙り、黙々と歩を進めた。


頭痛を覚えたような顔で黙りこくった王子と一緒に、目的の場所を目指す。

早くしないと、朝日の勢力は威力と共に増してきている。日陰が浸食されきる前に魔術二課の巣と呼ばれる塔、つまりは私の職場に辿り着かなければ。あそこまで行けば、後はなんとでもなる。

少し歩調を速め、周囲の視線が絡まる廊下を突き進んだ。

人気はどんどん失われ、整えられていた庭の草木は伸び放題で鬱蒼としている。いつの間にか復活していた王子は、それらを興味深げに眺めていた。この辺りは来たことがないのだろう。

魔術二課の塔は、王子の居住区から正反対の場所に位置する。それなのに魔術二課の倉庫は王子の宮殿から見える位置にあるのだ。魔術二課の研究にしか興味のない安全意識に、王妃がどれだけ期待を込めているか分かるというものである。

王妃がどれだけあわよくばの事故を期待しているか分かっても、今の今まで王子は事故に巻き込まれていないし、私は倉庫に行くたび王子を見かける機会を得られてよかった。ちなみに王子が事故に巻き込まれていないだけで、倉庫で事故が起こっていないわけでは決してない。

毎日何かしらが爆発しているし、何かしらが脱走しているし、何かしらが融解しているし、何かしらが侵食しているし、何かしらが木っ端微塵になっているし、何かしら禁忌が発生しているが、些末事《さまつじ》である。魔術二課の誰も気にしていない。私も気にしていない。

そういう性質の人間が集まっている総本山ともいえる魔術二課があるこの場所は、城勤めの人間でも用がなければ近づかない。そもそも二課の場所を知っている人は少ない。忌み嫌われているわけでも制限されているわけでもなく、ただただ用事がないのだ。

魔道具の修理は受付場所が別にある。整備や魔力の補充、簡易な修理はそこで済まされる。そこでどうしようもなかった物だけが回されてくるので、二課へ直接持ち込むわけでもない限り、二課を訪れる必要はないのだ。

そして直接持ち込んできた場合、二課の人間は基本的に人の話を聞かないので、結局受付場所を介して修理を依頼したほうが早いという結果に陥る。ますます二課を訪れる理由はなくなり、邪魔が入らず私達の研究は捗る。誰もが幸せな結果だ。

壁が続き殺風景な景色の中、唐突に現れた長い渡り廊下が二課への道になる。

入り口には詰め所があり、廊下を挟んで左右に警備兵も立っていた。

彼らは私へちらりと視線を向けただけで微動だにしなかったが、隣にいる王子に気付き不審な視線を向けた。

しかし何も言わない。私が何も言わないからだ。

警備兵の横を通ってすぐ、詰め所の中からいつもの兵士が書類を渡してくる。それを受け取り、歩きながらざっと目を通す。

詰め所を通り過ぎてから、王子が耳元に口を寄せてきた。周りには誰もいないのに、人目を気にするようにひそひそと言葉を紡ぐ王子の息がくすぐったい。

「俺のような部外者が入っていいのか？　二課の技術は国家機密だろう？」

「いろいろ魔道具が設置されていますから、危険物の持ち込みや魔術が起動していれば分かります。よって研究が盗難に遭う危険性はほとんどありません。それに、王族の方が何を仰っているんですか」

王族は命令一つで私達の研究結果を持っていける立場にある。だからといって無闇矢鱈にその権利を行使した場合、いちいち介入されることを面倒に感じた魔術二課はさっさと行方を眩ませるか、その研究自体を凍結する可能性もあるので滅多に行使されないだけだ。

「何より二課の人間と一緒なら構いませんよ。二課に連れてこられないような人間と、二課の魔術師が付き合うとお思いですか。普通の人間とさえまともに付き合わないのに」

「………何だこの説得力は」

そういうことだ。

たとえ用事があったとしても、さっさと済ませるために外の廊下で話をするだろう。何も生み出さない無意味な時間に長居無用。させるもするも、無用の産物だ。

渡り廊下はやがて地下へと沈んでいく。なだらかに下っていく通路は朝日を遮断し、いつだって闇を飼っていた。

けれど闇は歩みを止める要因とはなり得ない。私達が歩を進めるごとに灯りがついていく。人の気配を察知し、遙か先まで光が灯る。

雑多に積まれた荷が左右を塞ぎ、通路は狭い。光は荷の影を細く長く映し出したが、そこに私と王子の影はない。

「凄いな」

どこか楽しそうにきょろきょろしている王子は、子どものようだ。勝手に灯っていく光を見た後、雑多に積まれた荷を興味深そうに眺めている。たまに足を止め、まじまじと見つめているので私も足を止めた。

「この辺りで欲しい物があればどうぞご自由に。私宛ての荷ですから」

実は何がどこにあるか、意外とみんな覚えている。雑多または乱雑に積まれているように見えるが、これでいて秩序立っているのだ。

個人の荷を置く範囲も何となくではあるが決まっていて、その中に収めている。外部の人から見れば全てごちゃ混ぜなのだろうが。ここは魔術二課の管理区域なので、外部の人間が理解する必要もない。よって、改善の予定は今のところないし、これから先もあるとは思えない。

私の言葉を受けた王子は、今まで興味を向けていた荷からすっと視線を外した。

「いや……俺が持っていても何の役にも立たないからな。有効活用できる人間が持っていたほうがいい……ところでこれは何に使うんだ？」

小箱に収まった小瓶を持ち上げた王子の手からそれを受け取り、魔術灯に透かせる。少しとろみのある液体が透明な瓶の中で揺れた。

「さあ……」

「さあ⁉」

「これは私が用立てた物ではなく、私宛てに届いた物ですので中身までは把握していません。ここにあるのは検査を経て通った物ですから危険物ではないでしょうが、何かまでは」

予想をつけることは可能だが、王子からの質問であれば正確に答える必要がある。見ただけでは如何ともしがたい。

何はともあれ中身を確認しないことには始まらない。瓶の蓋を開ける。きゅこっと摩擦音がして、中の液体が揺れた。私が自分で用立てた物以外で毒性のある物は検査を通過しないので、皮膚に触れても問題はない。だが、王子もいるので一応零れないように気をつける必要がある。

液体の揺れが収まるまで一旦待ち、顔を近づける。匂いを確認した後、指に載せて嘗めると、王子が慌てた声を上げた。

「おい⁉」

「平気ですよ。毒物は検査を通りませんから、私達が直接持ち込むか正式に要請した物じゃないと駄目なので。私が把握していないのであれば毒物ではありません。ああ、媚薬ですね」

甘苦い味を膨らませる酒精の香り。典型的な媚薬だ。

命や健康を害する物ではないので、正体が分かれば王子も安心するかと思った私の予想は外れた。

「――は？」

王子の眉間に皺が寄っている。

「甘みが一番強いのでそれなりに値が張る上級品ですね。ご入り用でしたらどうぞ」

「……いらんわ」

「そうですか」

「お前、平気なのか」

「王子は酒を一滴嘗めて酔いますか？」

「そういう問題なのか……」

蓋を閉めて、小箱の中に収め直す。かちゃんと静かな音が通路に響いてすぐに消えた。

「王子が必要なければ二課の誰かにあげます」

「……そうか。いや、その誰か、受け取るのか？」

「みんな、お酒代わりに紅茶へ入れて飲んでいます」

「二課――！」

「はい、魔術二課です」

答えたのに、王子はぎゃんっと怒った。

「教育に悪すぎるだろう！」

「現状作製されている媚薬は、興奮、覚醒作用のある成分、抑圧を妨げ理性を解くクリサンセマムのような自白剤としても使用される成分を酒精で回している物が主です。酒となんら変わりません。そして、二課は基本的に義務教育を終えた人間が揃っております」

「まあ、酒といえば酒だがな……基本的に？」

「環境が成長にそぐわない場合、学業と並立させるか卒業扱いにして軍に所属する場合もあります」

そういう存在は天才と呼ばれる。

突出した才能が平均を知る場で悪目立ちし、潰れるか流出する前に囲い込む。

まあ、よくあることだ。

ちなみにその手の制度を利用して、天才ではないが天才のフリをしてさっさと卒業する学校嫌いもいる。二課には結構いる。

間違いなく天才もいるが、面倒くささのあまり間違った方向に頑張る者も多い。二課には結構いる。二課にしかいないと言う人もいるらしいがどうでもいい話だ。

そんなことを考えていると、王子はまたぎゃんっと怒った。

「大体何だこれ！　お前、何送られてるんだ！」

「よくありますが」

「よくあるの⁉」

「他にも夜の営みに使用される、俗に卑猥と呼ばれる道具や本も多種多様に。その一角がそうですね。後日纏めて処分に出しますし、ご入り用でしたらど」

「いらんわ」

最後まで言う前に断られた。では処分だ。

送られてきた物はリスト化されている。詰め所で渡された書類だ。私が注文した物以外が大半である。二課にはよくある。

俗に賄賂というものらしいが、二課相手にはそれらが制限されることはほとんどない。何せ、ほとんどが賄賂として機能しないからである。

勝手に届けられた物は皆で適当に分けることがほとんどだ。要らない物は次第に分かってくるので、分ける前に処分していく。

現金は流石に問題となるので滅多にないが、高価な物ならざらにある。そこに転がっている小さな箱には大きな宝石が入っている。希少な大きさらしい。

しかしそこは二課。豚に真珠、鳥に金貨、二課に宝石。

大抵価値と見合った扱いはできない。

成分が珍しいか、今まさに実験で使用する予定がなければ無用の長物である。だからそこで埃を被っている。

王子の興味も宝石を向いていないうえに、彼はまだ怒っていた。

「お前、怒っていいんだぞ。これは下品な行いだ」

「はあ」

怒っているのは王子だと思ったのでそう答えたのだが、王子の怒りは増した。同時に声量も増した。

「はあ、じゃあない！」

「以前、どういう心理でこういった物を送ってくるのか分からなかったので調べたんですが」

「調べたの⁉」

「はい。そのときの送り主は男性九割女性一割。男性の六割が女性は九割が嫌がらせ目的、残りは私に使用したい、私と使用したい、私に送り主自身へ使用してほしい、でした」

特に役立ちそうな情報はなく、興味を失ったことまでは覚えている。その後は調べていない。

送られてくる行為の何が嫌がらせになるのかは、よく分からないままだ。送る手間も金銭の用立ても全て向こうがしているのだ。私は処分に出すだけなので、大した手間でもない。

むしろ送る人々が嫌がらせされているのではないだろうか。定期的に送ってくる人はマメな性格だとは思う。大変だ。

それらを伝えると、王子は疲れ切った虚ろな目で私を見ながら、やんわり微笑んだ。

「…………………………何だか、うん、お前凄いな」

「ありがとうございます」

「うん……そうね……」

何だかぐったりしている王子が心配になり、前がよく見えているか確認がてら、目の前でリストをぺらぺら振ってみる。伸びてきた手がリストを掴み、そのまま虚ろな目で読みはじめた。

よかった。元気だ。そして流し読みが早い。

王子としての仕事から外されてきた人だが、宰相から仕事を渡されるイェラ・ルリックの手伝いをしていたというのでそれで鍛えられたのだろう。

　元々頭の回転が速い人でもある。そうでなければ今の今まで生き延びてこられるはずもない。

「まあ、何というか……俺に常識を語られるのはこいつらも業腹だろうが、碌《ろく》でもないな。お前、あんまり酷いようなら二課長に相談するんだぞ。ちなみに俺は、相談されても何一つ解決できる術を持たん！」

「別に何も思わないのでどうでもいいんですが、王子が私の相談に時間を取ってくださるなら嬉しいですし、相談放置してお話ししてくださるなら更に幸せです」

「あ、そう……ところでこの、ロドキシンって何だ？」

「神経毒の一種です。武器に使用できないかなと思って注文しました」

「あ、お前が一番物騒なのね」

　品薄になっている毒だったので、注文から時間がかかった。ようやく届いたので、何から試そうか頭の中でざっと予定を立てていく。

　しかし全部、欠魂がどうにかなってからだ。この現状を解決することが優先だ。王子が何より最優先だ。

　他は全て些末事である。

第三章　昼

何だか昨日からずっとぐったりしている王子と共に、黙々と廊下を進む。王子は積まれた荷には触れないよう苦もなく避けて歩いていた。

王子が何に興味を持つか知りたかったので、その視線を辿る。王子の視線の先にあった瓶には見覚えがある。

「それは三錠飲めば酩酊し、五錠飲めば意識不明となり、八錠飲めば死亡する薬です」

「さっきからそんなのばっかなの何で⁉」

「その薬を混ぜた炎で炙ると薬効が変わる薬草があるので取り寄せた二課所属員がいるからです」

「あ……そう……こわ……」

廊下はまだ続いているが、途中で立ち止まる。

不思議そうに私を見た王子の背後の壁を蹴りつける。ぴゃっと悲鳴を上げて飛び上がった王子の後ろ、何の変哲もない壁がとろけるように変化し、ぽっかり口を開けた。

「何⁉」

「近道です」

「あ、そうなの……。次は予告してね。俺の繊細な心臓のためにも是非」

「王子が死んだら私の生きていく意味が失われ後を追いますので、頑張って生きてください」

「俺は二人分の命を背負っているの⁉　妊婦でもないのに⁉」

「その通りですので、どうぞ張り切って生きてください」

「無理言うぅ……」

めそめそ嘆きはじめた王子の歩みが遅くなったので、四歩以上離れないよう気をつけて進む。

壁に開いた穴を二人でくぐって七歩。廊下の魔術灯の灯りが届かなくなった瞬間、再び目の前が開けた。途切れた光が急速に世界へ広がっていくような錯覚を受ける。

光が隅々まで行き渡れば、徐々に影が配置されていく。当然だ。光だけの空間なんてこの地上にあるわけがない。

ほんの瞬き一つの間に変化を終えた先にあったのは、さっきまで長々と続いていた廊下ではない。

最初に感じるのは匂いと風と音。草と花と薬と鉄と木と獣と食事と。ありとあらゆる匂いが混在し、不意に現れた風に流されていく。

柔らかい物を、固い物を、打つ音。水分が混ざり合う音、揺れる音。何かを繋げる音。裂く音。練る音。落とす音。

人が二十人近くいるのに、会話より物音のほうが断然多い。建物内にいるのに森を歩いているような、祭りの夜を歩いているような、そんな場所。

「ここは……」

「魔術二課です、王子」

呆然と佇む王子に答えながら、その顔をじっと見つめる。

王子の表情はくるくる変わる。けれど実のところ、本当に心から表れた表情はとても少ない。瞳に光が宿る。熱が灯る。その光が、瞳を輝かせた。

無邪気に、素直に、溢れ出た感情を表情として表すことを、この人がいつやめてしまったのか。私には分からない。

だからこそこうして大袈裟ではない彼の感情が零れ出た瞬間が、堪らなく愛おしかった。

王子の視線が部屋の中を撫でていく。

魔術二課の部屋自体はとても広い。しかし人が通るための通路はとても狭い。何故なら物が多すぎるのだ。そして置かれている机が大きい。

二課は机での作業が多いので、事務作業を主とする課で使われている机の二倍近くある。

ちなみに前後……いや、前左右の机との仕切りに使われているのは魔道具の防御壁だ。あっちこっちで爆発や飛散が起こるので、これがなければその度あちこちで薬品や部品が混ざって研究が乱れてしまう。

そうなっては困るので、防御壁はこまめに整備されている。自分の怪我はどうでもいい。当たり前だ。ここは二課なのである。

一応それぞれの研究室もあるが、寝食忘れて研究に没頭する人間が集まっているので、研究室に籠もった結果行き倒れが続出したこともあり、簡単な作業は共同作業場である二課室で行うようにとの厳命が出ている。

大きな被害が予想される危険のある作業は、王子の居住区画の側にある倉庫で行われた。勿論厳重に対策が施され、もしもそれらを突破するほどの規模で何かが起こった際は、絶対に周囲に漏れないようになった。

した。

「おはようございます」

二課長が開発した空間魔術の恩恵で近道をした私達が突然部屋の中に現れても、誰も視線を向けない。現れたことには気付いているだろう。だが、いちいち反応を示さないのだ。基本的に自分の研究が乱されなければ、わざわざ手を止めて視線を向ける必要はないと考えているのが二課である。

それでも最低限の挨拶くらいはする。私の挨拶に、ぱらぱらと手が上がっていく。これが二課で最多の挨拶方法だ。気が向けば視線や声が返る。それだけだ。余計な手間が省かれた素晴らしい仕様だと思う。

誰からも視線が向かない代わりに、あちこちから届くのは作業中の音だ。その様子を、王子は感心して眺めた。

「凄いな。まだ始業前なのにもう仕事を始めてるのか」

「帰っていない面子が多いだけだと思います。私も普段は研究室で寝泊まりしていますし」

「……は？」

「軍部内に与えられた部屋もありますが、部屋に帰る理由が特にありませんので。ここなら思いついたときにすぐ取りかかれて便利です。部屋は礼服など仕事で使用はするけれど毎度必要ではない物を置いています」

つまりは物置である。

「……休みはないのか？　どこか出かけたりは？」

「一日中他の仕事をせず好きな研究だけをできるのに、何故その時間を無為にして外出しなければならないんですか」

王子の目から光が消えたが、これは感情を抑えたというより虚ろに散っただけに思える。なので心配せず、荷の合間を縫って進んでいく。王子が慌てて後をついてくる。

「蜂蜜漬け」

「は？　お前、何言って」

私の言葉に、手元を見ていた人々が視線を上げた。机に突っ伏していた面子も、頬に机の痕をつけたままゆらりと頭を上げる。

その様子にぎょっとした王子が身の置き場を探している間に、起動した杖を持ち直す。

普段は掌よりも小さくなっている杖が、私の身長を超える大きさになる。その杖の先で床をカツンと打ち鳴らす。目の前の空間に現れた空気の固まりを階段のように上がっていく。

唖然とした王子がその場から動かないので、手を伸ばす。私の手を手摺り代わりに使ってもらおうと思ったのだが、王子は動かない。

「王子、四歩を」

「あ、ああ、すまない」

慌てて透明な階段を上ろうとした王子は、何度か躊躇い、そぉっと私の手に触れた。

そよ風よりやんわり触れるから、手摺りの意味がない。私から強く握り、上へと引っ張り上げる。

部屋にいる全員の視線が私と王子を頭から足まで撫でていく。そして、地上で止まる。

目が見えないほど伸びたぼさぼさ髪をがりがり掻き回した先輩が、片手を上げた。

「蜂蜜漬け？」

「はい」

「結構な大事だけど蜂蜜？」

「内々に自力解決せよとのことです」

先輩は「あ？」と機嫌が悪そうな声を出した。しかし、何かに気付いたのか開けたままの口から
空気が抜けるような声を出していく。

「……あ、あー……王子だ」

「え？　あ、ほんとだ」

「捌く」

「王子じゃん」

「あー……うるさいうるさいうるさい……え？　王子？　すみませんごめんなさい助けて」

「うわこのお菓子カビ生えてる」

「それはお前流石に嘘だろお前まずいだろお前王族見たの俺初めて」

「わし一回見た気がする。六二年八ヶ月十二日くらい前に」

「やっぱりここで詰まる。動物実験の限界を感じる……」

「もう人間でやれば？」

「お茶、出すべきか？」

「すげぇ。一課長が来たとき一瞥もくれずにジグソーパズルやってた奴が気を遣った！　権力すげぇ！　やべぇ！　フラスコ爆発した！」

「あ、馬鹿お前。お前の培養に便乗して俺のもやってたのに何してくれてんだよ」

「いや君、何ちゃっかり世話させてるんだ。カッコウかい。あ、私の無事？」

一気に騒がしくなった。これはこれでいつも通りだ。

〝知らず知らずのうちに現状を把握〟されてしまったけれど、知らないので問題ない。王の命は破っていない。私は何も言っていないし、誰にも知らせていない。

用事は終わったので〝特に意味のない〟魔術階段昇降を終えて、地面に戻る。

王子も影のない足を地面に下ろす。守りたい人の身が損なわれるのは、たとえそれが影であっても腹立たしいものだなと、寒々しく思えてしまう床を見つめる。

私の足元に影がないのはどうでもいい。本当に心底どうでもいいが、王子の空っぽの足元は腸が煮え繰り返りそうだ。

この人を損ねた存在がいる。彼の有り様から透けて見えるだけでなく、目に見えた形でここにあるのだ。目につく度に怒りが湧き上がる。

他に感情を分散させないからか、ふつふつ湧いてくる怒りを制御できる気がしない。

王子の顔でも見て落ちつこうと顔を上げたら、王子の顔には戸惑いがありありと浮かんでいた。

優先すべきは私の怒りなどではなく王子の安寧なので、私の感情はさっさと捨てる。

「どうしましたか？」

「いや……その、腫れ物かいない物として扱われるのは慣れてるんだが、ここまで興味なさそうな扱いをされるのは初めてで、どういう感情を抱けばいいか悩んでる」

「二課にしては珍しく興味を持っています。恐らく蜂蜜案件についてですが」

恐らくも何も蜂蜜案件についてだろうが、他者の思考を覗く術が存在しない現状ではすべてが憶測になる。確定していない情報を王子へ伝える以上、恐らくとつけるべきだ。たとえ九九・九％確定した情報であってもだ。

王子は聞いてもいいのか若干迷ったのだろう。僅かに言葉を濁そうとしたが、王子の言葉を私が待っている様子を見て、飲み込まなかった言葉を紡いだ。

「その蜂蜜案件って何なんだ」

「今から六十年ほど昔、魔石開発中に研究結果が奪われそうになった際、試作の魔石を蜂蜜の瓶に放り込んで隠した逸話から、内密または秘匿の隠語として二課では使用しています。漬けは秘匿度が高く、段階を下げれば蜂蜜がけなどになります」

「なる、ほど……？」

魔石のおかげで、魔術の形は大きく変わった。形が変わる。それは歴史の境目と同義だ。

それまで魔術とは、魔術師がその場で発動し続けなければ維持できない代物だったのだ。だが魔力及び魔術を保持できる魔石という存在により、事前準備や携帯が可能となった。

魔術師が魔術を発動していなくても、既に用意していた魔力が魔術を維持してくれる。魔道具が使用可能となったのは、魔石の存在があるからに他ならない。

「俺に教えてよかったのか？」

「隠語といっても密偵や勘のいい者に解読されればあっさり分かる程度の物ですし、王子は私の王子ですから」

「俺が誰かに教えたらどうするんだ」

「王子、イェラ・ルリック以外に仲良しな方いらっしゃるんですか？」

私の疑問に、王子は自らの胸を鷲掴みにしてよろめいた。

「……大丈夫、大丈夫だ、俺。致命傷で済んだぞ」

「ちなみに私は誰もいません」

「致命傷なのは紛れもなくお前だ！　あと、さっきから怖いのが一人いるんだが！　これ何⁉」

青褪めた顔で私の後ろに逃げた王子を追って、一人の魔術師がぐるぐる回る。

髪がないので髪飾りをつける場所がなく、耳飾りとしてぶら下げている男だ。

「待たれよ。けっこ失礼蜂蜜漬け蜂蜜漬け……三日月者なぞここ百年近く出ず生還者なんて何百年ぶりか私が生きている間にこのように生きのいい被検体失礼体験者が現れるなんてそれに立ち会えるなんてこんなに新鮮な素材失礼材料が手に入るなんて流石私だ日頃の行いがよすぎるやはり私という存在は世界中から褒め称えられるべきであり神にも等しい存在なのではそんな当たり前のことはともかく捌かせてくれ」

「恐怖しかないぞ⁉　何これ⁉　やだ怖い！」

私を中心点とし、王子と男がぐるぐる回る。

背は高いがひょろ長い王子とは違い、背も体格もいい男は幅を取る。そんな男がぶつぶつ言いながら王子を追いかけ回る度に、中心にいる私の髪が翻るほどの風が巻き起こった。それは幅を取る男の所為でもあり、凄まじい速度で回り続ける王子が原因でもある。王子の目が回るのではないかと心配だ。

必死の形相で私の周りを回る王子の風を受けつつ、王子の疑問に答える。

「キンディ・ゲファー。現在私達が陥っている現象についての研究者です」

ここ百年近く研究対象者が出現していないこともあり、蜂蜜漬け案件の名称をうっかり口に出しかけている男は、自分が紹介されていようと止まらない。つまりは王子も止まれない。

「なるほどぉ。だから俺達を捌こうとしてるのねー……なんてほのぼのできるか！　ただの危険人物じゃないか！　俺はまだ死ぬわけにはいかんぞ！」

まだも何も、一生死なないでほしい。

王子の言葉に過敏に反応したのは、いま説明されたばかりの男も同様だ。

「死ぬ⁉」

キンディ・ゲファーの目がかっと見開かれた。

「こんな新鮮で希少な素体が失われる⁉　勿体ない！　せめて肉体だけでも保全させてくれ！　冷凍だと解凍する度に負担がかかるから薬漬けで！」

「いやぁあああ！　ありとあらゆる殺害方法試されたけど、これはちょっと初めて！」

王子の回転率が上がった。追うキンディ・ゲファーの速度も上がる。

私が一歩も動かない限り、王子がキンディ・ゲファーから逃げる術は私の周りを回るしかないのだ。

局地的な突風が起こり、私の髪も激しく舞い上がる。自分の髪に視界を遮られながら、キンディー・ゲファーへ声をかける。前がよく見えないが、この速度で回っているのだ。喋っていれば必ず彼が前を通る段階で声をかけられるだろう。

「キンディ・ゲファー、私達は生還者ではありません。私達が意識不明に陥るのは互いの距離が四歩を離れた場合のみです。影は私が何とかします。あなたに問いたいのは欠けた月を修復または回収する方法です」

「ふむ」

ぴたりと立ち止まったキンディ・ゲファーの背に王子が激突した。鼻を押さえてよろめいた足が四歩を超えそうになり、私も二歩移動する。

やっと話を聞く態勢に入ったキンディ・ゲファーに、私達が立てた仮説をざっと説明した。

「けっこ失礼三日月状態とはこれ即ち肉の塊を生命となしえる楔が解けた状態と仮定する。三日月を受けた生還者は極端に少ないが、その誰もが一週間以内に目覚めている。彼らの証言は重ならない点及び不明な点も多くまた正確性を確かめようもない。けれど共通しているのは、誰もが夢、通常睡眠時に見る夢とは違うが今はこう定義する、誰もが夢の中で己の魂と思われるものを手にしている。彼、または彼女らが証言した場所は様々だった。森の中、川辺、町中、図書館の中、海の底という証言もあった。それらの中には共通して黒い影が蠢き、彼らを追い回したそうだ。それらは人型《ひとがた》に近かったと言われている」

「……夢というよりは、ここではないどこかという意味ですか」

「肉体を伴っては到達できない地、と定義していいものかは分からぬが。現段階では確かめようがない。一つ分かるのは、魂とは物質ではない。これらを修復及び回収するのであれば、同じ領域にこちらの意識が移動する必要がある。そもそも三日月状態に陥った人間の意識が失われるのは、魂へ引っ張られているのではないかと私は考えている。意識とは魂と同じく目には見えず物質化されていない存在であるが、それら二つを定着させる肉体を動かすのに必要な存在だ。恐らくは魂のほうが比重が大きいのだろう。故に、意識は魂の元へと引きずり込まれる。肉体への比重が大きくなれば、引き寄せることも可能だろうと考えていたが、お前達のように完全に意識がある状態でも魂を引き寄せることが叶っていないのならば、やはり直接出向いて回収してくるよりあるまい。失敗したら一人は剥製、一人は薬漬けにさせてください」

　最後だけやけに丁寧に、ゆっくり静かに告げられた。同様の速度で丁寧に下げられた頭を見下ろしていると、鼻を押さえて蹲《うずくま》っていた王子ががばりと顔を上げる。

「お前達はやたら話が長いな！　そして締めが酷い！」

「キンディ・ゲファー、ありがとうございます。私が死んだ場合は標本だろうが剥製だろうがお好きにどうぞ。王子は駄目です」

意識不明に陥ることに意味がある。その可能性があるのなら、試さない理由がない。そのためには影を用意しなければ。

「では、今晩にでも試します」

「俺の意見は……?」

悲しげな王子の声に答えるより早く、先輩がぼさぼさ髪の向こうで笑っていることに気がついた。にぃっと笑った口元から見える鋭い八重歯は、まるで吸血鬼のようだ。

この先輩の機嫌がいいときは、大体私怨が挟まっている。

「影使う気だろ」

「勿論」

「はは、あいつらざまぁみろ。その新作魔道具を一番に使うのは自分達だって張り切ってたのによ。お前の魔道具は話題になるからな。それこそ女のドレスみたいに、流行の最先端ってな」

昔は一課にいた先輩が二課に来るまでにいろいろあったらしい。何があったかは知らない。聞いていない。恐らく。

聞いたけれど覚えていない可能性もあるが、そんなの日常茶飯事な二課では誰も気にしない。皆、言いたいことは言うだろうし、聞きたいことを聞く。言いたいことは言いたいだけであり聞いてほしいわけではないので、相手が覚えていなくとも誰も気にしない。そして聞きたいことを聞いているだけなので、聞きたいことではないのなら忘れても気にしない。二課なのだ。

「元々王子の護身になればと作った物を王子に使用するだけなので順当かと。では」

頭を下げ、王子の背を押して机の列を回り込む。キンディ・ゲファーが思考の海に沈み込んでいるうちに、最大限距離を取る道を選んで奥へと進む。彼の意識がこちらを向いても、一息に距離を詰められない進路を選んだ甲斐はあった。キンディー・ゲファーがはっと顔を上げたときにはまだ私達は同じ部屋にいた。

だが彼が追いつく前に、私達はその部屋を去ることに成功した。

その先へ進む前に一度世界が白く点滅した。それはほんの一瞬のことで、先ほどの部屋へ訪れたときと同じ感覚があった。

瞬きの間に、周囲の温度がぐっと下がる。

しんっと静まり返った薄暗い廊下は、身体の熱をあっという間に奪う冷たさで満ちていた。

「……何だ？　急に、温度が」

「二課は王城の裏山にありますから、少し寒いんです」

「そうなのか……入り口は反対側だよな。これが空間魔術なのか」

「そうですね。昔はあの通路をぐるりと回って辿り着いていたんですが、二課長の功績です。現状ではとても手間がかかりますし、かなり限定的な使用しかできませんが、そのうち手紙が一瞬で手元に届くくらい民間でも活用できればと考えているようです」

温度の変化に強張っていた王子の顔が、ふっと緩んだ。

「ああ、それはいいな。きっとみんな喜ぶ。まあ、俺には手紙を送る相手もくれる相手もいないいんだがな！」

「送りましょうか？　ですが現状では、王子の目の前で書いて手渡しになります」

「よし、口で言おうな」

それもそうだ。

「そういえば、よかったのか？　欠魂のこと、内密にと言われているだろう？」

「二課ですので」

王子は首を傾げた。その様子で、説明が足りなかったかと反省する。

必要がない場面では情報過多だと言われているのに、必要な場面で情報が少ないのはいただけない。

他の誰かが意味を理解できなかったとしても言葉を足す必要性は感じないが、相手が王子ならばどれだけ時間と言葉を尽くしてでも足りないだろう。

王子の疑問は須く解消されるべきだ。悩みも、そうあるべきだ。

「二課では、興味のないことは徹底して、それこそ脳の不備を疑うほど覚えませんが、興味を持った場合何が何でも解明する人種が揃っています。影がないと気付かれるや否や、徹底的に張りつかれ、検査され、影に関することもそうでないことも根掘り葉掘り掘り出されますので、さっさと情報を開示したほうが被害は少なく済みます」

「酷い話だ……」

水分の満ちた空気はしんしんと冷える山の空気で、鼻の頭が痛くなる。王城の裏山は神域が近く、山も深い。

王子が風邪をひいてはいけないので、廊下はさっさと進み、いくつかの閉ざされた扉の前を通り過ぎる。

ここが静まり返っているのは、この扉の向こうにある部屋の持ち主達が、さっきまで私達がいた部屋に集合しているからだ。別に申し合わせてそうしているわけではない。今日はたまたまそうなったのだろう。

ここは二課の研究塔だ。私達はここにそれぞれの研究室を所持している。眠るのはここか先ほどの部屋が多い。寝ようと思って眠ることは少なく、大体気がついたら寝ている。

二課としては、床で寝ていないだけきちんと自己管理できている基準だ。

今日は誰もいないが、部屋に辿り着けなかった人が隅に転がっている廊下を進み、一つの扉の前で歩みを止める。

何の変哲もない、鉄の扉だ。ここにある扉は全て鍵穴がない。取っ手もない。扉は溶接され、物理的な開閉は不可能だった。

それに気付いた王子が、困惑した視線を私へ向ける。

「ここ、終身刑の囚人用牢獄じゃないよな？」

「牢獄に用事が？　あそこは必ず屋根のない道を通らなければならないので、影の喪失を隠蔽できません。影をつけてからにしていただけますと助かります」

「いや、うん。俺は牢獄に用事ないわ。王妃は俺を死ぬほど入れたがってるけど」

しみじみ頷いている王子に、首を傾げる。

「王妃の望みは投獄ではなく処刑では？」

「あっはっはっ！　だよなー！　だよなぁ……」

がっくりと大仰に王子の肩が落ちた。髪に隠れた表情は陰になり、口元しか見えない。薄い笑みを浮かべた唇が小さく動く。

「……投獄だったら、どれだけの人間が生きていたんだろうな」

吐息のように掠れた声は、その後吐かれた溜息よりよほど小さかった。直後、ぱっと上がった顔には、いつものけらけらとした笑みが張りついていた。

「んで、これはどうやって開けるんだ？　機密なら俺は背を向けておくが」

「王子に秘匿すべき情報などほぼありません」

「ほぼ大丈夫なのまずいだろ絶対。二課大丈夫か？」

二課は大丈夫だ。そして私も大丈夫だ。

起動させた杖で床を二回叩く。二度目の衝撃が扉に伝わると同時に扉が揺れた。水面のように揺れる扉へ、指先を揃えた手を向けて示す。

「どうぞ、王子」

「いやお前、どうぞって……」

そろりと伸ばされた王子の手が、揺れる波紋に触れる。そして、驚いた顔で私を振り向く。

両手で押し込むような動作を見せて促せば、王子は覚悟を決めたのか、ごくりと喉を鳴らして一歩を踏み出した。

扉は、何の抵抗もなく王子の身体を通す。王子が通った後、私も扉の水面を通る。

踏み出した一歩が部屋の床を踏むより早く杖で床を打つ。部屋に入ってすぐの場所で立ち止まっている王子の背にぶつかってしまい、弾かれた。王子の背は、普段のへなへなとした動きからは想像もできないほど固い。

一歩よろめいた私の背は、既に鉄へと戻っている扉についた。改めて部屋の中を見回す。ここは私の研究室だ。見慣れた部屋内を見ても特に感想はないが、王子がいて初めて気がついたことがある。

「椅子、椅子がない……すみません、王子。適当に箱か樽の上に座ってください」

壁際には長椅子があるが、それだけだ。

そこで眠る以外は基本的に立っているので、まともな椅子を置いていないのだ。誰かを招く予定も皆無だった。私の部屋に限らず二課の研究室内はどこも同じで、今の今まで不便だったことは一度もない。

今は初めて困っている。

一応長椅子があるとはいえ、そこに座ってもらうと私が作業する場まで四歩以上開いてしまう。なので、やはり箱か樽の上が無難だ。

動かない王子の背を押し、受動的に動きはじめた王子を、とりあえず作業机の側にある箱の近くまで連れていく。そこにその辺にあった上着を敷いて、座ってもらう。

促す私に合わせ、王子は箱の上に座る。その間も、視線は固定されていた。座って視線の高さが変わってなお、王子はぽかんとそれを見上げている。

王子の視線の先には、巨大な円柱があった。

部屋の壁半分を埋め尽くした透明な容器の中では液体が静かに揺れている。真ん中の円柱が一番巨大だ。後は左右に大小も形も様々な容器の中で、色とりどりの液体が揺れていた。

魔術灯の光も水面の揺れに混ざり合い、部屋の中はまるで水中だ。

どれも見慣れたもので、液体もそれに浮かぶ内容物も理解と把握できていない物は一つもない。だからこれも部屋と同じで特に感想はない。

「凄い……」

ぽつりと、恐らくは音にするつもりのなかったはずの言葉が隣から零れ落ちる。その瞳は見開かれ、光る水面の揺れを映し取っていた。

「海の中みたいだ」

「海の中をご存じなのですか？」

「ああ、昔船から落とされたときに……世界が美しいと初めて思った。本当に、綺麗だったよ」

波のように揺蕩《たゆた》う瞳が細まる。そのまま光を閉じ込めるのかと思ったが、心地よさそうに細められたまま目蓋が閉じられることはない。世界を見続ける青緑が美しくて、つい見惚れる。

しかし、ずっと見ているわけにもいかない。私はこの人の影を作らなければならないのだ。

王子が退屈しないなら何よりだと思いながら、真ん中から一つ左の器の前に立つ。

熟した果実のような、深い紅色の液体が入っている器だ。私の髪と同じ色の液体が蓋の真下にまで詰まっている。その中には、黒い塊が数個漂っていた。

器に掌を這わせ、魔力を送り込む。中の液体がゆっくりと、けれど確実に揺れた。黒い塊も、ぐにゃりぐにゃりと形を変える。液体に溶け出すわけではないが、先が視認できないほど細く細かく伸び、また元の形に戻った。

「それが影か？」

いつの間にか王子がこっちを見ていた。作業を見ていてもつまらないだろうと声をかけなかったが、それは王子が決めることだ。

「はい。元々、影に入れて使える護衛道具として作っていましたので、ちょうどよかったです。これをそのまま影にして使います」

「影に入れる護衛？」

「はい。攻撃を察知すれば自動で防衛してくれる魔道具です。これなら自分の意識外からの攻撃も反応速度が追いつかない攻撃も、眠っている際に受けた攻撃も防げます。影なら勝手についてきますので持ち運びに困ったり、着用を忘れたりもしませんし、邪魔にもならないかと」

しかし、まだ実用段階にはない。

正確には、私の管理下を離れ、完全に独立した商品として世に出す段階にはないのだ。私が使うのであれば完成品と判断してもいい。または私の興味を満たすために作ったのであれば、それもまた研究終了と銘打っても構わない状態だ。

だがこれは、そんなどうでもいいことのために作ったのではない。完成など程遠い、まだまだ改良の余地に溢れている未熟な状態だ。

自分の至らなさを反省していると、いつの間にか黙ってしまっていた王子がゆっくり口を開いた。

「……さっき」

「はい？」

小さく呟かれた言葉を聞きそびれ、振り向く。彼の言葉を聞き逃した自分が腹立たしい。せっかく話してくれたのに。

しかし、王子は何やら口籠もっている。どうやら聞きそびれたわけではなく、王子自身が言葉を切ったようだ。

「さっき、あの男……先輩だったか？　の返答に、王子のために作ったと言っていたが……それは、俺のためにか？」

「他に何が？　王子、護衛が少ないというかいないので、眠るときも熟睡できないのではと思いまして。あと、日中もお一人でふらふらしていますし。王子は剣の腕があると聞き及んではおりますが、やはり護衛は必要かと。本当はもっと早く実用段階に持ち込みたかったのですが、王子が戦場に出されると聞いてから雷雨の開発に集中していたので、他の開発が滞ってしまいました。とりあえず防御壁の新型と並行して行っていたのですが、あっちはもう終わったので今度はこっちを大急ぎで仕上げています。ただ王子は魔術が使えないので、どうしようかと。後はそこだけなんです。できれば反撃及び攻撃も可能にしたいんです。魔術を使用できない人間でもその意思をある程度汲んで動けるようにしたくて。敵と判断したものを勝手に攻撃しても困りますし、かといって生き物にするわけにも。意思を持たせてしまうと、そこには必ず感情が生まれます。感情は良くも悪くも予想を超える結果を齎《もたら》しますので、特にこの手の道具には向かないかと。現段階では魔術を使用しなければ指示を出せないので、防御のみにしています。それとこれは人の気配があったら点灯するように作った魔術灯です。壊された場合は音を発するようにしましたので、王子の宮殿周りへ設置してくださると襲撃者に気付きやすいかと。それと今回の欠魂を参考にして、死にかけた場合代わりに散るような身代わりの何かを作れたらいいなと考えています。とりあえずこの影を完成させてから取りかかります。それとまだ構想段階なので開発に取りかかれてはいないのですが、毒探査機ではなく、いっそ毒無効薬のような物を作れれば、何でも食べ放題だと思うのでそれも。他にご入り用な魔道具はありますか？　こんなのがあれば便利だなどお考えの物がありましたら教えてくださいさい。作ります。嫌な思いをしている場面があれば、それも。そういったものを遮断できる物を考えてみます。……王子？」

気がつけば、王子は黙り込んでいた。それも、両手で顔を覆って項垂れている。

説明が足りないと反省した矢先に、今度は多すぎたと反省しなければならないようだ。説明というよりはほとんど独り言になっていた口を閉ざす。

王子の前に両膝をつき、顔を窺う。顔色を窺えるほど、顔が露出していない。

もしかして気分でも悪くなったのかとだんだん不安になってきた。

「王子、気分が悪いのですか？」

「いや……その……お前……」

「はい」

何度も口を開いては閉ざしていた王子は、鷲掴みの如く顔を掴んでいた手を少しずらし、指の隙間から私を見た。

「……俺のために作ったって、本当だったのか」

「そもそも、王子のお役に立ちたくて国軍に入隊しました。瞬間的に多量の魔力放出が必要な魔術師としての才には恵まれませんでしたが、開発であればそれなりに成果が出せるようでしたので、研究設備が整っている国軍はちょうどよかったです。王子を直に拝見できたので、なおよしです。魔術師としての才に恵まれていれば、王子を直接お守りすることも可能でしたが、それは不可能でしたので、別の側面で王妃にすぐ殺されない程度の立場になるまで直接関わるつもりはありませんでした。ですが、こうなった以上、全力で関わらせていただく所存です。よろしくお願いします王子。好きです」

「…………………無表情で淡々と告白するな」

「申し訳ありません。仮面でも被りましょうか」

「笑うという発想はないのか！」

「笑ったことは恐らくこれまでの人生で一度もありませんので、如何ともしがたく」

「は？」

顔が見えないので髪に隠れた耳を見ていた私に、途方に暮れたような、苛立っているような、そんな声が降った。金糸の隙間から見えていた赤が、すっと引き、白い肌へと戻る。

王子の感情の発露が好ましいので、消えてしまうと残念だ。しかし今は、嬉しい。

私はずっと、随分昔からずっと、この人の怒りが見たかった。だから、腹立たしさが垣間見えたなら、それがたった一言でも嬉しかった。

何に対して怒りを感じたのかは分からないけれど、怒りや憤りをこの人が発するのなら、それはこの人が己の火を受け入れるということなのだから。

「お前、それはどういう……そもそも、俺はお前のことをほとんど知らない。名前は知っていたけどな。俺が興味を抱いたと王妃に知られた対象は殺されるから、調べなかった俺にも非はあるが、その……俺のことを好きだの何だのと言うのなら、自分のことを知ってもらう努力を、多少はするべきじゃないのか？」

成程、道理だ。

王子は具合が悪いわけではないようなので、立ち上がり、作業に戻る。影が入っている器に魔力を送り込み、起動の調整に入った。揺れが落ちついた液体の中で黒い塊だけが揺れている。

「こういう場合、何を話せばいいのでしょう」

全く見当もつかないので問うてみたが、王子は心底困った顔になった。

「普段の説明は長いのにな……そうだな。どこで生まれたとか、どうやって育ってきたとか、家族関係とか……ああ、だが、お前家族はいないって言っていたな」

「そうですね。母は死亡し、父は私を憎んでおりましたので」

「――は？」

「このままでは生きられないと判断し、家を出奔し、捨て子を装って保護してもらい、孤児対象の寄付金で寄宿学校に入学し、特許を得られた辺りで早期卒業可能となったので入隊し、今に至ります」

特に面白みもなく、何の変哲もないつまらない自己紹介だ。掘り下げる箇所もなく話し終わってしまった。どうしよう。この影についての説明へ移行してもいいだろうか。

王子から追加の質問もないことだし、私の出自というどうでもいい話題は終わっていいだろう。時間の無駄である。

「こちらの影は、私の魔力で構成した物です。魔術を使える人間なら、この核以外は使用者の魔力で作ったほうがいいですが、王子は魔術が使えませんから私の魔力で失礼します。問題点としては王子の居場所が私に分かってしまうことです。王子の私的な時間を邪魔せず、できる限り侵害しないようしたいのですが、現段階では常に行動を共にしなければなりませんし、もし距離を取れるようになっても緊急時には位置確認の使用をお許しください」

「どうして俺が動揺している間に話が切り替わっているんだ！　どう考えても打ち切っていい流れじゃないだろ！」

怒られた。話題の移行は間違っていたらしい。

しかし、だからといって何を喋ればいいのだろう。困って王子を見れば、王子も困った顔をしていた。

「お前なぁ……心の傷が深くて話せないなら無理にとは言わないが」

「はあ、無傷です」

「逆になんで無傷なんだ！　そして無傷なら詳細を語れ！　このままだと気になりすぎて夜も眠れんぞ！」

一大事だ。王子の睡眠は大事だ。王子の健康は何より優先されるべきである。

それはそうなのだが。

「四歩以上離れれば眠れますが、目覚めることができません」

「眠ると意識不明の違いについて述べ……いや駄目だ、お前本当に述べそうだ」

深い溜息をついた王子は、片手で前髪を掻き上げ、額を丸出しにした。そして、どっかりと座り直す。

「話したくないなら話さなくていいが、無傷ならお前の成長過程の詳細を、事情を含めて話せ」

「はあ」

特に面白みのない話だが、王子がご所望なら語るに吝かではない。ただし、つまらないとは思う。

流し込む魔力と指示を乱さないよう気をつけながら、思考を纏める。正直、王子の貴重な時間を割いてもらってまで語るような価値はないと思うし私としてはどうでもいいのだが、王子が所望ならいくらでも時間をかけよう。それこそ、私はどうでもいいのである。

「私の出産が原因で母が死に、母を愛していたらしい父は母を殺した私を憎みました。私を絶対に、子どもとしても女としても人間としても幸せにさせないと宣言し、その通りに育てました。内外問わず遊ぶことは許されず、毎日身長より高い課題が課されました。家事ができれば逃げ出した際に職に就けると、家事は勿論手に職をつける一切が許されず、物心ついた頃から積み木よりペンを握っていました。初めは文字が読めず課題をこなせなかったので、毎日鞭で打たれていました。時間が経てば次第にこなせるようになったのですが、それはそれだったようでとりあえず毎日鞭で打たれました」

「そう、か……」

「鞭はともかく、それ以外は大変性に合っておりまして」

「うん、流れがおかしくなってきたな」

「課題や勉強は恐らく父が苦手または嫌っていたのではないかと推測するのですが、私は外で同年代の子どもと遊ぶより、積み木で遊ぶより、課題を解くほうが大変楽しく有意義な時間を過ごせたと思っています。家事も手に職も、できるに越したことはないのでしょうができなくても死にはしないのでそれに時間を取られずありがたかったです。そもそも、少女が喜ぶであろう服を着せたくないと雑巾のような布を縫い合わせたかろうじて服と言えるものを父が作り上げていたので、私が裁縫する意味はありませんでしたし、私は服を作る時間を勉強に充てられて助かりました。本も自分で運搬するのは相当な負担だったと思いますが、父が重い本を毎日大量に図書館から借りてきてくれたので父には感謝しています。肩と腰の負担は大きなものだったと思います。大変ですね」

「どういうことなの」

「父は元々私が適齢となっても学校に行かせる気はなかったようですが、その辺りでようやく私が課題を大変有意義にこなしていると気付いたようで、今度は課題をさせずに働かせる方向に舵を切ることにしたようです。勉強ができなくなると暇を持て余しますし、父が私に就かせようとしていたのは身体ができ上がる前に開始すれば成長する前に身体が壊れる仕事でしたので、その前に家を出ました。父は私を父の命令に従順な子どもだと思っていたようですが、私は父に従っていたのではなく特に反抗する必要性を感じていなかっただけでした。よって、互いの利害が一致しなくなったから家を出たのですが、父は恐らく私が家を出てもしばらくは気がついていなかったものと思います。その後は、犯罪で申し訳ないと一応私なりに思ってはいますが、荷馬車の後ろに忍び込み無賃乗車し、王都へ来ました。楽でした。そこで孤児のフリをして保護していただきました。どこかの奴隷が逃げ出してきたと思っていただけたようで、すんなりでした。楽でした」

「悲惨さの中に滲み出す、隠しきれないお前らしさ」

「学校では既に独学で学んでいたことが大半でした。魔術師になれる程度の才はあると出たので今度はそちらを集中的に学んでいたら卒業要件を満たしていたようで、早期卒業のお誘いをいただきましたので国軍へ入隊して今に至ります。ある程度成長するまで養育されていた事実に間違いはありませんでしたので、一般的にかかる費用を計算しその二倍の額を父に送りました。この時点で子としての務めと恩を果たしたものとし、縁を切りました。父は私の職も名前も知りません。楽でした。ですので家族はおりません。以上です」

「お前がお前だったことしか理解できなかったんだが」

何故か頭を抱えてしまった王子がそれ以上喋らなくなったので、私は作業に戻った。

私は魔術師としての才には恵まれなかった。

魔術師の花形と呼ばれる一課に所属できる魔術師は、瞬間的な魔力調整に長けている。爆発的な魔力を放出し、それらを術として形成する能力がなければ、大がかりな魔術を使用などできない。それでもそういう能力に長けた人間だけが魔術師ではない。彼らだけが魔術師なのであれば、現在扱われている術のほとんどは使用不可であり、魔術の歴史は遅々として進まなかっただろう。

一課と二課が魔術対決を行えば、一課の圧勝だ。ただし、魔道具の使用が可能、またはルール無用であれば二課が有利となる。

以前、一課と勝負したことがあった。どうしてそんな事態となったか詳細は知らないが、そんな事態が起こった。その勝負、二課は二課長以外の人間全員が猛反対した。しかしルール無用無礼講との通達が出た瞬間、全員が掌を返した。全員が猛賛成した。

そうして開催された魔術対決の結果は、二課の圧勝で終わった。その後しばらく、一課は二課を見る度脅えていた。二課が全員、未だ使用許可及び製作者でも世に出すべきかどうか悩んでいる魔道具をここぞとばかりに導入したことが原因だと思われる。

魔道具は、いい。

魔術師当人の力がなくとも、魔術師当人がその場にいなくとも、力を発揮できる。

私がいなくても王子の助けになれるのだ。私が届かなくても、間に合わなくても、傍に置いてはもらえなくなっても。

今までも魔道具は使用してくれていたようだ。きっと心が伴わない道具だからこそ、王子は傍に置いてくれたのだろう。

人に希望を持たなくなっただけではなく、絶望を抱くようになった人だから、魔道具でなければ届かない。だが魔道具ならば届くのだ。なら作るだけだ。王子に必要な物を、王子が必要とする物を作るのだ。

王子が必要で王子が傍に置けるものが魔道具なら、私は一課に向いた魔術師でなくてよかったと思っている。


しばらく調整に集中していれば、作業自体はすぐに終わる。

魔術師が相手ならばこれを完成形とすればいいのだが、使用者は王子だ。だから完成とせず、表には出していなかっただけなのである。

試用段階でもいいから実験に協力したいと言ってきた人も多くいたが、面倒事が重なりそうだったので断った。協力者が欲しいなら基本的に二課内か、二課の伝手でどうにかするのが二課の常である。

研究に必要な実験や過程であれば何十何百通りの方法を試行錯誤しても、人間関係を円滑に築くための労力を割く時間と手間に思考を向けられない。二課なのだ。

液体が揺れる器に掌をぺたりと貼りつける。その掌に魔力を籠めると、黒い塊がゆらりと引き寄せられた。そして、そのまま仕切りを越え、掌の上で浮かぶ。

思考の海からいつの間にか帰還していた王子が、興味深げに塊を覗き込む。

「これが？」

「影型の護身具です」

ぱっと手を離すと、落下を気にしてか王子が慌てて両手を差し出す。その手の上で一度跳ねた塊は、空中でぱちゃりと飛び散った。

「おい、壊れたぞ⁉」

「いえ、影になっただけです」

私の視線を追って、王子の視線も足元を辿る。

そこには、先ほどまで失われていた王子の影が作り出されていた。

驚いた王子が立ち位置を変える。それに従い、影も動き、形を変えてついていく。指の形もきちんとなぞり、影としての機能を果たしている。

とりあえずはよしとしたものだろう。

驚いた王子がばたばた踊っている姿をよそ目に、もう一個取り出した塊を自分の影にする。こちらも問題なく機能し、私の姿を用いた影ができ上がった。

王子の物と同様、私の動きに合わせて動く様子を確認し、今度は魔力を送り込んで操作する。私の身長より高く、波のように膨れ上がった動きに、王子が凄まじい速度で後退りした。

「防御はこういった形で行われます。攻撃が行われた場合、自動的に防御します。場合によっては手足のように扱えるのですが、まだ王子が使用できる形態に持ち込めておらず、申し訳ないと思っております」

王子の護身具を王子が扱えない。それでは意味がないのだ。王子が扱える仕様にできていないのはひとえに私の不備であり至らなさだ。勉強不足と才能のなさが悔まれる。

それなのに王子は苛立ちもせず笑うのだ。

「それは俺の所為だろう。それに……魔術の才を持たない俺でも、いつか魔術師の真似事をできる日が来るなら、楽しみに待ってるさ」

けらけらと笑って紡がれたその言葉は、どこか寂しげな苦さを纏っていた。

私が会ったことも見たこともない〝王子の犠牲者〟と呼ばれる人々がいる。

姉のように慕った侍女。妹のようだった毒味係。父親のように彼を守った第一王子派。兄のように剣を教えた騎士。

皆、失われた。

彼の生存どころか、幸いを許さない王妃の手によって、皆。一人残らず。

王子に魔術の才があったところで、彼らの死はどうにもならなかったはずだ。幼子の魔術一つで覆せるような状況であれば、周囲の大人達がどうにかしていた。

それでも、己が現在持ち得ない何かがあったのなら、もしもが叶ったのではないかと考えるのは人の常だ。王妃ご自慢の第二王子に魔術の才があるのなら、なおのこと。

「そういえば……さっきお前の話を聞いていて思ったんだが、お前が、その、俺を、その」

「好きです、王子」

「お前の無表情を見ていると、言いづらさに照れている俺が馬鹿みたいだな……で、それなんだが、お前の経歴のどこに俺をそうなる要素が紛れ込んでいたんだ。俺の役に立ちたくて軍に入ったって言ってたけど、お前が軍に入ったのは学校を通常修了する前だったんだろ？」

純粋に不思議だったのだろう。前半の照れと言いづらさをふんだんに押し出した様子からは一転し、幼い顔で首を傾げている。

私は少し考えて、同じように首を傾けた。

これは疑問ではない。自分の中で明確な答えを持っているが、答えないときどういう態度を取ればいいのか分からなかったのだ。

王子以外の相手ならば相手をしなければ済むが、相手が王子となるとそんな態度、誰が許そうが私だけは許せない。

だからといって答えるつもりは欠片もなかった。ならば私が取れる行動は一つだけだ。

嘘はつかず、騙さず、正直に伝えるだけである。

「内緒です、王子」

溶けるようにとろりと光が流れ落ちていく私の髪を、無意識なのだろうが王子が目で追っている。

髪には手間と時間をかけている。服は襤褸《ぼろ》切れでもなんでも何かしらを纏っていればいいが、髪だけは駄目だ。

伸ばすならば綺麗に。洗髪剤も自分で調合している。丁寧に、美しく、手触りよく。

おかげで、とろけるような髪だとの評価を多くから受ける髪になった。

「いつかあなたが知るか、私がお話しするかは分かりませんが、それまでは蜂蜜です王子」

「……蜂蜜みたいな髪で本日二度目の蜂蜜宣言とは恐れ入る」

「二課長に呼ばれたので、二課室に戻っていいですか？」

「話変わるの唐突すぎない？」

王子の肩越し、作業机の上にある呼び出し用の魔術灯が点滅している。あと五分応答しなければ、激しく音が鳴りはじめる代物だ。その後も一分ごとに鳴り響く仕様である。

行き倒れ確認装置ともいう。

「お前達の常識に慣れるのは時間がかかりそうだ……うわっ、上着⁉　すまん、踏んだ！」

「私が敷きました。この部屋、クッションがありませんので」

「女の上着を犠牲に尻を守った極悪人に仕立て上げられるのは斬新な処刑方法だな」

しんしんと冷える廊下へ出て、さっさと二課室に移動する。王子も今度は動揺せず進んでいた。順応能力の高い人だ。

移動した二課室内は、先ほどまでの廊下とはまったく温度が違う。特別暖かいわけではないが、廊下に比べれば暖房器具がついているのかと思うほど温度が違う部屋に踏み入れた途端、彼しか使っていないローブ掛けにローブをかけていた二課長が駆け寄ってきた。

咄嗟に王子の身体が強張り、剣の柄に手をかけたのが見える。反射だったのだろう。すぐに手の位置と表情を元に戻していたが、身体の緊張が解けていない。

近い位置にいるからこそ、その強張りに気がつけた。そうでなければ、私を見てへらりと笑っている表情に重きを置いてしまいそうになる。

ふわふわと薄緑の癖毛を揺らしながら駆け寄ってきたのは、三十路に届いているのに未だ学生に間違われるミーネ・マイン二課長だ。

二課の頭であり、空間魔術を完成させた、他国の歴史書であっても間違いなく偉大な魔術師として名を残す男である。

「王子、お久しぶりですご機嫌麗しく！　そしてエリーニ！　見てこれ！」

二課長が両手でじゃんっと出してきた紙切れは、よく見たら王家の印が押された封筒だった。

「第二王子が主催する夜会の招待状だよ！　あ、王子のもありますからね！　なんと、第二王子直々に手渡してくださったんだよ！」

確かに、二通ある封筒のうち一枚には王子の名前が書いてある。

それを二通とも抱きしめて、二課長はにこにこ嬉しそうだ。

「確かに一課は戦場に出ていたが、二課だって戦地にいなかっただけで働きは戦場でも大いに評価されている。それなのにずっと、一課はほとんど全員が招待されていて、二課は招待されず。これはあまりに不平等だ。ああ、不満だとも！　僕の二課は、とても素晴らしい人材の集まりだというのに！」

二課長はむすりと不満を露わにした。

この男、隙あらば引き籠もる二課の中にありながら、なんと外に出るのも人と交流するのも大好きという変わり者だったりする。

「やっぱり全員で出席するべきだと思うんだ！」

「やめてください死んでしまいます」

先輩の一人が一息で言い切った。

「二課の皆は控えめで大人しいのに、それをいいことに他の課は王族の覚えを授かろうと二課を押し込め自分達が出席しようとするんだ……そんなの、悔しいじゃないか」

二課長はしょんぼりと肩を落とす。それを見て、他の面子も気の毒そうに眉を下げた。

「俺達はそんなこと全然気にしてませんし、むしろ気楽で嬉しいくらいです。そりゃ、あんな欲望渦巻く世界を、いつも二課長一人に押しつけて申し訳ないと思っています。俺達も自分の予算くらい自分でもぎ取るべきだと思ってはいるんですが……」

「予算をもぎ取るのは二課長である僕の仕事だし、みんな素晴らしい結果を出しすぎるから申請はすんなり通って面白いくらいだよ。それに皆で話して踊って、めちゃくちゃ楽しいよ？　だから皆で行きたいんだよ。そうだ！　今度僕の友達が舞踏会開くから、皆で行かないかい⁉」

「やめてください死んでしまいます」

全員から真顔が返った。

二課長は我らとは人種が違う。それが二課所属魔術師達の総意である。

我々が他者との交流で気力を削っていく種族であるなら、彼は回復していく種族なのだ。

陰気集団、根暗集団、魔道具にしか興奮しない変態と名高い二課の頂点に立つとは思えぬ、晴れの日のような男だった。

本来なら相容れぬ光と闇、それぞれの生態に即した生息地で生きていくべきである。

だが、決して無理強いはしない人であり、容姿や生まれを貶すことは決してしない人であり、自分では理解できぬ生態を目の当たりにしても受け入れるうえに補佐までしてくれる人であり、研究狂いとしては確かに同志である。

それが、二課の総意であった。

相対的にはいい人。その前提があるから、光と闇はそれなりにうまくやっている。しかし、基本的に光と闇どちらも変化しないので平行線のままだ。

「もらうぞ」

二課長の手から自分宛ての封筒を引き抜いた王子は、無造作に封蝋を外した。いくら相手が第二王子とはいえ、暗殺者に狙われ続けてきた人にしてはあまりに無造作だ。イェラ・ルリックが向ける怒りも頷けるというものである。

そんなイェラ・ルリックの怒りを知ってか知らずか、明らかに知っているだろうに考慮するつもりはないらしい王子は、ざっと手紙に目を通した。

「確かにクレイの字だが……クレイがねぇ。俺に何の用だか」

「いつもは断わりの返信を出すのですが、王子が出席なさるのでしたら招待してもらえて助かりました。どうされますか？」

王子がばっと私を見下ろす。動きから一拍遅れた金糸が光を透かせながら揺れる。

私の研究室なんかよりよほど、この光景のほうが美しい。けれど王子は自身の髪だから、世界を覆うようなこの金色を見られないのだろう。

世界で一番美しいのに。

世界で唯一、明確に美しいと表現されるべき光を身に纏っている王子は、私の言葉に驚いたように瞬きするだけだった。

「待てお前、いつもって言えるほどクレイの招待を受けてるのか?」

「受けたことは一度としてございません」

そんな時間があるのなら雷雨作製で滞っていた他の開発を進めたかったのだ。そう答えた私に、王子は形容しがたい表情を浮かべた。

何か言いたげに開いた唇を、結局閉ざした王子に二課長が寄っていく。

「聞いてくださいよ、王子。エリーニは第二王子から求婚を受けたんですよ!」

「――は?」

「それなのに一拍も置かず『嫌です』ですよ⁉ あれは惨かった……」

さっき閉ざされた唇が呆れを纏って開かれる。

王子が言葉を飲み込まず発するのであれば嬉しいが、別に私に形容しがたい視線を向けてほしいわけではない。私だって曲がりなりにも人間なので、好きな人には笑っていてほしいと願っている。

ただし、自分すら笑わせられない人間には過ぎたる願いだと分かっていた。

「お前……嫌ですって……結婚しとけばとりあえずは安泰だったろうに、断ったら王妃に恨まれなかったか? いや、王妃に反対されていたのか?」

「王妃は、企みはともかくセレノーンを勝利に導いた雷雨を甚く気に入っておりました。それと、私が調合した洗髪剤にも興味を持っておられました」

王子が反応しなくなった。

起動を待っていたが再起動する様子が見えないので、とりあえず場所を移動しようと決める。二課長に退室を告げた。幸いにもキンディー・ゲファーは席を外しているようなので、彼が戻ってくる前にここから去りたい。

私は別に解剖されようが剥製にされようが燻製にされようがどうでもいいが、王子が嫌そうだったので王子とキンディー・ゲファーが鉢合わせする前に消えておこう。

王子がどうするか決めていないので、一応招待状は回収しておく。王子に招待状が届いたことをイェラ・ルリックに伝える必要があるはずだ。

王子もそうだろうが、王子以上に私のことを信用していないであろうイェラ・ルリックに対し、王子の指示があるわけではない事柄まで秘密にするつもりはない。

王子が内緒にしてほしいというのなら、王子のほうが大切なので当然王子の言が優先される。王城を爆破しようとも秘密は墓まで持っていくつもりだ。

王子の手を引き、二課室を出る。出る際は予備動作を必要としない。ただ歩を進めるだけで、私達は長い地下通路を歩いていた。

荷で狭くなった通路で足をぶつけない程度には意識を割いているようだが、王子はまだ呆然としていた。別にどこまでも呆然としていて構わない。目指す形に辿り着いた完成形でないとはいえ、影はもう王子についたし、私という名の盾もいる。むしろ王子が私を信用してくれたようで嬉しかった。

私の勝手な嬉しさは、すぐに意識を戻した王子によって散ったが、王子が話しかけてくれるのでそれはそれで嬉しかった。

「お前それ、どう考えても王妃のお気に入りだろ。どうして断ったんだよ、お前……その状況で事故とはいえ俺につくと、王妃の怒り倍増するぞ」

そうかもしれないが、どうでもいい。

「私は王子が好きですので。第二王子と結婚するより王子と欠魂するほうが私には価値ある幸福です」

「……お前、それ…………だいぶ特殊な感性だぞ」

そうだろうか。金より地位より名誉より、好意を取る物語は巷に溢れ返っていると思うのだが。まあ、溢れ返っておらずとも然したる問題ではない。

「誰からの評価を得られずとも、私は私の感性にとてつもない価値を感じています。私の生の全てを、今も昔もこれからも、一生を懸けても何ら後悔しないほどに。王子、あなたの望みを教えてください。何があっても叶えます。王子、あなたの苦痛を教えてください。何があっても排除します。私は恐らく一般的な人間と同じ思考回路を習得していません。ですが、あなたが笑ってくだされば幸せを感じます。あなたの未来が幸福であれば、この世はなべてこともなし。王子、あなたが好きです。私自身があなたの幸いにはなれずとも、あなたの幸いを心から願っております」

「うわぁ……」

王子は両手で自身を掻き抱き、後退る。あからさまに引いていた。

恐怖を抱かれようと、私が彼へ向ける感情に違いはないので別に構わないが、四歩は守ってもらいたい。

「あーもー、どうでもいいからさっさと歩け。ほら。俺はお前に引いたから、背後を取らせず後ろを歩きます。ほらほらほら、さっさと行く」

「分かりました」

詰め所に向かって歩いている現状、背後は二課室へ向かう正規の通路のみ。この先には二課室しかないので、襲われる心配もないだろう。だから王子に背を向けて歩きはじめる。

安堵のような溜息が聞こえる少し前、振り向く間際に見た王子の耳は赤かった。

この人、気恥ずかしいと耳が赤くなる。斜め下から見上げるとよく分かるが、聞かれないので教えていない。教えたほうがいいだろうか。

どうしたものかと悩んでいたら、あっという間に詰め所が見えてきた。

そこで係員とやりとりをしている人物は、流石王子の身の回りのことを一身に引き受けてきただけあって、耳が早い。

「で、どうするんだ」

青髪を鬱陶しげに払い、不機嫌そうに腕を組んだイェラ・ルリックは、開口一番そう言った。

見てきた限りいつも第一釦まで留められていた襟元が開いている。話を聞いて急いでやってきたのだろう。

王子はがりがりと頭を掻きながら、曖昧な声を出す。

「まあ……出ないわけにもいかないだろ。何せクレイ直筆の招待状だ。断ると、それを理由に叛意《はんい》ありとされかねん」

渋い顔をする王子を見上げながら、起動させた杖で床を二回叩く。王子とイェラ・ルリックが、同じ動きで私を見た。

「防音を」

「ああ、成程。お前、気が利くなぁ」

「一応褒めてやる」

「イェラ……お前どうしてそんな偉そうなの？」

「偉いからだ」

「ですよねー」

宰相の息子は偉い。ただの事実を言い合っている二人が歩きはじめたので、私もついていく。

四歩。どうでもいい人間や、嫌いな人間とは近すぎる距離だろう。けれど、好きな人とは遠く感じる距離だ。

もう少し詰めてしまいたいけれど、下手に詰めて嫌われるのも若干躊躇われる。そんな距離があるのだと、初めて知った。なんだか胸がくすぐったいのに、不快ではない。

「出るなら出るでいいが、夜会開催が十日後だから、それまでに準備を整えろよ」

「あ、そうだ。欠魂についての有力情報を手に入れたんだけどさ」

「それは聞くが、夜会の準備は服だ、馬鹿野郎」

「成程なぁ」

久しぶりすぎて忘れてたとからから笑う王子に溜息をつきながらも、イェラ・ルリックは王子の口から説明される欠魂についての対策を聞いている。

昏睡状態に陥る状態が条件ならば、彼の協力は不可欠だ。決めた時間に私と王子の距離を詰めて覚醒させてもらわなければならない。

それらの手順を話し合っている二人に二歩遅れて歩き、時々質問に答えながら進む。目指す先はどうやら王子の宮殿のようだった。

そういえば、そろそろ昼だ。研究に没頭しているときは一日一食以下になることなどざらにあるが、王子がいるのなら忘れるわけにはいかない。

「イェラ・ルリック」

二人の話が一段落したのを見計らい、声をかける。驚いた顔で振り向いた王子とは対照的に、イェラ・ルリックの顔に感情は見られない。

私も似たようなものなので、怯みや恐れは感じなかった。

「ご相談があるのですが」

「何だ」

「王子にはご内密に」

「この距離で⁉」

王子のぎゃんっとした鳴き声が響いたけれど、防音の魔術を張っているおかげで音は私達の周辺を回っただけだった。

イェラ・ルリックは黙って私を見下ろしていたが、やがて一つ溜息をつき、僅かに身を傾けた。おかげで声を届けやすい。失礼しますと前置き、その耳に口元を寄せる。

王子が形容しがたい顔で私達を見ていた。そわそわと視線を動かしている。

「――成程」

話し終えて身を起こすと同時に、イェラ・ルリックは僅かに口角を吊り上げた。

「僕はいま初めて、少しだけお前を信用してもいいと思ったぞ」

「お願いできますでしょうか」

「ああ、引き受けた。ただし、基本的に揃いになるぞ」

「勿論です。それが目的の物ですので」

「よし。ルリック家の名に懸けて必ず間に合わせると誓おう。鍵を寄越せ」

すっぱり言い切ってくれたイェラ・ルリックに、いくつかついている中から一つの鍵を外して渡す。

これは軍部に構えられた私の部屋の鍵だ。物置代わりにしか使っていないが、だからこそ一番最近使用した物は手前に置かれている。

「では、僕は用事ができたからまた夜まで空ける。夜には戻るから、昏睡開始はそれまで待っていろ」

「……え⁉　本当に何も俺を通さない気⁉　お前ら何の話してたの⁉」

「これは僕達二人だけの問題だ。お前はそこで指くわえて寂しがってろ」

「殺生な！」

「その可能性を思いつきもしないお前が悪い。じゃあな」

ふんっと鼻を鳴らしたイェラ・ルリックが王子から離れる。

「イェラ・ルリック、あと一歩で防音魔術効果範囲を抜けます」

「分かった。僕が離脱後もそのままかけていろ。その馬鹿が絶対うるさいからな」

言い捨てて、イェラ・ルリックが効果範囲を抜けた。同時に、黙ってぶるぶる震えていた王子の、ぎゃんっとした抗議が響き渡った。


「何なの！　お前らほんと何なの⁉」

「別段何でもありません」

「俺を無視してお前らだけで分かり合ってる現状で⁉」

私はじっと王子を見た。その視線を受けた王子は、先ほどまでぎゃんっと怒鳴っていた口を噤む。

「嘘偽りなく申し上げますと」

「……申し上げますと？」

恐る恐るそぉっと問うてくる王子に、私はまっすぐ告げた。

「昨日今日の付き合いです」

「お前ら何なの⁉」

言葉通り、特に何でもない昨日今日の付き合いの、王子の友と欠魂相手である。

事実を偏向なくそのまま告げただけなのだが、王子は一人おいおい嘆いた後ぐったりと項垂れた。

よって、そのまま予定地まで進んだ。その後王子は一言も喋らなかったので、道程はとても静かだった。王子の喉が休まって何よりだ。

昼休憩も兼ねて戻った王子の宮殿内を、改めて隅々まで見聞した。

王子は泣いて嫌がったが、御身を守るためだと説得すれば、泣いて嫌がった。どっちにしろ泣いて嫌がったのでそのまま続行した。

イェラ・ルリックの許可はある。王子の許可はない。

王子の許可が出ていない状況で強行するのは申し訳なく思わないわけでもないが、私の申し訳なさより王子の命が大切なので予定変更はあり得なかった。私の感情と王子の命。そんなの同じ天秤に乗せることすら烏滸《おこ》がましい。

昏睡状態に陥るのなら、陥っても問題ない警備状況を作り出さなければならない。

昼食の後も何度か研究室に戻り、持てる限りの魔道具を王子の宮殿へ持ち込んだ。常日頃からやりたかったことなので、つい張り切ってしまったのである。

気がつけば、王子が生気を失った目でへろへろと後ろをついてくるだけの人形になっていた。二課に凝らせてはいけない。こだわりに際限はなく、加減もなく、遠慮も容赦もないのだ。

正直言ってまだ足りないうえにまだまだ試したい手持ちに溢れている。王子には頑張ってもらいたい。

他の王族が住まう宮殿のように美しく華やかに整えられていない、無造作よりはかろうじて人の手が入っていると言っていい庭に、花より先に魔道具を埋めていく。花を埋める予定は今のところない。王子が望むのなら山ほど植える。それだけだ。

スコップを持ってくるのを忘れて手で掘ったら爪が剥がれた。まあいいかと続けて掘っていたら気付いた王子に凄まじく怒られた。ぎゃんぎゃんどころの話ではない。ぎゃあすぎゃおすといった怒り具合だった。

それなのに、大丈夫ですと答えたら急に表情と音量を失い、静寂の怒りを発し出す。そんな王子に驚いた。

そのため、気がつけば言うことを聞き、大人しく手当てを受けていた。驚いた。

我に返り、手当てくらい自分でやると口を挟んだら、無言の視線が返り、それ以上何も言えなくなった。

しかも、次の往復では荷物を全て取り上げられてしまった。何を言っても無言の無表情が返ってくるので、渋々引き下がるしかない。

今日だけで何往復もした、普段から通り慣れた道を黙って歩く。

この道は通り慣れている。だが、王子と歩くのは今日が初めてだ。そんな今日の中、お互い黙って歩くのもこれが初めてだった。

「俺は」

王子は前だけを見ている。

合わない視線はつらくない。私だけが一人で佇む王子を見てきたのだから当たり前だ。

その背を、横顔を、ずっと見てきた。ずっと、何よりも。

その人がいま、私に話しかけている。それがとても不思議で、奇妙で、足が風魔術を纏わりつかせたかの如くふわつく。

「俺に関係する事柄で他者が傷つくのが、心底嫌いだ。次に自分を守らず無造作に怪我してみろ。女だろうがぶん殴るぞ」

「申し訳ございませんでした。以後気をつけます」

成程。今まで王子を守って沢山の人が死んでいった。だから、王子は周りが傷つくのが嫌いなのだ。

優しい人だから少し考えれば分かったのに、私の考えが至らなかった。私の迂闊な行動で王子を不快にさせてしまったので申し訳ない。

次は怪我をしたらすぐに隠そう。

くるりと王子が振り向き、抱えていた箱を廊下に下ろした。そして、空いた手が私の顔面を鷲掴みにした。

「お前いま、次は隠そうとか思ってなかったか？」

「何故お分かりになったのでしょうか」

私は何も言っていないのに。人の思考が読めるなど、それは魔法の領域だ。

「素直か！　いつも次どう対応するかつらつら語っていた奴が急に黙り込んだら分かるわ！」

「成程。以後気をつけます」

「気をつける場所が違うわ、大馬鹿者！」

「王子、声が大きいです」

「どうせ防音してるだろうが！」

「いえ、私の耳が滅びます」

「怒鳴らせない行動を心がけるという発想はないのか！」

「成程。王子、頭いいですね」

「凄い、こんなに馬鹿にされたの初めて」

心から王子の機転に感心しているのに、何故馬鹿にされたと思うのだろう。

でも、王子はぎゃんっと怒っているほうがいい。静かに沈んでいく嘆きや怒りを瞳に抱き、闇で覆うよりよほど。

「王子、好きです」

「い、ろ仕掛けで誤魔化そうとしても、そうはいかないからな！」

「防音を解きます」

「どうして⁉」

「第二王子が来ます」

「あ？」

王子の肩越しに、五、六人の集団が見えている。振り向いた王子もその塊を確認し、面倒くささそうに小さく息を吐いた。

いつもなら道を譲るが、今は王子と共にある。道は王族に譲るものだ。王族同士であれば、互いにずれる。ただ一人、王だけがずれることなく歩みを続ける権利を持つ。

王子はまっすぐに立っていた。その隙に、王子が下ろした荷物を抱え上げる。「あ、この野郎！」王子の視線がそう言っているように聞こえて、少し面白い。

第二王子側もこちらに気付いているのだろう。彼らの視線はこちらに固定されていた。

第二王子の称号は赤だ。濃淡の差はあれど、護衛も含めた全てが同じ色を纏っている。

つかず離れず歩いていた第二王子の護衛が立ち止まった。真ん中であり先頭を歩いている第二王子だけが、歩調を速めて片手を上げる。

「やあ、兄上。久しいな」

金の髪に青緑の瞳を持つ第二王子は、王子より背が高く、体格もいい。体格や体型は、親から継いだ当人の資質も大きいが、生育環境の影響も多大だ。豊富な栄養を摂取し、長く眠れる環境を持ち得ていたほうが大きいのは珍しい話ではない。

第二王子が日を背負っているため、王子に影が落ちる。顔を覗き込む第二王子の笑顔に、王子はへらりと笑った。

「同じ場所に住んでいるのに、久しいというのも妙な話だけどな」

「ははは、確かに」

第二王子に与えられた区画は、王妃に匹敵する広さがある。端から見れば同じ城内という括りではあるが、互いを訪ねるとお茶が冷める距離だ。第二王子に呼び出された後に、王妃に呼び出された日は、研究の時間が大幅に減ってしまった。どちらの話も聞かず、思考の中で研究を続けていたため彼らの話していた内容は欠片も覚えていない。唯一よかった点は、そのとき考えていた手順で行った実験が成功したことだ。作業効率も上げられたと思う。

やはり作業の見直しは大切だ。そして見直すからには、徹底的に効率よくできる方法を模索すべきである。それを考えるとあの時間は有意義だったのかもしれないと思いかけたが、時間を無駄にせず済んだことと有効的に使えたかどうかはまた別の話だと思い直す。

護衛を数歩下がった場所で留め、自分だけ近寄ってきた第二王子は、私達の前で足を止めた。

「兄上、私の招待状は見てもらえたかな」

「ああ、ありがたく出席させてもらうよ」

「それはよかった！」

ぱっと笑った第二王子に、王子は静かに微笑む。

「用事があるならここで言ってくれれば、出なくていいとは思うけどな」

「そんな寂しいことを言わないでくれ。私達は、誰より年の近い兄弟じゃないか」

「はは」

にこやかに穏やかな会話が繰り広げられているのに、どこか寒々しい。

干魃《かんばつ》に見舞われた大地のように乾燥した声が王子の口から続いているのに対し、第二王子の声は真冬に凍りつく水場の空気だ。

「……母上が、また何かをしでかしたようで、兄上には申し訳なく思っている。十七にもなって、母親の管理下から脱せていない我が身を恥じ入るよ」

潜められた声で告げられた言葉に、王子は第二王子の陰で苦笑した。彼の身体に隠れて、彼の護衛からは見えない位置だ。浮かべられた苦笑は、本当は苦笑と呼んでいいものではなかったのかもしれない。それどころか笑みと呼んでいいのかも分からない。

けれど私はそれ以外にその表情を表現する術を持たず、王子は確かに笑みとして顔に貼りつけたのだから笑みと表現するのが正しいのだろう。

密やかな空気は瞬き一瞬の間に霧散し、第二王子の瞳が僅かにずれた。

「城中の噂になっているよ。貴方が、エリーニといい仲だとね」

「あー……まあな」

まだ長くなりそうだなと横目で庭を見はじめたが、私の名前が出たので意識を戻す。常時王子へ割いている意識以外の残った意識なので、元々それほど多い意識ではないが。

第二王子は、王子とは違った意味でいつ見ても笑っている人だ。顔面が笑っているだけで、内面がどうかまでは興味がないので分からない。

「交際を始めるなら、相談してくれればよかったのに。兄上もエリーニも冷たいなぁ。私はいつも仲間はずれだ……。二人は知り合いだったんだね。全く知らなかったよ」

「俺も知らなかったよ……」

「兄上は冗談がお上手だなぁ」

虚ろな視線で乾いた笑いを浮かべる王子が私を見る。王子が私を認識したのは昨日が初めてだから、王子の言葉はただの真実であり本心だ。

私と王子を、第二王子の視線が嘗めるように通り過ぎていく。見える情報から、私達の関係全てを把握しようとしているように見えた。

だが、残念ながら私達の関係は私達自身もよく分かっていない。分かっているのはただ一つ。私達は四歩離れれば倒れる。以上だ。

「酷いよ、エリーニ。私が求婚した際は、考えてもくれなかったというのに」

「申し訳ございません」

「兄上からは受けるのだから、私はとても傷ついてしまったよ。しかし、本当に意外だ。私から見ても、誰に聞いても、君が誰かと仲を繋げる素振りは欠片も見つけられなかったのに」

「王子から交際の申し込みを受けたわけではありません。私から申し込みました」

揺らがなかった第二王子の目が見開かれる。その様に、王子の瞳まで開かれた。

「私は、ずっと王子をお慕いしておりました。ですので、ありがたくも王妃様より賜った機会に縋りつき、王子に交際を申し込みました。王子はそれを受けてくださいました。現在、天にも昇る心持ちで浮かれております」

「……え？　浮かれ……浮かれ？　えぇー……？」

王子が疑問に満ちた声を上げている。第二王子が目を見開いたまま瞬きすら忘れて固まっているからいいが、そこまで疑問を形にして表出しないでもらいたい。

「そう、だったのか……道理で私の求婚を受けてくれないわけだ。いや、私に限らずどんな男の求婚も、だな」

「王子以外、恋しい方がおりませんので」

「兄上より剣の腕がある男も、兄上より魔術の才がある男も、兄上より頭が回る男も、兄上より商才がある男も、兄上より美しい男も、沢山いるだろうに。交際相手としても、主としても、どうして兄上なんだ？」

本当に不思議だったのだろう。第二王子の声に悪意は見られない。

いつもは王子よりよほど大人に見える表情を浮かべて崩さない人なのに、今はきょとんと、まるで幼子のような顔をしている。

眼球だけを動かし、王子を見た。王子は少し俯き、静かな笑みを浮かべている。

怒りを、嘆きを、浮かべていたほうが穏便だと思った。薄く静かで鋭利な笑みは、王子に似合わず、酷く物悲しい。

あなたから感情が失せる瞬間が何より腹立たしい。

「私は王子に才がないとは思いませんが、そもそも好意に才は関係あるのでしょうか」

そんなもので人の想いが確定的になるのなら、世の中はもう少し分かりやすく回っている。

「才がなければ好きになってはいけないのですか。才がなければ愛してはいけないのですか。才がない人を目指してはいけないのですか。才がない人に笑ってほしいと願ってはいけないのですか。才がない方に救われてはいけないのですか」

無駄は好きではない。けれど王子へ紡ぐ言葉ならどれだけ無駄になってもいい。どこにも溜まらず垂れ流されても、誰にも受け取られず消え去っても構わない。

千の言葉が、万の願いが、一欠片でも王子に届けばそれでよかった。その一欠片が、瞬きほどの一瞬の癒やしになるのなら、私の生涯を懸ける価値がある。

「王子は私の人生です」

そう決めたのだ。そう決まったのだ。

合い言葉を手に入れたあの日、私の人生は定まった。

「私がお仕えするのは、王子だけです」

王子へ捧げるのであれば何をどれだけ失っても構わないが、それ以外へ費やして王子への時間が減るのは問題しかない。

私は荷物を持ち直し、軽く頭を下げた。

「それでは失礼します」

「あ、ああ……何かあったら手を貸すから、遠慮なく言うんだよ」

「ありがとうございます。王子、行きましょう。イェラ・ルリックが戻ってくる前に済ませたいので」

そう言って歩きはじめた後ろを、黙ったままの王子がついてくる。

少し離れた場所にいた第二王子の護衛達とすれ違う間も速度は緩めない。特に用事がないからだ。

私の態度は無礼だろうが、彼らは私を咎めない。いつもと同じだからだ。

第二王子が私の研究に興味を持ち、話しかけはじめた頃には咎められたが、私は変わらず、第二王子も彼らを制止した。

そこで彼らを制止せず、厚い忠義と敬仰を要求するのであれば、関わりを絶っていただろう。邪魔はしないと言っていたので、二課長の顔を立てて今に至っているだけだ。

歩きながら、一応防音の魔法をかけ直したほうがいいだろうかと考える。しかし今は手が塞がっている。王子も黙っているので後でいいだろうと思っていたら、王子の区域に入った途端、肘を掴まれた。

引く力が強く、思わず荷を落としてしまった。咄嗟に足を出し、箱が落ちる前に一段階入れる。私の足を緩衝材にしたので、中身は大丈夫なはずだ。そんなに重い物でもないので、足に怪我もない。

「お前は馬鹿か！　二課内でならともかく公衆の面前でクレイに歯向かう奴があるか！　求婚ならば拒んでも一応個人の問題で済ませられる範囲だ！　だが、主としてあいつより俺を選ぶな！　王妃とあいつが組めば、いくらお前でも潰されるぞ！」

「それが何ですか」

「お前はっ！」

王子の手が私の肩を掴む。私の肩を覆った指は髪をも絡め取る。引っ張られた髪が数本千切れたが王子は気付かず、私はそんなものどうでもよかった。

だって、髪を伸ばしたのも手入れを欠かさないのも、私が大事と思ったからではない。私の執着が形になった一つがこの髪ではあるが、それは見せたい相手がいたからだ。

激昂している王子を見上げる。

「あなたはあなたへ降り注ぐ理不尽に抗わない。それが己の傍にいる人間を殺すと身を以て知っているからです」

「分かっているなら何故、欠魂が終わったあと穏便に離れる選択を選ばない！」

「そんなものに興味などないからです」

怒りも悲しさも虚しさも、全て光のない瞳に覆い隠してしまったあなたが感じた絶望がどんなものか、私には分からない。それらを正しく受け取るには、私の人間性は正しく機能していないのだろう。

だからこそ、できることもあると思うのだ。

「私はあなたを害する全てが許せない。あなたが理不尽に晒される現状に怒りを覚える。あなたは齎される理不尽に怒ることをやめてしまったけれど、私はあなたの現状が不愉快でならない。あなたが望まない故にこの場に留まっているだけです。そうでなければ、あなたを害する誰かに走りより、きっと殺していた」

「お前っ……！」

歯を食いしばり、何かを怒鳴ろうとした王子は、その何かを飲み込もうとした。

それが言葉だったのか感情だったのかは分からない。分からないが、嫌だった。心底。叫び出したいほどに。

「あなたは終わりを待っている。巻き込まぬようにと支援者全てを遠ざけて、領地を望まず財も持たず。王位継承権を完全に捨てても王妃は必ず追ってくる。だからこの場で終わりを待つ。全部流してしまえるのは終わりを待っているからです。あなたは先を信じない。望まない。私に身の安全を図れと言いながら、自身の未来を信じない。私はそれが、腹立たしい」

「……調子に乗るなよ。二課の、世俗に疎い研究員如きが、知った口を叩くな」

「その程度で私が怒りあなたの元から離脱するとお思いでしたら、認識を改めてください」

「黙れ」

肩が掴まれたまま壁に叩きつけられる。一瞬息が詰まった。しかし、光を背にする王子を見上げると苦痛はすぐにどうでもよくなる。

美しいのだ。

金を通って降り注ぐ光は、この世の何より美しい。この人を通して降り注いだ私の世界が美しく思えたように。

「お前には悪いが、俺がイェラ以外で信じるのは一人だけなんだ。お前が何の目的で俺に取り入ろうとしているか知らないが、俺はお前には殺されてやらないぞ。それに、万が一本当に俺を慕っているだの何だのという話ならば、愚かの一言に尽きる。俺はまだ死ねない。だから俺は、自分の身を守るためなら、簡単にお前を裏切るぞ」

冷え切った瞳は、けれど熱が見えた。光を失った瞳ではない。抱いた熱を無理矢理押し込もうとして漏れ出した光が、ちかちかと溢れ出す。

「俺を殺したければ、兎を連れてくるんだな」

結局、この人は優しいのだ。

だから裏切るだなんて言葉を使ってしまう。使えてしまうのだ。

「王子は絶対に私を裏切れません」

「嘗めるなよ。俺はお前を裏切るなど容易にできる人間だぞ」

「王子が私にできるのは切り捨てのみです。そして私はそれを裏切りとは思わない。だから、あなたは私を裏切れないんです。残念でしたね、王子。私などに好かれたのが運の尽きと諦めていただかないと」

整った顔が、泣き出す寸前の子どものようにくしゃりと崩れた。

しかし、突如その瞳が丸くなる。咄嗟に視線を辿って足元を見れば、黒い影が滲み出していた。私がつけた影が形を変え、滲み出した黒を覆おうとしている。だが、二つの黒の間には白線でも引いたかのような明確な線ができていた。

影が押し込み切れていない。

そう理解するより早く反射的に起動した杖が弾かれ、腕ごと天を向く。骨が嫌な音を立てた。

この黒は見たことがある。黒として存在する色ではなく、他の色を一切持ち得ず、光までをも飲み込んだ結果生み出される虚無の色。

晴れ渡った空の下、鳥も飛んでいないのに、王子の足元を覆った影。

これは、魔法だ。

王子の魂を欠けさせた、私が倒すべき敵。

「王子!」

この影の上にいてはまずい。

弾き上げられた腕を下ろす手間も惜しみ、魔術を発動する。影と連動し、黒を押し留める。そして、全力で王子を突き飛ばした。

魔法を留めた状態で対象をずらせば、魔法は行き先を惑い彷徨う。そのまま術者に帰ればいいが、そうでなければ暴走を身代わりが受けるだけだ。

王子へ向かわなければそれでいい。私がどうにかなっても、キンディ・ゲファーが歓喜と共に何とかするだろう。

そう思ったのに。

「このっ、馬鹿野郎!」

王子を突き飛ばした私の手を、王子が掴み返した。

ぎょっとして振り払おうとしたのに、魔術は黒を抑え込むのが精一杯で、女の力では男の手を振り払えない。

王子は掴んだ腕を力任せに引き寄せた。当然私の身体もついてくる。王子の必死な形相に、そんな場合ではないと分かっているのに苦しくなってしまう。
ほら、あなたはやはり、こんなにも優しい。
微塵も躊躇わない力で胸に強く抱き込まれたのを最後に、私達の意識は黒に溶けた。

第四章　夢

人の声が幾重にも重なれば、それは物音と大差なく。衣擦れが重なれば馬車の帆にも等しく。音が細かに重なるか否かの違いでしかない。人も物も大差なく。

全ては皆等しく私の生に関与しない。

ただそこにあるだけ。ただそこで物音を立てるだけ。

生に意味などない。生まれたから生きているだけだ。そんなものに意味を見出すのは人間だけだ。

生まれたから生き、生きているから死ぬ。

どうしてだか、ただそれだけのことに一喜一憂し、恐れ嘆き笑う。

分からないことを知るのは楽しかったけれど、知りたいと思うほど興味を抱けなかったのでどうでもよかった。

どうせ答えなんてないのだ。正解のない答えは、それが誰であれ己だけが納得する答えを持っていればそれでいい類いだ。

明確な答えのない回答は自分で見つけなければ意味がないので、探す作業が無駄である。いつか拾ったなら考えればいいし、拾わなかったなら持たぬまま終わればいい。

ただそれだけのことだ。

人の声が重なる。重なって、歪曲し、響きねじ曲がり霧散する。

世界中を覆っているのではと思うほどの音が重なっているのに、時にその音は不自然に途切れた。途切れる寸前には、必ず厚手の布が流れる音がする。音を追う。重なる音を箒《ほうき》で掃くように、布が音を浚い、絡め、切り取った。

無為に音を聞いていた意識が徐々に繋がり、思考を始める。

研究室で机に突っ伏していつの間にか眠っていたときによくやる行為だ。

私は今どこにいて、何をしているのか。何をしていて意識を途切れさせたのか。起きてまず、何をすべきか。眠る前にやりかけにしたことはないか。飛び起きなければならない事態であるか。

ぶつぶつと途切れそうになる思考を繋げ、一気に覚醒する。

「王子！」

「うわやめて！」

飛び起きた頭を何かが鷲掴みにした。

上から力が籠められ、上げかけていた頭を大人しく下げる。状況を把握しようと回した視線を、一拍遅れて舞い戻った布が塞いだ。王子のマントだ。

「そこで飛び起きるな！」

顔を上げて、納得した。頭突きをしなくてよかった。

自分の位置確認は終わったので、次に必要なのは状況確認だ。

地面に倒れている私の身体を跨《また》ぐ王子は、上半身を捻って何かを弾いた。マントを捲り、周りの様子を確かめる。

成程。私の知識では何も分からない事態だと理解する。

異常事態だとは分かった。


マントの向こうは、知らない世界だった。

私の知識や経験が足りない可能性を最初から除外していい、未知の世界だ。

空に海がある。灰色の海だ。波は荒く、互いにぶつかって波飛沫を上げている。

地面には空があった。灰色の、雨雲か雪雲か判断がつけづらい、どす黒い雲が渦巻いている。

無意識に感触を確かめていた。自分が倒れ込んでいる場所には確かに感触がある。けれどそこに土はない。床もなければ地面もない。

遙か深く、遠く、空は続いているのに私達の身体は落ちていかない。

そんな場所で私は這いずり、王子は立っていた。

私達の周囲は黒い靄《もや》が囲んでいる。ただの靄にも見えるが、よく見れば人型にも思える。

楕円形の靄は、動きながら端を割れさせた。それが手足に見える。天辺の部分が細い線で繋がり、新たな楕円となる。それが、頭に見えた。頭の部分にはへこませたのか抉ったのか分からない窪みがある。音はそこから出ているようだ。

何かを言っている。

囲みの中から数体の靄がよろめくように飛び出て、その両手を伸ばす。

「――も」

「おま　え　も」

「おまえが」

王子に当たらないよう杖を起動する。大きさを変えた杖に魔力が通っていく。

起動に問題なし。この空間でも、魔術を扱える証左だ。

「しね」

へこみを大きく歪ませ、裏返った口で己の頭を飲み込まんばかりの叫び声を上げた人型の首と想定される箇所を、王子の剣が斬り裂いた。

靄はぱっと霧散する。返す刃が残りの首を撥ね飛ばす。霧散した靄は、他の人型が揺れている中に戻り、また形を形成しているようであった。

それでもあっという間に六体を散らした王子は、ふーと静かな息を吐いた。

もしかして、こうやってずっと、目覚めぬ役立たずを守ってくれていたのか。

「王子、好きです」

「くそ、こいつこの状況下でも何も変わらないのか！」

「王子のお手を煩わせてしまった現状を、大変申し訳ないとは思っています」

「こういう現象で魔術師の受ける損傷のほうが大きいのは当たり前だろ」

「王子、好きです」

「ああ、もう！　馬鹿なこと言ってないで起きたのなら手伝え！」

再度飛びかかってきた人型を斬り散らす王子が、私の上から退去した。しかし、そのついでに私の腕を掴んで引っ張り上げてくれるのだから、本当に面倒見のいい人である。

上がった視線で見渡すと、靄の塊は思っていたより数が多いようだ。見える限り遠くまで続く様は個々の人型には見えず、巨大な靄の塊があるようだった。

左方向には何か人工物がある。巨大な建物だ。よく見ると王城や見慣れた町並みに思えた。

だが現実のものとは違い、城の中に町並みが溶け合った奇妙な状態だ。

町中に城があるのではない。城と町が建物も位置も重なり合っている。そもそもこの町は城とは遠い場所にあるので町の中に城があってもおかしいが、町と城が物理的に重なり合っているのはもっとおかしい。

それに、どれも赤錆まみれの廃墟に見える。町は現状がどうなっているのか知らないのでこうなってはいないだろうと絶対的な確信を持っては言えないが、城は今日も通常通り稼働していた。よってこの赤錆まみれの状態は現実とは異なると確信を持って大丈夫だろう。

あちこちで黒い靄が蠢く。天の海と地の空も、夕焼けより赤く染まっていた。

右方向には光があった。青空と青い海が広がり、靄は一欠片も見つけられない。

起き上がった私の背に、王子の背がつく。

「どうにかできるか？」

「やってみます」

杖を構え、術式を組み立てる。構成するのは風魔術だ。

望む形を解へと据え、式を導き出す。まさしく数学だ。

杖を足元に打ちつける。かんっと澄んだ音が高らかに響く。確かな質感を感じる音を発したそこには、何もなくても。

私を中心として、風が膨れ上がる。質量はどんどん増し、膨らんだ風船に押しやられるように靄が遠ざかっていく。

先頭の靄は風の勢いに揉まれどんどん散っていくが、粉微塵になった靄ごと浚い、弾き飛ばしていくので問題ない。

押し戻されていく靄の最後尾が、右にある青い世界に到達する。

その瞬間、砕け散った。

私の風で飛び散った様など比べものにならないほど細かく、徹底的に。砂の一粒よりも細かく解けた靄は、再生していないように見えた。

もう一度杖を足元へ叩きつけ、風の向きを変える。

「王子、私に掴まってください。全部右へ吹き飛ばします」

「わ、分かった」

剣をしまった王子は、私の両肩を掴んだ。

「かろうじて立っていられる範囲は、私の立ち位置だけになりますが大丈夫でしょうか」

「あーもー！　分かったよ！」

悲鳴に似た声を上げ、後ろから私のお腹へ手を回して抱き込んだ王子の足を挟むように、私も足の位置を変える。少しでも位置を重ねておかないと、王子に風の影響が出すぎてしまう。

腹に回った王子の腕に力が籠もるのを確認し、風の向きと在り方を変える。

それまでは私達を中心として膨れ上がらせていた風を、横殴りの突風へと変化させた。髪が激しく乱れ、目も開けていられない風が爆発的に流れていく。

私を中心として溢れ出させた風ならともかく、大群の左端に発生させた風を右端まで届かせるには、膨らませるのとは違った力が必要だ。そして発生させる魔力の量も桁違いとなる。

節約する余地なく、ありったけの力で魔術を発動させた。

髪が視界の邪魔をする。髪留めが切れたらしい。いつの間にか私の腹から位置を変えた王子の手が、胸元から肩にかけてしっかり押さえてくれている。

剣を扱うからか、私よりよほどしっかり立っているので助かった。私一人だったら立っていられなかった可能性が高い。

左から右へ吹き飛ばした靄は、青い領域に辿り着いた途端霧散し、どこかへ消える。消滅したのか移動したのかは分からないが、青の空間には塵一つ残ることはなかった。

やがて靄は尽き、私の魔力も尽きた。

一つまみも残らなかった靄にひとまずほっとする。だが、その程度を流しきることができないほどに自分の魔力が枯渇した状態も思い知る。

がくんと抜けた力のまま膝を打ちつけようとしたが、王子に抱えられていて叶わなかった。

「大丈夫か⁉」

「は、い。補充、します、から」

「うわ、全く大丈夫そうじゃない」

そっと下ろされたおかげでどこも打ちつけずに済んだ。

腰を屈め私を下ろした後も、中腰の体勢で私の顔を覗き込んでくる。私はあまりいい顔色をしていないのだろう。王子の瞳が痛ましそうに揺れていた。だからあなたは優しいというのだ。

ローブの下から取り出した小瓶の蓋を開け、一気に飲み干す。

「それは？」

「魔力です。私は液体へ魔力または魔術を溶かす手法を得意とする魔術師ですから。ちなみにそれに関する方法が特許です。雷雨の弾を私しか作製できないのは、あれは異なる魔術を幾重にも重ねているからです。ですからどんな防御も意味を成さぬまま、敵の上で弾けるのです」

魔力や魔術を溶かした液体に対象物を浸けることでそれらに魔力や魔術を付与することもできるし、幾度も重ねがけて強化することもできる。使い方によっては何だって可能だ。

しかし、近年になってもこの手法で特許が取得されていなかったのは、この手法が純粋に難しいからである。今でも私だけにしか扱えない分野もあった。雷雨の弾などその最たるものだ。

魔石により魔術の保全が利くようになっても、魔力の補充は不可能だった。それを可能にしたのがこの魔術だ。

「現実とも夢とも思えない空間に我々がいるということは、現実では昏睡状態に陥っているものと推測します」

「だろうな。けどまあ、俺がぶっ倒れたらイェラに連絡が行くようになってるし、大丈夫だろ。あの魔道具便利だよなぁ…………………お前、作った?」

「はい。病気で倒れるとも限りませんし、どんな不測の事態であっても発見が早くて困ることはないかと思いましたので」

「…………………あの、現在所在地が分かるやつも?」

「はい。今それらの機能が一つになったものを作製中ですので、二つ持つ必要がなくなります」

「あ、はい」

「王子がこの影を日常的に使用してくださるのなら、この影にもそれらの機能を搭載しておりますので、何も持つ必要がなくなります」

「はい」

小瓶を空にすると同時に、失われた魔力が戻ってくる。元々自分の魔力だから拒絶反応もない。

私が開発した魔術で同じように魔力の補充が可能になったが、籠められる魔力の濃度が違うらしく、いま私が飲んだ量を溜めたければ、他の魔術師であれば小瓶八つは必要になる。

この魔術が扱えるような魔術師は高位の魔術師だから、この程度の魔術で魔力が枯渇する私ならばともかく、彼らではこんな量微々たる差でしかあり得ないだろう。だから、あまり役には立たない。私は彼らにとっては微々たる量の魔力であろうが全力なので、魔力の保全は戦局を左右するほどの重要性を持つ。

「お待たせしました。残ったのは、いませんね」

口元を拭いながら周囲を改めて確認する。相変わらず頭上で灰色に荒れ狂う海と、足元でどす黒い雲が渦巻く空は変わらないが、この場に存在するのは私達だけだった。

「あれが生還者が見たという黒い影か？」

「恐らくは。あっちにもいますが……どちらに進みます？」

黒い靄が多量に蠢いている赤錆色の建物がある左側か、靄が消え去った青の右側か。

王子は難しい顔をして左右を見ている。

私も見ながら、視界に滑り落ちてきた髪が邪魔で耳にかけた。傷まぬよう手入れを欠かさないから、髪は流れるように滑り落ちて鬱陶しい。傷んでボサボサであれば、互いが引っかかって簡単に耳にかけられるのに。いっそ切ってしまおうかとも思う。

ここでの負傷が現実へ帰還した際にどれだけ影響を受けるのかは分からないが、その確認にもいいかもしれない。

意識を失う前に、魔法に撥ね上げられた左腕を痛めた。しかし今は何も痛みを感じない。あの勢いと痛みでは肩が外れたか折れた可能性もあるが、現在痺れも痛みもないとなると、あくまで影響を受けるのは精神的なもので肉体など物質間の連動はない可能性がある。

魔道具を埋めた際に剥がれた爪も指に存在しているので、その可能性が高い。

「よし、左に行こう」

「王子、その剣で私の髪を切っていただけませんか？」

「何の話⁉」

ちょうど王子が話しはじめた段階で私も話しかけてしまった。

重なった言葉を綺麗に聞き取った王子は、何故か悲痛な声を上げた。両手を腰につけている剣に当て、守るように腰を屈めて後退りする。

「ま、魔術的な何かで必要とか、そういう、感じ？」

「いえ、髪留めが壊れたので前髪も後ろ髪も邪魔だなと」

「そんな理由で女の髪を切る重圧を俺の剣に課すな！」

「重圧なんて必要ありません。帰還した際肉体に影響が出ないと推測されるので、適当に引き千切っていただけると」

「お前、あんまりじゃない……？　髪はお前が珍しくこだわってる場所だろ……？」

「王子に見ていただいたのでもういいかなと」

「雑すぎる……」

溜息をついた王子は、ぱたぱたと自身の身体を両手で叩き、ぴたっと動きを止める。

「探さなくても普通に持ってたわ。ほら、これ使え」

王子は自分の髪を一つに纏めていた紐を解き、私に渡した。

「俺こそ切りたいぞ。どうせ貴族の髪なんて見栄えと形見用だからな。俺の髪を形見にするような奴もいないし、切っていいと思わないか」

王子の紐をもらうのは悪いと思ったが、無言で目の前に突き出してくるので礼を言って仕方なく受け取る。

適当に編んで纏めている間、王子は解いた髪を掻き上げて、鬱陶しげに払った。

「そうですね」

「……お前、仮にも俺が好きとか言うなら、自分が受け取るくらい言えんものか」

「王子が死亡している場合、私は既に死亡していると思いますので」

「……そういうことを言うな」

「王子が先に言ったんです。髪紐、ありがとうございました」

言い返せなかったらしい王子は、視線を逸らした。

「まあいいさ。話を戻すぞ。駄目そうだったら右に行けばいいが、とりあえず左に行ってみたいんだが、どう思う?」

「分かりました」

「……相談しがいがない。せめて理由くらい聞いてくれ」

「分かりました」

がっくり項垂れた王子には申し訳ないが、私も左のほうがいいと思うので特に言うべき言葉がないだけである。

それを言えばいいのかなと思ったので、一応言ってみた。そうしたら、それを言えと怒られた。言ったのに。

互いの意見は一致したので、人工物がある赤錆色の空間目指して歩きはじめる。

この足元では一部が抜けていても確認しようがないので、目的の場所まで魔術で砂の欠片をまいてみた。煉瓦などで新たに道を作ってもよかったが、できる限り魔力は温存しておきたい。私の魔力では、微々たる節約が物を言うのだ。

道を確認しながら、砂の上を歩く。

「俺が目覚めたとき、あんなに黒靄いなかったんだよ。いたのは一体だけで、それも凄く小さかった。そいつは跳ねるみたいに駆けて俺達の前を通り過ぎ、青の空間に辿り着くと同時に散った。その後わらわら出てきてあの惨事になったわけなんだけどな。でさ、普通あれだけわらわら出てきたら、青のほうに逃げるだろ？　さっき黒靄が散ったの見てるわけだし」

「そうですね」

「欠魂の生還者は少ないとお前は言った。つまり、他の誰かが選びそうな選択を選ばないほうが生存率が上がると思ったんだが、お前はどうして左なんだ？」

「欠けているのが魂でありそれを取り戻さなければならないのなら、それぞれの根元や起源の中にあるのではと。王城は恐らく王子の、混ざり合っている町並みは私が生まれた町ですから私のものでしょう」

「成程な。それにしちゃ、お互いやけに寂れてることで」

「私の中では一つの思い出以外興味のない事柄だからかもしれませんが、これに関しては皆同じである可能性を願いたいです。己の根幹である世界が美しく日常の形でそこにあればこちらへ逃げ出す人間が増えると思われるので、必然的にこちらが間違いということになります」

王子も途中で気付いたのだろう。私が最後まで言いきる前に「あー……」と曖昧な呻き声を上げた。

何にせよ、行ってみるしかない。こちらが駄目なら戻ってくればいいのだ。戻ってこられなかったら、そのとき考えればいい。

「王子、申し訳ありませんでした」

「ん？」

「魔法での追撃が、こんなに早く行われるとは思っておりませんでした」

欠魂は、魔物か魔物により力を譲渡された魔術師によって行われる。

私は今回の件は魔術師によるものだと考えていた。追撃がなかった理由を、そこに見出したのだ。

今回の欠魂、魔物であればもう一度魔法を繰り出したはずである。だが、襲撃者はそれをしなかった。その場のみではなく、魔物の力が最も増すといわれている夜になってもだ。

それは何故か。できなかったからだ。

一般的に魔物の力を使用した魔術師には、凄まじい負担がかかると言われている。姿形を取り繕う魔術は山ほどあるが、それらは内面まで修復してくれるわけではない。

魔力は極限まで削り取られ、本来体内に存在しない力を受け入れた身体は汚染してくる異物を排除しようと荒れ狂うだろう。きっと夜も眠れず苦しんだはずだ。

だから、追撃があるにしてもまだしばしの猶予があると思っていた。

それなのに、昨日の今日でこのざまだ。魔術師が恐ろしいほど優秀だったのか、魔物により力を譲渡された魔術師が一人ではなかったのか。

何にせよ、私の読みが甘かった。

「いや、そりゃそうだろ。誰もこんな昨日の今日で欠魂がもう一回来るなんて思わないぞ。そもそも欠魂なんて巷じゃ怪談扱いの代物なんだから。それに前回俺は、硝子が砕けるような音を聞いたが今回それはなかった。意識は引っ張られたようだが、追加の欠魂は防げたんじゃないのか？」

「それは、そうですが」

「だったらそれで充分だろ。そもそも、お前がいなきゃ最初の時点で詰んでいた。意識不明に陥った後に俺一人で黒靄に囲まれていたら終わりだったぞ」

それはない。王子があの場を離れられず、あれらに囲まれてしまったのは意識が戻らない私を守っていたからだ。私がいなければ囲まれる前にあの場を離脱できていただろう。

いくら魔法や魔術は魔力を揺らすため魔術師に強く影響が出るといっても、不甲斐ないにも程がある。魔術師として三流以下だ。

「お前は、いい魔術師だよ。俺には勿体ない才能の持ち主だ」

歩きながら、砂の道から下を覗き込んでいる王子が言った。私に視線を向けることなく、けれど言葉は確かに私へ向かっている。

「それでも俺はお前を信じない。悪いな。俺はお前を一生信じない。俺はイェラ以外で信じるのは一人だけなんだ。お前がどれだけ俺への好意を真実だと証明しても、この現象を齎した魔物を倒せたとしても、絶対に」

「はあ、別にそれは構わないのですが」

「構え、構おう、構ってくれ」

荒れ狂う空から視線を外した青緑色の瞳が私を見た。

口元は苦笑しているのに、瞳は柔らかな謝罪に細まっている。

「お前が悪いんじゃない。全部お前の所為じゃない。俺が弱虫だからだよ。だから、裏切られるのも死なせるのも耐えられないいんだ。ごめんな。だから、駄目なんだ。俺は俺の弱さでお前を拒絶し続ける。お前が国で一番の魔術師になろうが、お前の言葉が真実だと認められようが、俺はお前が裏切ると思うし、殺されると信じ続ける。そうじゃなければ、俺はもう生きていけないんだ」

どこからか風が吹き、砂の道を消し去ってしまう。残されたのは荒れ狂う天の海と、地の空。

けれどもう、目的の場所は目の前だった。


健在であれば圧倒されると形容されるであろう門がそびえ立っている。私は圧倒されるという経験をあまりしたことがないのでよく分からないが、この門がそう表現されていることは知っている。

しかし、赤錆にまみれ、装飾は欠け、レースのような鉄柵が綻んでいれば、感じるものは圧倒よりも空虚な恐怖だろう。

私と王子が門の前に立てば、門番もいないのに扉が開いていく。魔術の気配も感じない。枝から千切れた林檎が落ちるように、風の通り道にある葉が揺れるように、当たり前の現象がただそこにある。

そんな自然さで、門は開いた。

中は迷路のようだった。赤錆にまみれた赤煉瓦が敷き詰められ、縦横無尽に伸びている。それも常識では考えられない場所に道を敷いて。

二階の窓から赤煉瓦道が飛び出し、井戸の中へ続く。王城の大広間が剥き出しの状態で鎮座し、その中に民家が収まっている。大回廊の天井を赤煉瓦道が這い、点、点と、風呂が、寝室が、台所が置かれていた。

王城の中に、みすぼらしい、明日の食事もままならない人々が暮らす掘っ立て小屋が交ざり込んでいる様は、奇妙と表現されるものだった。

とりあえずはあれを目指すしかないので、行ってみることにした。私達の背後で、またもや自然に門は閉じた。

一度閉じた門は、再び開きはしなかった。破壊も試みたが、私の魔術では傷一つつけられなかったので、ひとまず進むしか道はない。

入ったときは私達の身長を四人分足せばよかったはずの高さも、いつの間にか先が見えないほど伸びている。こうまで変化が続くと、この門は意思ある生物なのではという考えも浮かんだ。だが、ここまで生の気配が皆無な物質が生命だとは考えにくかった。

とりあえず進んだ先、今にも崩れそうな壁についている、明らかに壁よりも大きい豪奢な扉を開けてみることにした。魂（仮定）が鎮座している部屋から伸びている赤煉瓦の道が、この扉の下に覗いているからだ。

赤煉瓦の道は、あちこちを縫い、建物を貫いているので、確実にあの場へ続いているか確認はできなかった。

王子が蹴り開け、私が杖を向ける。灯りを射出し、中を照らす。

妙に細かな細工が施された重たそうな椅子が転がっている中に、路地裏の奥でひっそり開かれているような年季の入った屋台が交ざっている。ここにはかろうじて赤錆以外の色が存在するが、そのうち浸食されるのだろうと思うほど、建物内も赤錆が這っていた。

「何というか、ちぐはぐにも思えないのが面白いな。どんな物でも錆びつけば価値なんて等しいからな」

重い椅子は蹴り飛ばし、触れるだけで壊れそうな屋台は剣の鞘で押しのけ、王子が進んでいく。道が荷で塞がれている場所もあり、思っていたより重労働になりそうだ。

天井を歩き、壁を歩き、壁から生えた浴槽を避け、暖炉の中を潜り、真横に伸びる階段を渡る。

橋のようになった階段の下を、ぞろぞろと黒い靄が通っていた。それらは隣の靄と混ざり合い、不意に人の形を成した。

そして一斉に私達を指差し、口らしき何かを裂いた。

「お前の所為だ」

「お前が殺した」

「どうしてお前が生きていて」

「お前が生まれてきたから」

「――――を殺したお前が幸せになるなど許されるものか！」

お前がお前がお前が。どうしてどうしてどうして。

人殺しっ！

天井に張りついた大窓から、壁から生えた本棚から、床に敷き詰められた絵画から、数える気が失せる数の人型が叫んでいる。

「大体同じ言葉の繰り返しですね。対象者がこれまでの人生でかけられた言葉を集めているのでしょうか」

「対象者が自分で思っていることかもな」

「それはあり得ません。同じ意味を伴った言葉ですが、恐らくは王子へ向けられていると思われるものは多種多様な声がしておりますが、私に対しこの意味を持った言葉を発しているのは父の声だけです。それに、父の声が大きすぎて聞こえにくいですが、あの辺り……そうです、その集団ですね」

私が指差した、天井を覆う厚手の絨毯から生えた井戸の周りにいる靄は、内部が裏返りそうなほど口を開けて叫んでいる。

「あの程度のこと俺にもできる」

「贔屓だ」

「あいつばかりが優遇されて」

「あの歳であんな開発ができるわけがない」

「きっと誰かの研究を盗んだんだ」

「身体を売ったんだ」

「顔だけはいいから誰かに擦り寄ったんだ」

「あいつがわたしの男を取ったのよ！」

「大した実力もないくせに、顔がいいからすぐ男に媚び売って。いいよな、身体で評価を取れる女は」

父の声が大きすぎて聞き取りにくいが、こちらも大体同じ内容が叫ばれている。

私はこれらの内容を自分で思ってはいない。実際、何を言っているのかほとんど分からなかった。

誰かに媚びを売ってうまく作用しない調合が成功するならいくらでもするが、そんな非現実的なことは起こりようもなく、そうであれば時間の無駄だ。

そもそも媚びとはどうすれば売れるのだろう。販売許可はどこに取るのか、商品基準はどこにあるのか私は知らない。調べるほどの興味もない。

王子は何だか拍子抜けした顔をしていた。

「どう聞いてもただの誹謗中傷だな。付き合いの浅い俺でさえ、人違いしていませんかと聞きたくなる言葉ばかりで、逆に安心してきたぞ」

「そもそも私は、父の言い分も疑問に思っております」

私にとっては聞き慣れた、しかし随分遠くなった男の声が泥を掻き混ぜるような音で告げる。

「俺からあいつを奪ったお前を、俺は絶対に許さない。認めない。お前を幸せになどさせるものか。生まれてきたことを後悔しろ。許すものか。絶対に許さない。呪われろ、死ね、地獄に堕ちろ。何があっても、徹底してお前を不幸のどん底に突き落としてやる」

王子は不愉快そうに眉を寄せる。

「当たり前だろ。こんな言い分を正しいと思ってるなら異常だぞ」

「正誤の問題もそうなのですが、どちらかといえば父は関係がないか、同罪ではないかと」

「また何か言い出した」

「そもそも母が私を身籠もったのは父と母が性交を行った結果です。そこに私の意思は存在しません。つまり、まず私という存在が発生した責任は父と母に派生するものと思われます。仲睦まじい写真が残されていたことから二人同意のうえだったと思われますので、やはり責任は父と母両者にあるかと」

「あ、はい」

「私という存在の発生までは父と母にありますが、私の行動による責任は私に発生します。よって、私が明確な意思を持って母を殺害、また事故であれ私の行動が母を死に至らしめたのであれば、責任は私にあると思われます。しかし、出産が行われるまで私という個はこの世に存在していない括りとなります。犯人不在のまま殺人が行われるのは不可能です。そして出産とは、半ば反射であると考えます。それでも私に責任があるというのならば、この件に父は関係がなくなります。どんな出産であれ、出産という行為は母子の死亡率が非常に高くなります。その危険性を承知のうえで出産を決めたのは母です。ならばこの場合の責任は母にあると思われます。堕胎という選択肢もありましたが、母はこれを選ばなかった。産むのは母。生まれるのは私。産むと決め、実行したのが母。その行為で生まれたのが私であり、結果として死亡したのが母。この結果に罪状をつけたければ、私と母が訴えを起こさなければならないものと考えます。母が私を訴えるか、私が母を訴えるか、そこに父は関係がありません。関係があると言うのであれば、自分が孕ませたにもかかわらず、母が死に至るまでの過程で何も助けになれず、また手を打たなかった父にも責任が派生すると思われます。よって私だけに罪があるという父の言い分には疑問が残ります」

「うん、そうね。それとね、長い」

階段の先に、一つの人型が立っていた。先ほどまでそこには何もいなかったのに、いつ現れたのだろう。

瞬き一つの間に現れた人型は、こちらを指差し怒鳴り続けている。それに影響を受けたのか偶然なのかは分からないが、その他全ての人型もそれに合わせて叫ぶ。

人殺し人殺し人殺しお前が死ねシ値死ね死ねシね死ねシネネ死ね死ねシ死ね死根シ
ぶつりと音が途切れた。私達の先にいた人型を、王子が斬り捨てたからだ。

あっさりと散っていく塵の末路を見ることなく剣をしまい、王子は私を振り向いた。

「あのさ、俺さ」

「はい」

「こいつらが欠魂した対象者への怨嗟《えんさ》や恨み辛みの代弁者、または対象者の罪を糾弾する存在とすら思ったわけだ」

「私は全く思いませんでした」

「うんそうね。お前のどう聞いても冤罪だもんね。お前の性格はともかくね」

王子の目が死んだ。

「まあそういうわけだから、こんな場所に一人で放り出されなおかつ生還を果たした少数は凄いなとか、俺はやっぱり死んだほうがいいよなとかいろいろ思ってたわけなのに、お前の謎考察聞いてたらどうでもよくなったのどうしてくれるんだ……」

「失礼ながら、私は王子に同情します」

私を向いている王子にとっては背後となる壁からふらりと現れた人型が、一瞬で斬り捨てられた。いつ抜いたかも見えなかった。

これまでもあっさり斬り捨てているように見えたが、今のは本当に、息をするより自然だった。

「――へぇ」

冷たい鋭さで人型を散らせた剣を鞘に収めず、ゆっくりと振り向いた王子は笑っていた。

「私は生まれてこの方、愛されたことも、愛されたいと願ったこともありません。そんな私が、あなたへ向けるこの思いは本当に恋や愛と定義された感情なのか、私には分かりません。分かりませんが、調べられる限りの事例や事象と照らし合わせた結果、そう定義づけられるものだと結論づけたのでこのように表現しています。ですので、こんな私に好意を抱かれた王子は本当に可哀想だと思います」

「毎度毎度、返事どころかどういう気持ちになればいいか分からない台詞を無表情で唐突に告白するのやめような⁉」

「どの台詞に王子がそのように感じる要素があったのか私には理解できませんので、お手数をおかけしますがその気配を感じた場合お知らせいただけると助かります」

「そういうとこ……」

王子は片手で瞳を覆い、深く項垂れながら天井から落ちてきた人型を斬り伏せた。

その様子はとても素敵だと思うし、見事だと感じるし、血流がよくなって体温が上がる気配があるので、やはり恋だと思うのだが、どうなのだろう。

どういう感情を恋と定義するのか明確に数値化されれば分かりやすくていいと思うのだ。

それを告げれば、王子は最後まで黙って聞いてくれた。途中で停止されなかったのでこれらは問題ない内容だったと思うのだが、王子は両手で顔を覆い、蹲ってしまったのでよく分からない。

髪の隙間から見えた耳の先は、周囲を覆う赤錆より鮮やかな赤を纏っていた。


「どうしてお前が生きていて、俺の姉さんが殺されなければならないんだ！」

「王子、好きです」

「貴方の所為ではない……分かっている。だが、貴方が生きていくには犠牲が伴うんだ」

「王子、好きです」

「お守りできず、申し訳、ございません――……」

「王子、好きです」

「お前が死ねばいいだけだろう！　早く死ね！　死んで、お前の所為で殺された全てに贖《あがな》え！」

「王子、好きです」

藁と泥と折れた鍬が積み重なった豪奢な寝室で、一斉に飛びかかってきた七体の人型をあっという間に斬り伏せた王子は、返す刃を両手で握りしめ、叫んだ。

「分かった！　分かったから黙ってお願い！　何なの、何なのお前！　俺はお前を好きにならないって言っただろ⁉　なのにどうして酷くなるんだ！　自己嫌悪に陥る暇を寄越せ！」

深い紅色に金の細工が取りつけられた壁に嵌まっている、今にも蹴破れそうなほど朽ちかけた扉から新たな人型が飛び込んできた。王子が動く前に杖を向け、風で弾き飛ばす。ついでに首を落としておいた。

何度か試したが、腹に大穴を開けるより、首を飛ばしたほうが散るまでの時間が早いのだ。手足らしき箇所を撥ね飛ばしても、動きが鈍るだけで意味はない。長時間放っておいたら塵になるかもしれないが、そこまで見つめる時間もない。

この世界での体感時間が現実と同期しているのか確かめていないので、衰弱死する前にさっさと現実に帰らなければならないのだ。

本来なら、五分、一時間と時間を計り、その都度イェラ・ルリックに起こしてもらって時間を擦り合わせ、確認するはずだったのに。

「この人型の影が言葉を吐く度に、黒い靄が飛び散ります。付着しても問題はないようですぐに払えます。ですが、恐らくは王子がそれを気にした瞬間、肌に滲んだ黒が現れました。私が確認した箇所は、頬と右手の甲です」

王子は剣を握っている右手へ勢いよく視線を向けた。そこには白い肌があるのみだ。

拍子抜けした顔の王子が肩を竦めるので、続ける。

「王子が私に怒鳴ったら消えました」

「……気にする暇がなくなればいいわけか。悪いな、心にもないことを言わせて」

「個人的には愛していると告げたいのですが、愛しているは段階を踏んで告げる告白だと本に書かれていましたので、まずは段階を踏んでいます。王子、好きです。ところで、何度告げれば段階を踏んだことになるのでしょうか。それとも、回数ではなく日数なのでしょうか。それとも段階とは言葉ではなく肉体的な接触で」

「よーし、今すぐ黙れ！」

それは王子次第である。


赤煉瓦の道は、天井を壁を屋根を地下を、縦に横に斜めに、縦横無尽に貫いて走り回っている。その上であれば、どんな場所でも歩けるようだ。

だから私と王子は、さっきまでいた部屋を斜めの体勢で眺めながら、道を進んでいく。

不思議とこの道の上に人型は現れないようだ。今も、窓から飛び出した赤煉瓦道から隣の掘っ立て小屋まで橋のようにかかっている赤煉瓦道を通っているが、部屋から出る寸前飛び込んできた人型は部屋の中からこちらを罵倒しているだけだ。

「許さないぞ！　母親を殺したお前が幸せになるなんて、絶対許さんぞ！」

「人並みの幸せなんて生ぬるい。人間としても、幸せになれる可能性を全て根こそぎ潰してやる！

感情を持つなんて絶対に許さない」

「殴ろうが蹴ろうが鞭で打とうが焼こうが冬の川に叩き込もうと、泣きもしない笑いもしない、こんな気味の悪い人形のような奴を生むために、あいつは死んだのか！」

「人殺し！　母親殺しの悪魔め！　母親の命を食って生まれた化け物が、何をのうのうと！」

「死ね！　死ね！　死ね！　死ね！　死ね！　死ぬまで打ってやる！　死ぬまでだ！」

「おい、朝の挨拶はどうした。母親を殺した分際で今日も生きていて申し訳ございませんだろ、ほら、這いつくばって謝罪しろ。そうしたら餌くらいはくれてやる。家畜らしく床を嘗めてな」

「この課題を終わらせるまで飯は抜きで、一睡も許さん。もしも眠ったら百叩きのうえ、凍った川に放り込んでやる」

久しぶりに聞いた父の声は、結構やかましい。昔は特に何とも思わなかったのだが、久しぶりに聞くとかなりやかましかったので驚いた。

以上だ。顔は忘れた。

見たら思い出すかもしれないが、見ないと思い出さない確信がある。

王子と何度も目が合った。目が合う度、私の肌を視線が撫でていく。黒く染まっていないか確認しているのだろう。

ちなみに王子は一度、黙れと言われたから黙ったら手の甲が真っ黒に染まって以来、私の告白を止めなくなった。だが、私は全く平気である。

「王子、私は無傷です」

「……そんなわけあるか」

それがあるのである。

この場で全ての衣服を滑り落としても、全ての皮膚に何の陰りもないと断言できた。実際脱ごうとして引っぱたかれた。釦を留め直しながら、考えていたことを言う。

「父の言い分を聞いていると、矛盾がいくつも出てきますのでそちらのほうが気になっています。感情を持つなど許せないと言い、そうなるよう彼は努力していたはずなのに、私の感情が見えないと気味が悪いと怒る。課題を終わらせないと百叩きだと言いながら、終わっても百叩きのうえ凍った川に放り込むので宣言の意味がありません。百回とは限りませんでしたし、鞭の場合もあれば拳の場合もあり、中には蹴りの場合も多く百叩きとは違ったように思われます。父自身はあまり学がない人でした。ですので私への行為も毎日同じことの繰り返しで、種類がありませんでした。私が苦痛を感じる内容を吟味するより、自分がされたら嫌であろう内容を選んでいたようです。ですので私の苦痛とは乖離していました。住んでいた場所も貧民街でしたので、お金もなかったのに、働く時間を増やすのではなく私を殴る時間に充てていたので無駄の多い人だったように思います。友人もおらず酒も飲めないようで落ちていた煙草を吸うことだけが楽しみだったようです。恋愛とは主観で行うものですので他人の私がとやかく言うことではないと理解していますが、母は彼のどこを好いたのかよく分かりません。写真を見れば、仲のよい夫婦だったことは窺えました。父は逆境に弱い人間だったようなので、母が死ななければ別人だったのでしょうか」

父との縁を切った事実に悔いや思うところは欠片もないが、母には少し興味が残る。

恋とはどんなものだったのか、聞いてみたかった。そしてあの男の子どもを生んだ気持ちを、命を懸けた結果生まれてきた子どもが私などだった気持ちを、聞けるものなら聞いてみたい。

「俺は、お前の父親にも母親にも会ったことがないから分からないし、分かろうとも思わない。だがな、何度でも言うが、お前は何も悪くないしお前の父親の行動はどんな理由があろうと正当化できない恥ずべき屑野郎のものだ。いいな、分かったか」

「はい。同様に、王子は何も悪くありませんし、あなたは私の光です」

「そういう話じゃあない」

どういう話なんだ。


赤錆が積み重なった敷石の上を歩き、塵と割れた氷が浮かぶ川が流れる壁を横目に、宝石や硝子がぶら下がる天井を見上げる。

大粒の宝石と割れた酒瓶が交互に飾りつけられた天井は、数多の声に埋め尽くされた。

一つ一つに誰かの顔があり、怨嗟を叫ぶ。しかし遠すぎて人の顔だとは分かっても個人まで識別できないし、言葉はここに来るまで聞き慣れたものだったので特に興味は引かれない。

そもそも、ここで告げられる言葉はこれまで飽きるほど聞いてきた言葉ばかりなのだ。今更思うところはなかった。

赤煉瓦道を随分上ってきた。

ふと視界に入った閉じられた門はとても小さく見える。あれだけ高くそびえ立っていたはずなのに、初めて見た大きさに戻っているようだ。

門は、虹のように婉曲している赤煉瓦道から見れば、ちょうど真上にある。門の位置からすれば私達が逆さまになっているのだろうが、ここまで縦横無尽に走る赤煉瓦道を辿ってきた身からすると、どこが上だろうがもうたいして変わらない。

重力は常に赤煉瓦道が主体なので、歩く分に障りはなかった。

人型は赤煉瓦道には現れないので、必然的に橋のように道しかない場所には姿がない。建物内からがなり立てるのが関の山だ。

「なあ、お前は、その、何だ」

「王子、好きです」

「そう、それ。それ以外に何か望みはないのか」

「王子に好意を持っているのは事実ですが、これ自体に望みはと問われるとよく分かりません。王子が私を認識してくださったのは嬉しいですし、できればお傍にありたいですが、王子がお嫌でしたら遠くからお守りします」

王子の身の安全が確保される。望みというならそれが第一だ。次いで、王子の心身の安寧が保たれればと思う。

それを告げれば、王子は歩みを止めてがっくりと項垂れてしまった。

「俺を省いたお前自身の願いだ……」

「ございません」

「お前なぁ」

王子を困らせるのは本意ではない。けれど、どうしたって願いなどありはしないのだ。

「元々、生まれたから生きていました。死ぬ理由がないから明日が来ました。それを人が生と名づけていたから、私は生きていたに過ぎません。それを悲しいとも虚しいとも惨めとも思いません。私にはそれらの感情自体よく分からないので別にいいのですが、王子に関しては一律嬉しいの感情が占めているので幸せです」

「あー……うん、なんで俺なんかにそんなもの感じちゃったのかは全く理解できないが……」

項垂れたまま歩き出した王子について私も歩きはじめる。

進行方向の建物には屋根から入った。建物に入るや否や、あちこちから人型が手を伸ばしてくるが、これは私が風で吹き飛ばす。

本来なら水を扱うほうが得意なのだが、この場に水がない以上、零から構成するよりこの場にある空気を活用したほうが楽なのだ。

ここまで何度か術を連発したので、そろそろ補充しようと小瓶を取り出し、一気に飲み干す。空になった容器を掲げ、水を発生させて中を洗う。その後風を発生させ乾かし、積もった赤錆を採取する。持ち帰れるかは分からないが、試す価値はあるだろう。

塵となった人型はそのまま消えてしまうので回収は不可能だった。

「俺はな、それなりに自分のことを不幸だと思ってきたわけだ」

「はい。王子の人生は非常に災難で散々です」

「よーし、俺は突っ込まないぞ！」

生まれてすぐに母親が〝事故死〟し、生きる環境を与えられただけで放置され、面倒を見てくれる大人も親しくなった相手も軒並み殺されていく。

遺族からは責め立てられ、それでも残ろうとしてくれた人々を拒絶することでしか守れず。

どこにも行けず、どこにも行かない。何の権利も立場もない。

意味がない存在でないと許されなかった生を、この人はどんな気持ちで過ごしてきたのだろう。

「……俺は強い子俺は強い子…………よし、それでだな。他の誰かに優しくする余裕も、まあ、必要もないと若干思っているわけで」

「はい」

「いや、そこ冷たい奴だなって引くところで、受け入れるところじゃないからな⁉　まあいいけど……それでだな、そんな俺でも、お前の人生は相当だと思ったわけだ。俺がそう思ったのは、昔いた兎くらいだぞ」

「そうでしょうか」

「そうだ。だけどな、俺はもう自分の死に方は決めてるんだ。だからお前にしてやれることはない。ここには何もない。何もないんだ。なあ、分かるだろ。お前は頭がよくて賢い女だから、分かるだろ？」

それは懇願のようだった。

誰にも頼らず、裏切られることを前提として生きてきた人が紡ぐにはあまりに静かな、祈りのようで。

「ごめんな。俺は昔、俺の命をあげると約束してしまったんだ。だから今はまだ死ねないけど、その時が来たらその少年にあげるつもりなんだ。だから、ごめん。俺はお前に何もしてやれない。何一つ渡してやれないんだ。それなのに、相当な生き方をしてきたお前が、まあ、それなりに幸せになれるといいな程度には思うんだ。俺は何もやれないのにな。自分勝手なのは百も承知だけど、そう思うからこそ、俺のことはお前の人生から省くんだ。な？　頼むよ」

そんなものはとっくの昔に捨てたはずの人が、最初から持っていない私に祈る。世界を閉ざし、国に閉ざされたこの人に残されたもの。この人に許された最大の優しさだった。

だからこそ困ってしまう。

「王子、私は王子の願いであれば何でも叶えたいと思います。どんなことであっても、王子が喜ぶのであれば私は何だってできます。けれど、王子。だからこそ、私は王子の願いを叶えようがありません。どうしたらいいでしょうか」

心底弱り果てて答えた私を見て、王子は目を見張った。

「お前……そんな普通の顔できたんだな」

そして、何故か声を上げて笑う。困ったように眉を下げ、けれど楽しげに目を細め、声を上げるのだ。

ああ、どうしよう。ますます願いなどなくなってしまった。

だって私はずっと、ずっと、あなたのこの顔が見たくて。終わりを、死を得る安堵ではないこの

人の笑顔が見たくて、ずっと。

あの日からずっと、それだけを。

「王子、王子、私」

思わず口を開いたとき、世界が激しく揺れた。

咄嗟に膝をつき揺れに耐えた私達の前を、壁を貫いた白い帯が通り過ぎていく。建物全てを貫き、轟音を鳴り響かせた白は、私達が魂と仮定した物体から伸びていた白い光だった。

だが、これは光ではない。透明度がまるでなく、明確な質量を持っている。

近くで見るとその大きさが分かる。一本一本が一つの塔だと言われても納得がいく大きさだ。

酷く重たい音を立て暴れ狂う白い帯は、王城も掘っ立て小屋も構わず根こそぎ薙ぎ倒していく。

その姿は、のたうち回る生き物に似ていた。

「伏せろ！」

王子の怒声と共に頭を押さえられ、赤煉瓦道に突っ伏す。雷に似た耳を劈《つんざ》く音が響き渡る。

視線だけを必死に上げた先で、白い帯が裂けていく。裂けてなお巨大なそれは、数を増やして暴れ回った。

「こんな中で本当に生還者が出たのか⁉　さぞや屈強な戦士だったんだな⁉」

「十二の少女もいました」

「せ、戦士⁉」

「病弱な、現実では身を起こすこともままならない少女です」

引《ひ》き攣《つ》った声を上げる王子とは別の意味で、私も胸がひりついた。

これは、まずい。精神を基盤とした世界が、心が砕けたわけでもないのに崩壊しようとしている。それも、ある意味で物理的な衝撃によって。

これは肉体が破壊された可能性がある。

「肉体に異常が発生したのかもしれません。この状態が通常であるなら、流石に非戦闘員それも魔術師でもない一般人が幾人も生還しているとは思えません」

もたもたしている暇はないようだ。あちこちで建物が崩れはじめている。それまで罵声以外音にしなかった人型達も、慌てふためきながら金切り声を上げた。

奴らにとっても不測の事態なのだろう。細かく分かれてなお赤煉瓦道より幅がある白い帯が、一帯を打ち砕いていく。

「どうする？　魔術師としての意見は？」

「……白い帯の発生源となっている玉座の場はほとんど壊れていませんから、一番安全かと。けれど、そこに辿り着くまでが危険すぎます」

できるなら玉座に二つある、魂（仮定）を確かめたい。そうでなければ、この場を離脱していいかの判断もつけられないのだ。

しかし、私の魔力でどこまで太刀打ちできるだろうか。この場には現実で身につけていた物全てがある。それでも相手が巨大すぎた。残る魔力の瓶は五つ。そのうちの二本は王子の防衛に使うとして、残り三本でどこまでできるか。

こんなことになると分かっていれば箱で背負っていたのに。そして雷雨を背に縛りつけていただろう。魔術を使わないと一人では絶対に動かせないが。

暴れ回る白い帯の隙間から空が見える。建物が絡み合っていてずっと見えていなかったが、いつの間にか空の海は消え失せていた。

門の外に広がっていた無がそこにある。恐らく、地面も同じなのだろう。私達がいた部屋も半分刮《こそ》げ取《と》られ、崩れはじめた。

王子だけは、王子だけは絶対に帰さなければならない。そのために私はいるのだ。

ぎゅっと杖を握り、立ち上がろうとした私の腕を、私より早く立ち上がった王子が取った。驚いている間に引っ張り上げられ、よろめきながら立ち上がった隙に手が繋がれていた。

少し汗ばみ冷え切った手が、痛いほどに私の手を握りしめる。

「援護しろよ、魔術師！」

「王子、何、をっ⁉」

私の手を引いたまま駆け出した王子は、そのまま刮げ取られた部屋の外へと飛び出した。

一課の魔術師ならばともかく、二課が宙を飛ぶには少しの間が生じる。急いで術式を構成しかけた私の足は、何かに着いていた。それが何か認識するより早く、王子は走り出していた。

地面が白い。白い、帯だ。

避けてなお巨大な白い帯の上を、王子が私の手を引いて走り抜けていく。分かれた白帯の先は今も荒れ狂っているが、根元へ向かえば向かうほど動きが少なくなる。

それでもうねりは大きく、急だ。一つの段差が身長を超す。二人がかりでよじ登れば越えられる可能性もあるが、うねる白帯の上で足を止めれば落下一直線だ。

風を生み出し、互いの足元に纏わりつかせる。

「私は身体能力に恵まれませんでしたので、王子がうまく扱ってください！」

「俺も初めてだから自信はないぞ、っと！」

通常、人間が出せる跳躍の優に三倍を軽く飛んだ王子は、目を丸くした。

その目に光が散っている。こんな状況なのに、子どもが新しい玩具を手に入れたかの如く、未知なる期待に胸躍らせる光だ。

激しくうねる白帯の上を、王子が私の手を引いて走り抜ける。突如波打った地面を物ともせず、軽々と飛び越え、羽でも生えているかのように自由に広々と。

「王子、王子、楽しいですか？　王子」

縋るような気持ちだった。

誰に？　神などいないこの世界で？

もしも神がいるのなら、優しいこの人はあっという間に連れていかれてしまっただろう。けれど神はいないから、祈っても願っても何もしてくれない代わりに、無為にこの人は奪われない。

そんな世界で、祈りは誰に向かって湧き上がるのか。人はそれを、愛と呼んだのだろうか。

繋がった手を微かに引き、懇願のような声を出した私に王子は振り向いた。

「いや、全然！」

無邪気な子どもが浮かべるものと全く同じ顔で、王子は笑った。

こんな愉快な嘘があるものか。楽しくて楽しくて、まだまだ遊び足りなくて。だけど満足したら宣言される帰りを恐れる。そんな、子どもの浅知恵が繰り出した隠せるはずもない下手くそな嘘。楽しいと言ったら取り上げられ、嬉しいと言ったら奪い去られ、恋しいと笑えば殺される。そんな生しか知らない人の嘘は、いつだって愉快で悲しい。

笑った。あなたが、笑った。

私の魔術で、笑ったの。

轟音と共にうねる白帯の上を文字通り飛ぶ王子は、この場において誰よりも自由だった。

地を這い怨嗟を撒き散らすだけの人型も、根元が繋がった巨大な白帯も、王子に手を引かれないと飛べない私も、誰も王子を掴まえられない。

それでいいのだ。この人は、本当はこんなにも自由に、どこまでだって飛べる人なのだ。

王妃が翼をもぎ取らなければ、周囲がそれを許さなければ、他者への被害を恐れ本人が諦めてしまわなければ。

もっとずっとどこまでも、生きていける人なのに。

嬉しい。嬉しくて、胸が痛い。

私、あなたに言わなくてはいけないことがあるんです。本当はずっと前に、それこそ王城への出入りが許されたときに。あなたに告げなければならなかった言葉があって。

最後のうねりを飛び越えた先はもう、玉座の間だった。

凍りついた川に囲まれた玉座は、巨大で荘厳で、二つの白を置くただの土台だ。

凄まじい風で反射的に閉じそうになる目蓋をこじ開け、着地までにできる限り情報を取得する。

玉座に載っている白い物は二つ。そのうちの一つから白帯が溢れ出している状態を見て安堵した。

片方は無事なのだ。ならば、肉体が損傷したのは私である。

玉座の間へ着地すると同時に、何かを通り抜けた気がした。水面をくぐり抜けたような、風の塊を真っ正面から受けたような、曖昧な感触の確かな壁がそこにはあった。


気がつけば、見慣れぬ場所に立っていた。多数の石が生えた場所。

墓場だ。

空も景色も地面も、砂嵐のようにぶれている。たまに一瞬だけ本来の景色が現れているようだが、大半掠れて削れていた。

一つの真新しい墓石の前に、喪服を着た少年がいる。王子ではない。知らない少年だ。

赤髪の少年は見下ろしていた墓石から視線を外し、一際激しくぶれている場所へ向けて口を開く。

「父上も姉上も、貴方には王の資質があると最後まで信じ、死んでいった。イェラも貴方と共にある現状に不満はないでしょう。たとえ、今この瞬間死にかけていても。けれど僕は、貴方にそんなものがあろうがなかろうがどうでもいいのです。貴方の罪の有無さえどうでもいい」

これは何年前なのだろう。十歳にも満たぬ少年が向けた視線は、見上げられていない。

酷くぶれたその場所に、同じ高さの誰かがいるのだ。

「貴方の生で人が死ぬ。貴方の死で救われる。その事実だけが分かっていれば充分です」

泣き濡れた痕が痛々しく残る少年の目には、何の光も残ってはいなかった。

「父上と姉上が死んだのは王妃の所為です。母上が自害したのは僕が彼女を支えられなかったからです。貴方に罪はありません。けれど、貴方が生きていれば人が死ぬ。それを分かって生き続けるのであれば、僕は貴方にこの言葉を贈りましょう」

さっさと死んでくれ、人殺し。

ざっと砂嵐が世界を飲み込み、少年の姿は掻き消えた。

砂嵐が世界を覆い隠す。ざぁざぁと途切れる音と風景が、薄汚れた今にも息絶えそうな、けれどどこまでも醜くしぶとい町を隠す。砂嵐は先ほどより酷く、視界はほとんど掠れてしまっている。

それは私が魔術師だからか、それとも身体が死にかけているのか。

「――は――……い?」

そこに少年がいるのだが、ほとんど何も見えないし、聞こえない。

「――――――い。…………――――……ば、君――……」

ざっ、ざっと砂嵐が全てを流していく。

けれど、確信がある。絶対に、何があっても途切れぬものがあるのだと。そしてそれは、先ほど私が見たようにこれを一緒に見ているであろう人に、一番聞かせてはならない言葉だと。

「必ず、第一王子を殺すんだ」

ぶつりと、全てが途絶えた。

気がつけば玉座の前に立っていた。白帯の被害はここには及ばないようだった。外では相変わらず世界を破壊し続けているが、唯一それら全ての傍観が許される空間がここだ。

けれど床はでこぼこと波打ち、所々感触が違うようだ。ふわふわした箇所もあれば、馬車が沈み込んでいる部分もあった。

どこまでもちぐはぐな世界を見遣った先で、六歩離れた場所にいる人を見つける。

やはり、この中ならば四歩の制限はなくなるらしい。あえて試さなかったが、ずれなかったはずの着地点以上に離れている人を見て確信する。

当たり前だが、手はいつの間にか離れていた。

王子は、私を見ていた。怒りも失望もなく、光もない。何もない瞳で、柔らかく微笑んでいる。

「なあ、お前はどうしてほしい？」

穏やかな声は、驚くほど静かで柔らかい。

「俺に傷ついてほしい？　それとも何も感じないでほしい？　命はくれてやれない代わりに、それ以外の傷なら好きにつけさせてやる」

「……それは、心をくださるということですか？」

「お前がそれを望むならな」

じわりと何かが滲み出す。胸からは形容しがたい感情が、脇腹からは液体が。

ローブがあってよかった。肉体の損傷が私で、本当によかった。魔法相手にどこまで太刀打ちできるか定かではなかったが、影は正常に作動しているらしい。

「降参だよ。まさか昨日の今日でここまで俺の心を引っかき回す奴がいるとは思わなかった。凄いな、お前。一貫して変人で在り続けたのに、実は暗殺者でしたとか、もうお前の勝ちだよ。命以外なら好きなもの持っていけ」

互いの過去が見えたこと、肉体が損傷しているほうの魂が暴れていること。それを見て、ここにあるのは間違いなく私達の欠けた魂の一部だと確信する。

よかった。これ以上探す時間も余裕もなかった。

「何も要りません」

「王妃は貴族として完成されている。だから、依頼をこなせば相応の対価を払う。それは間違いない。お前が何を望んだかは知らないが、俺は命だけはくれてやれないからな。王妃から受けるはずだった褒美を失うんだ。俺から何かくらいはもらっておけ。くれてやれる物は少ないが、俺に何かしらの損傷を与えれば、王妃もそれなりに納得するだろう？」

「何も要らないんです、王子」

負傷したらしい脇腹から滲み出した液体は、どんどん足元へと下りていく。ふらついて床を擦ったローブが、地面へ赤を描いた。王子の目が見開かれる。

「あなたは心をくださると言った。その事実だけで、もういいんです。だって私はもう、あなたから世界をいただいているんです」

せり上がってきた血液が喉元で滞留し、抑えきれず吐き出す。

「おい！」

「大丈夫です。あの影は、攻撃に耐えきれないと判断した場合、私の分も合わせて王子を守るよう指示しています。だから、私が負傷しあなたが無事なのであれば、正常に機能しています。二つ合わさった場合、王子を二課室へ飛ばす手筈になっておりますので王子の身体は無事です」

「それを大丈夫と言うわけがないだろう！」

駆け寄ってくる王子から逃げるつもりではなかったが、せっかくなので場所を移動する。うまく動かない身体を風で後押しし、玉座まで移動した。

玉座に並んでいる二つの白い塊は、丸でもなければ四角でもない。磨かれる前の鉱物に似ていた。これは私達の魂が歪んでいるのか、そもそもがこういう形をしているのか。そういえばなんとなく丸みを帯びた形を想像していたが、別に丸くなければならない義務もなければ理由もなかった。塊は、隣り合っている部分が激しく損傷し、半ば粉と成り果てている。欠魂した魂が混ざるとはどういう状況かと思っていたが、これなら頷けた。

どっちがどっちか分かりやしない。これは、きちんと分離されるのだろうか。それだけが心配だ。片方の魂から溢れ出した白帯は、一本の細い線の先が玉座の間の境界まで伸び、そこから巨大な白帯となって突如出現している。この場では顕現できないらしい。

どういう理屈かは知らないが、調査するには時間と情報が足りない。

王子も一拍遅れて合流する。鬼気迫る様子で私の肩を掴もうとした王子は、躊躇った。ローブを被っているから、傷口の位置が分からないのだろう。

「王子、見てください。この魂」

「後にしろ！　怪我を見せろ！」

「負傷したのは肉体ですので、ここで対処をしたところで意味はありません。それより、こちらを。半分近くが砕けていますが、この部分は明らかに意図的に削り取られています。恐らくですが、この部分が魔物の取り分なのではないでしょうか。そうなると、ここにある分を回収できたとしても私達は欠魂したままですが、それでも四歩離れれば昏睡する事態は避けられるはずです。二課に王子が飛んだ場合、誰かがイェラ・ルリックに連絡してくれるはずですから、後はお願いします。影は定期的に調整する必要がありますが、二課に依頼すれば大丈夫です。基本的に二課は無法地帯ですので王妃の影響は受けないはずです。後は――」

轟音が鳴り響き、世界がブランコのように揺れた。このままでは王子の魂にも影響が出かねない。

心を満たしたのは諦念か。いや、希望だ。

言いたいことがあった。言わなければならない言葉があった。けれどこの状況でそれを言ってしまえば、意味がない。それなら墓場まで持っていったほうがいい。王子にとっては全くよくはないだろうが、それでも先に何かがあると祈りたい。

祈りとはこうして生まれるのだろう。そして、その先が欲しくて、祈りを受け取ってくれる先を求める願いが神を生んだのかもしれない。

「王子、騙していたお詫びに私の研究室から好きな物を持っていってください。道具の説明は、二課長か二課の誰かがしてくれるはずです。試作品も、まあそれなりに何とかなるはずです。中には魔術が扱えないと使用できない物もありますので、その場合はイェラ・ルリックに頼んでください」

「待て、待ってくれ……。お前は、結局何がしたいんだ。俺を殺したいんじゃなかったのか？　それか、俺を打ちのめすよう王妃に頼まれたんじゃないのか？」

「王子、一つ質問しますがそんな人間の感情機微に長けた依頼を私がこなせるとお思いでしょうか」

「いや無理だろ」

短い付き合いだったが、王子はよくお分かりである。ほっとした。これで思っていると答えられたら、王子の人間鑑定が壊滅的な結果となる。

「王子、皆好きなように生きているんです。私も自分の望みに沿って行動しただけですので、それを理解しようと思う必要はありませんし、結果を背負う必要はもっとありません。正妃が嫁いで来る直前に娼婦を孕ませた王も、嫁いできた国で好いた男に関することでのみ愚かになる王妃の依頼を受けた暗殺者も、あなたを守った人々も、その人々の死であなたを責める者も、あなたに添い続けるイェラ・ルリックも、皆自分の希望の通り、やりたいようにやっているんです。その結果、死んだり失敗したりあなたを罵倒したり、好きなように行動するんです。ですから、あなたも好きなように生きればいいと思います。様々な事柄に答えは存在するかもしれませんが、答えを提示される可能性は限りなく低く、自分で研究しなければ得られないものが多数です。自分なりの答えに辿り着いても合っているか確認しようがないものも多いので、そういったものはいつか分かれば得をしたと考えひとまず措いておくことをお勧めします。そのうえで次はどうするか考えてください。王子、誰もあなたの人生の責任など取りません。あなたに立場や感情全てを押しつけても、あなたの人生の結果を負う人はあなただけです。誰しもが、自分の人生だけを負う責任しか持たないのです。他者の世界に介入する権利を持たず、他者からの介入を拒絶し、けれど他者の権利を侵害する矛盾に疑問すら抱かない。皆、好きなようにしています。受容も反発も諦念すらも。だから王子、王子もお好きなようになさってください。私も好きにしました。そうやって生きても、父が望む通りに生きても、最終的な結論はあいつはそういう人間だったで変わらないでしょう。ですから、最後まで好きにやりたい放題生きるつもりです。王子も、王子をやめたければ二課に相談してください。王妃に追われないような何かを興味を引かれれば作ってくれるはずです。王子として生きたくとも同様に。自分の望みと他者の興味が合致すれば、大抵の物事は進みはじめます」

「——長いっ！」

「申し訳ありません。以後気をつけられませんので諦めてください」

ぎゃんっと吠えた王子に謝りながら、私の魂へと手を伸ばす。

罅《ひび》が入った歪《いびつ》な形の中、一部スプーンでくり抜いたかのように整ったへこみが存在する。

どんな感触なのだろう。温度は？　そもそも触れるのか？　持ち帰って成分を調べてみたい。

疑問は尽きないが、疑問より興味より、大事なのはあなただけだ。

「待て！　それで結局、お前はどうしたんだ！　俺を殺しに来たのならお前は誰から攻撃を受け、俺が二課へ飛ばされるというのならお前は今どこにいるんだ！」

大切なのはあなただけ。あなただけなのだ。

「さあ」

だから、それ以外は全て些事である。

それ以外へ回す思考の余裕は、もうなかった。

「エリーニ！」

そういえば王子、私の名前、知ってましたね。

不意に聞こえた王子の声に、私はきっと、笑ったのだろう。

王子の目が、大きく見開かれた。

その顔が可愛らしくて、綺麗で、美しくて。その瞳が、星のようで。もっと見ていたかったけれど、もう時間がない。恐らく、私の肉体が保たない。

私の崩壊に、王子を付き合わせる気はさらさらなかった。

口元から溢れ出した血液を拭えず、身体の向きを変える。大雨に降られたかのようなローブが、地面に赤を撒き散らした音が聞こえた。

王子の制止を振り切り、崩壊を始めている白い塊へ触れる。境界へ現れていた白い帯が、塊から噴き出す。

白帯は触れた手に巻きつき、あっという間に私を飲み込んだ。

第五章　夜

がつがつと重たい靴音が響く。視界には男の背と地面しか映らない。

先ほどまで轟音の中にいたからか、ここは酷く静かだ。暗いのは光源の問題か、失血によるものか。

無造作にぶら下がった腕から伝い落ちる血液は、地面へ落ちる直前向きを変え、私を担いでいる男の元へと飛んでいく。恐らく跡が残らないよう回収しているのだろう。

傷口はやはり右の脇腹のようだ。そして杖を撥ね上げられた際に痛めた肩はどうやら折れているらしい。爪も一枚剥がれたままだが、痛みは薄かった。元々たいして痛みを感じないうえに、失血で感覚が薄れている。

さて、ここはどこだろう。

回らない頭でざっと視線を回し、情報を集める努力を試みる。地面は石畳。壁も同じということは、ここは通路だ。この寒さを考えると、二課室へ向かう通路のように地下にあるのかもしれない。

杖は男に回収されてしまったらしく、首元からぶら下がっていなかった。

杖がなくても魔術は使えるが、杖は魔力の調整装置だ。杖を通さなければどんな魔術師も魔力を暴走させてしまう。杖もなく魔力を扱えるのは魔物だけで、それはもう魔法の領域だ。

ざっと見て、王子はいないようで安心する。足音は一つ分。だから、視界に入らない場所に男の仲間がいるわけでもないのだろう。

恐らくは前方に小さな魔術灯がある。光に導かれた影が伸びているからだ。

男の背からはみ出た、雑に揺れる私の手の影も見えた。これは私が作った影じゃない。私がつけていた影は、王子の分と合わさって彼を守ったはずだ。だったらこれは、自前の影である。私に戻っているのなら王子にも戻っているはずだ。

そういえば、王子と一緒にいるときはほとんど景色なんて気にしていなかったことに今更気がついた。状況の把握だけは務めていた。だって、そうでなければ王子に危害が及ぶかもしれない。王子を遠くから見ていた頃は、景色をよく見ていた。だってそこに王子がいるかもしれないから。

でもそうでないのなら、景色なんてどうでもよかった。だったらもういいか。王子が無事なら、状況把握も、もういい。

ぶらぶらと揺れる力の入らない冷え切った指が、男の背へ無気力に当たる感触すら消え失せた事実と共に、意識を保つ努力をさぼった。


父はいつも、夜になると私を家から出したがった。夜ならば外に子どもがいないから、友達を作って遊ぶ心配がなかったから、夜は自分が家にいるから。

殴り、蹴り、鞭打ち、気が向けば凍った川へ放り込み。自分が眠るまで帰ってくるなと命じる。

そんな状態では家にいたところで本など読めるはずもなく、余計な傷を増やす趣味もないので父の命令に異論はなかった。

だから考えるべきは、夜の過ごし方だ。

過ごしやすい場所は、既に誰かが住み着いている。橋の下、物置の陰。建物同士の隙間。大抵家を持たぬ大人が占拠している。

それ以外で少しマシな場所は、こちらも既に親を持たぬ子どもが使っていた。父が思うよりずっと、夜に子どもは存在するのだ。けれどそういう子ども達は警戒心が強いので、家持ちは仲間に入れてはもらえない。

ゴミ箱は巨大で温かかったが、そこは危険だった。誰しもが中を覗き、使える物がないか食べられる物はないかと漁るからだ。

ならば後はどこが残るか。そこで暮らしている人々と違い物を置く必要はないから、一時的に滞在できればいいのだ。夜の間だけ、誰にも見つからず、父が眠るまでの時間を過ごせればいい。

だからずっと屋根の上にいた。日によって場所を変えていたけれど、一貫して屋根の上を選んだ。

屋根の上はいい。薄汚れ、塵が溢れる町並みを行く人々は、皆寒さに首を竦め、泥と塵で汚れた地面を見下ろしながら足早に去っていく。誰も空など見はしない。自分の頭より上は見ないのだ。

どこまでも自分の高さで、自分の目線が映したものだけを捉える。

川に放り込まれた日は服を脱ぎ、その辺に落ちていた新聞紙で身体を包んだ。そうして、父が眠るまでじっと待った。

寒さで手足がかじかみ、歯が鳴りそうになれば顎を押さえて無理矢理止める。誰も起こしてはならない。見つかれば、殴り飛ばされるだけでは済まず、翌日から警戒が強くなって隠れ場が一つ消えてしまうからだ。

じっと待つ。雪が私の上に積もり、夜は更け、澄み渡る。

何も思わなかった。苦痛を感じない。雪が降れば積もるし、冬は寒いし、川に落とされれば濡れるし、夜は暗いものだ。父は私を殴るし、夜道で見つかれば襲われるし、新聞紙は温かい。ただそれだけのことだ。見つからずじっとしていれば、やがて父が眠り、私は家に戻る。そうしてしばらくすれば夜が明けて朝が来る。寒ければ雪が降るし、少し暖かければ雪が溶ける。何ら驚くべきことはない、当たり前のことだ。何も変わらない、不思議もない、そんな毎日の夜だった。

「………………あ、生きてた」

ふいに声がした。

猫のようにするりと屋根に上がったその人は、いつの間にか私を覗き込んでいた。

「……だれ」

問いに意味などなかった。問うても、相手が答えを持っていても、答える意思がなければ与えられることはなく。答えを持ち得ないのならなおのこと、拳を振りかざす口実を与えるだけだ。

答えとは与えられるためにあるのではない。自ら得るためにあるのだ。

分かっているのに、何故かこのときは、ふと問うてしまった。

うるさいと殴られても、黙れと蹴り飛ばされても、ここから出ていけと突き落とされても仕方ないなと思っていると、やけに安っぽく見えるフードを被ったその人は困った顔をした。

この辺りではこんなに立派なフードを被っている人はいないのに、何故だか安っぽく見えた。それは、それを被る人がとても綺麗だったからだろうか。

「本来なら答えてはいけないのだろうけれど……ここは地上ではないし、こんな場所で出会ったのも何かの縁だ。いいよ、教えてあげる。私はね」

しんしんと降る雪より静かに教えてくれた人の声は、何よりも温かかった。


一滴一滴、行儀よく落ちていく水音がやけに響く。泥にまみれる意識が引っ張り上げられるほどに、鋭利で冷たい。

動かすのが億劫なほど重たい目蓋を薄く持ち上げながら、意識を失う直前と思考を繋げていく。最後に見た景色とさほど変わっていない。古びた石畳が四方を囲んでいる。

どうやら、使われていない水路のようだ。

次いで人の気配を探る。すぐ近くに一人いた。地面に横たわる私の枕元に、両腕で頭を掻き抱いて蹲る男がいる。

男の様子を確認しながら、指を動かしてみた。かろうじて動くようだが、ほとんど感覚がない。冷え切っていることだけが分かるのみだ。

気付かれないよう身動ぎを試みて、あまり意味がなさそうだったので諦めた。手は縛られていたし、指がこの状態で身体が動くとは思えなかった。脇腹は何やら魔術の気配があるので止血くらいは施されているようだ。すぐに殺す気はないのだろうが、生かすには雑である。

「どうしてこんなことに……いや、まだ大丈夫だ。俺ならまだここから盛り返せる。大丈夫だ、こいつがいれば、まだ」

蹲っていた男が顔を上げた。フードが外れて顔が見える。体格から若い男と思っていたが、顔はしなびた老人のようだった。

しかし、よく見ればそれも違うと気付く。肌は確かに皺が寄っているが、水分を抜き去った肌を無理矢理寄せられて固定されたかのように歪で、不格好な木彫りに見えた。

「無様ですね」

「っ！　起きたのか……」

動かない身体に精一杯力を籠め、身を起こす。ともすれば頽れてしまいそうだったが、力を入れる場所を間違えなければ何とでもなる。支点になる掌、そして関節の力が抜けなければ、身を起こすくらいはできた。勿論動き回ることは難しいし、速度を要求されれば不可能だが。

起こした身を冷たい壁に凭れかける。いろいろ仕込んでいたローブも杖と一緒に回収されてしまったようで、壁の冷たさはあっという間に肌まで届いた。

水が染み込むようにあっさり広がった冷たさに震えることはなかった。私の身体は、それより冷えていたからだ。

「何だ……ラーニオン、お前は何なんだ。お前さえ邪魔しなければ、どうにでもなったんだぞ！」

喚く男の声はやはり若い。だからこそ、無様だ。

年老いた顔は無様と形容されるものではない。しわくちゃの肌も、垂れ下がる肌も、滲み出した染みも、生きている以上当然の帰結だ。恥じるものでも嘲笑されるものでもない、ただの生きた結果である。

だが自らの欲を優先させて王子の命を狙った末路であるならば、いくらでも侮蔑の手間を取ろう。

「私には私の目的がありますので、あなたが王子を殺す邪魔をしました。それだけです」

「何を……お前、何が目的なんだ。まさか本当に、陰口を叩かれることすらない、セレノーンの虚無と化した黒王子を好きだとでもいうわけがないだろう」

わんわん反響する男の声がやかましい。同じ大声なら、王子のぎゃんっとした怒声を聞くほうがどれだけいいか。最初から比ぶべくもないことだが。

「あなたが誰かは知りませんが、私に王子を殺す命令を下したのは王妃ではありません。依頼者が違えば方法も違う。ただそれだけのことです」

「王妃以外に王子を憎む人間？　王妃に身内を殺された奴か？　何にせよ、昨日と今日、二回も声をかけてやったのに知らないで通るわけないだろうが」

そう言われて、男を見る。羽根飾りが一つ。一課だ。以上だ。誰だ。

記憶を探ろうとして、探り方を変えることにした。そのままだと絶対出てこない自信があったからだ。昨日今日と言うのなら、王子が一緒にいた可能性がある。王子との会話なら覚えているので、そこから辿れば、確かに会話をしているようだ。顔は覚えていないし元より顔が変わっているので確かめようはないが、多分同じ男なのだろう。

「だったら俺達は手を組めないか？　俺も、イェラ・ルリックだけじゃなくお前まで相手にするつもりはない。お前だって、学院首席の俺と張り合いたいとは思わないだろう？」

誰だろう。学院があれば毎年首席は出る。そもそも私は自分が学院を卒業した年の首席を知らない。いくつか年数を超えたので、本来卒業する年の首席なのか、私が卒業した年の首席なのか最近の首席なのか、どれだ。一課だ。以上だ。誰だ。

これが誰であれ、王子暗殺の障害として王子自身を数えていないことで、この男の浅はかさが見て取れる。

イェラ・ルリックしか味方がいない現状で、王宮を牛耳っている王妃から生き延びているのがいったい誰なのか。そんなことも分からない頭で、よくも首席を取れたものだ。

「……私を欠魂させ、なおかつ串刺しにした相手と、手を組む？　戯れ言にしても度が過ぎているのではありませんか。せめて欠魂を修復してもらわないと信用できません」

男は自分の杖を起動させ、それを支えに壁から身を起こした。

「ああ、いや……悪いがそれはできない。そもそも、人間の魂を捧げることが魔物の力を使う条件だからな。後払いでいいとは太っ腹というか食い意地が張っているというか……欠けていた大半は自分で回収しただろう。二人分だから削られた部分は少量で済んだはずだ。生きるには何の支障もないだろうし、許せよ」

「許せません。魔物の特徴を。自分で追い詰めます。私は魔物によって欠けさせられた事実を許しません」

「……ラーニオンって、意外と自己愛強いのな。分かったよ。魔物についてメモはやる。これで俺に協力するか？　俺とお前が組めば、大抵のことはやれるだろう」

しなびた腕が懐から取り出したメモは、ずれのない折り目をつけた真っ白な紙だった。几帳面さを覗かせた男が、それにしてはよく魔物だなんて自分では制御できない杜撰《ずさん》な手段を頼ったものだ。

魔物の力はどういう与えられ方をしたのか。決まった分を与えられたのか、使用すれば減っていく一方なのか。それとも一定の量は常に使用可能なのか。その程度は利便性がなければ割に合わないように思う。

しかし、愚かの一言に尽きる。人は、己が御せない力を手に入れるべきではない。

「あなたの依頼主は王妃ですか」

「言えない。そういう契約だ。足はつかせない。そういう方だろ。だが、恨まれるにも微妙で中途半端な、本当に空気みたいに透明な王子を殺したい人間なんて限られるだろ。殺意を抱くほどの価値すらないし、どう考えても生まれてこないほうがよかった人だよ。国のためにも、ご自身のためにも」

何も成せない。何もしない。それなのに、生きているだけで誰かが死んでいく。そんな生だけを課せられた、セレノーンの第一王子。

誰よりも早く生まれた。ただそれだけで生を罪にされた、私の王子。

「……私の杖と、ローブを返してください。いい加減、死にそうです」

身体の感覚は失われて久しいのに、口内に残った血の味だけは鮮明だ。

「先に俺と契約しろ。お前の依頼主は聞かないが、獲物を独り占めされたら堪らない」

「分かりました」

男は杖を軽く動かし、羊皮紙とペンを呼び出した。契約書を書いている姿を横目に身動ぎし、体勢を整える。流石に、半分以上身体がずり落ちた状態では何もできない。

解かれた手を、じっと見つめる。力の入らない指を何度か開閉し、最後に強く握りしめた。

長くは保たないだろうが、一瞬だけなら大丈夫だろう。

「あなたが契約した魔物はその力を半永久的に譲渡したのですか。それとも一時的なものですか」

「俺が死ぬまでは半永久的に、だな。何だ、興味があるのか？　二課では魔力量をそこまで重要視しないだろう？　……ああでも、お前も王子暗殺なんて依頼を受けるくらいだ。何かに困ってるのか？　俺も庶民出だから、気持ちは分かるよ」

何が分かるというのだろう。

「雷雨を作製してから、身を守る必要性が高まりましたので一応」

「成程な。ほら、契約書だ。問題なかったらサインしろ」

受け取った契約書にざっと目を通す。そこで初めて男の名前を知った。しかし、用が済めば忘れるだろう。

懐にしまった魔物の特徴を記したメモに、血で男の名前を記す。その後、魔術で包んで硬質化する。私が死んだ後も解かれぬ魔術だが、二課なら溶かせるはずだ。

契約書の内容に、特におかしな箇所はない。互いの邪魔はしない。捕まった場合、互いの名は明かさない。協力した場合は報酬を分け合う。

魔術師同士の契約は、破れば毒が回る。魔力を絡め合った契約となり、破った場合は相手の魔力が毒を持ち、絡み合った自身の魔力から身体へと入り込んでくるからだ。だから破れない。

一度魔力の形を損なうと、多大なる犠牲を払わないと回復できないのだ。それこそ、魔物へ頼るより他ない。

「問題ありません。ペンを」

「ほらよ。しかしお前ほどの頭があれば、わざわざ王子と恋人のフリなんてしなくても欠魂を誤魔化す方法はもっとあっただろうに。それとも、やっぱり身分の問題か？　あんなのでも王子だから、面と向かっては逆らいがたいとか？　貴族の後ろ盾がないと俺達庶民には大変だよな。よく分かる」

何が分かるというのだろう。

受け取ったペンを取り落とす。拾おうとした男より早く、自分で拾う。もう落とさないよう握りしめた掌を、もう片方の手で包み込む。

「それにしても、お前の依頼人ってそんなに金払いがいいのか？　誰より気前がいい依頼人は決まってるだろうに、わざわざ別口から受けるなんて変わってるな」

弱くなってきた息を整え、魔力を集める。両手の中でひっそりと魔術が咲いていく。

杖がなくても魔術は使える。繊細な術は使えず、規模も制御できないが、使えるのだ。暴走を恐れなければ、何だって。

何が分かるというのだろう。

あの人の生を何一つとして信じない男が何を。私が王子の傍にいる理由が、彼を損なう目的以外ないのだと信じて疑っていないような男が。

あの人の、人としての貴さを何一つとして見つめないお前が、いったい何を。


「ぐっ……!?」

動かない私を、意識を失ったと思ったのだろう。覗き込もうと近づいてきた男に、強化したペンを突き刺す。

男は瞬時に事態を把握してはいなかった。けれど、激痛を生み出した物体を己から遠ざけようと拳を振り抜く。反射で繰り広げられた防御による全力を避ける余裕もその気も、最初からなかった。

まともに食らって石畳の上を流れ、男から十歩ほど離れた位置で止まる。

視界が点滅する。心臓の鼓動が耳の奥で鳴り響き、湾曲していた。歪に捻じ曲がり、反響した音しか聞こえない。

だが、殺し損ねたことは分かった。背後で、男が立ち上がる気配がしたからだ。

腕は片方が完全に駄目になり、指は一本駄目で。鼓動がうるさい頭の中で、使えるものを素早く思考する。

「くそ、いてぇ……お前、よくも！」

脇腹に手を当て、傷口を探る。血が止まりかけていた。流しきったのか、生命活動自体が止まろうとしているのか。それでも服が吸ってくれた分を握りしめ、魔力を籠める。これはペンより強化しやすい。何せ鉄がある。

男が杖を振りかざすと同時に、跳ね上がる勢いで腕を振り回し、矢へと変えた血液をぶちまけた。魔術による防衛を突き破る雷雨の弾と同様の造りで飛ばした矢は、防ごうとした男の盾を貫いた。飛ばしきれないと判断した矢は地面に落ち、血液へと戻って飛び散る。

起き上がりきることはできなかったが、咄嗟に振り払った杖に弾かれた以外の矢が刺さり、よろめいた男への追撃は可能だった。

一本の矢が、男が追跡を恐れて私の血を回収した小瓶を直撃していたからだ。男の足元に散らばった血液と、男までの道にした血液を通し、魔力を叩き込む。

魔力が少ないなら少ないなりの戦い方がある。細やかに指示を通し、姑息に押し切る。これに尽きた。

全力で拳を地面へと叩きつける。血液の海へと落ちた拳から飛び散ったのは、血液でも火花でもなく、雷だった。

最早矢へ変質させる力すら残っていない魔力で発生させた、火花にも似た小さな雷。静電気と鼻で笑われても仕方ない魔術師としては恥ずべき威力の雷を、魔力が混じった血液で無理矢理増幅して叩き込む。

私の血には私の魔力が滲んでいる。それを浴びた男、男と繋がる道。私の魔力本体である私の身体。全部を血で繋げて、全部の魔力を絞り取り、男の身体に雷を纏わせた。

落とす威力はなかったが、それでも男の小刻みに揺れる潰れた悲鳴は響き渡ったので、それなりの効果は発揮したようである。

しかし、舌打ちはしなければならないようだった。

煙と焦げ臭さを纏い、天を向いていた男の目がぐるりと動き、私を捉えた。

飛びかかってきた男を防ぐ術はもうなく、魔術を使うことすら忘れた男の腕が振り上げられるのを見上げる。

顔面へ振り下ろされた衝撃は久しい。幸い一撃で済んだので、まだ私の息はあるようだ。女は顔を殴れば戦意を喪失すると思っているらしい男は、随分優しい環境で育ってきたようである。

胸倉を掴まれ、中途半端に身体が浮いた。

「お前よくもっ！　報酬を独り占めする気だろう！　この強突く張りのあばずれめ！　ああ、ああ、あの王子に気に入られたのも頷けるさ！　どうせ母親と同じ娼婦の気質でも見出したんだろうさ！　お前の顔に誑《たぶら》かされた男が多いのも分かるな！」

強突く張りは同意するが、それ以外は突如現れた謎の結論だ。しかし彼の中ではきちんと繋がっているらしい。私へ交際を申し込んだ過去を憤慨しているようだが、言われるまで私は忘れていたので彼は黙っていたほうが気が楽だったのではないだろうか。

しかし、全てが全て、どうでもいい話だ。この男の心情も、魔物と契約した人間の末路も、私の命も。大事なのは一つだけ。

あなただけ。あなただけなのだ。

誰が信じずともいい。あなたに届かずともいい。けれど私はずっと、真実だけを告げている。

全てが全て、真実だ。

「あんなたに、あの人が、殺せるものか」

「あんな運だけで生き延びてきた奴に、この俺が負けるとでも言うのか！」

そんな愚かしい目しか持たない男が、あの人に勝つつもりだったのか。

この男を殺し損ね、魔物からあの人の魂を取り戻し切れなかったことは心底無念だが、あの人に影が戻り、大半の魂が戻り、そうして二度と兎が戻らないのなら、概ね満足である。

あの人は約束を守り続けた。約束の兎が現れるまで絶対に殺されないと約束した。

だから、兎が現れないのなら、彼は生き続けなければならないのだ。

一つだけ心配があるとすれば、兎が現れなければあの人は王子以外の道を選ばないだろうことだ。

こんなに血が溢れ出すのに、いよいよ血の味すら分からなくなった。それでも、血を吐き出してでも言い返したい言葉がある。あの人への侮辱は、何があろうと許せるものか。

「あの人は、子ども一匹との約束を守って生き続けた。あんなに酷い環境を、約束を守るために、自分を殺させるために生き続けると約束してくれたあの人の決意を、お前如きが破れるものか」

誰より生に絶望していたはずの人が、それでも生き続けると言ったのだ。

それまで生きると、殺されるために生きると、言ったのだ。

「春を待たずに溶けるはずだった雪兎を今日まで生かしたあの人の生が、どうしてそれより短くなければならないんだ！」

生涯最期の言葉になっても構わない。最期の言葉にしてみせる。

私にとっても、この男にとってもだ。

肺の奥からせり出してきた血液を言葉と共に撒き散らし、刃へと変える。命を遣い尽くしても、魂を砕いてでも、許せない。あの人を損ねた存在全てを、許さない。

私の刃が先か、男の炎が先か。

互いの魔術がぶつかり合う寸前、私の上に跨がっていた男が吹き飛んだ。


「そ、ういうことは、最初に言え！」

男を殴り飛ばした人がきらめかせた金は、黒い服に縫いつけられた金糸のように美しい。見惚れながら、私としても話が聞こえる距離にいたのなら存在を主張してほしかったと思う。それなら、絶対口にはしなかったのに。

「イェラ！」

「死ぬ前によこせ！」

次いで視界を埋めたのは、雪の精と名高い顔を忌々しげに歪めたイェラ・ルリックだった。

その背後で殴打音が続く。王子が手を痛める前に、男が意識を失うといいなと思う。

「待って、待って待って待って。これ一課と戦争じゃない？　全面戦争じゃない？　僕の二課にあんまりじゃない？　一課の魔道具整備全部中止に廃止に禁止だよ」

イェラ・ルリックで遮られて見えないが、どうやら二課長がいるらしい。

「捌いて宜しいか？」

「死んでからにしろってば。道具出すのはえぇよ」

どうやらキンディー・ゲファーと先輩もいるらしい。

成程。私の居場所が分かったのも頷ける。この面子が揃っていたなら、即座に王子につけた影から私の魔力に繋げ、位置を測定することは容易だっただろう。

彼らが気付かれず現れたのも、音と姿を消す方法なんていくらでもある。国に認知されている方法も、存在を許されていない道具も、それこそ山ほど。

イェラ・ルリックの魔術と手による処置が身体を走り回る。それでも、思考と視界はぶつ切りになり、意識と鼓動が浮き沈み、呼吸は浅く薄い。父に殺されかけたことは何度もあったが、そのときでもここまでではなかった。やはり失血はまずいらしい。王子は是非とも気をつけてほしいと思う。王子に会えて嬉しいと思う。王子が元気で幸福だと思う。

思い、想い、ぶつりと途切れる。

薄い薄い息に鼓動が合わさっていく。感覚の全てがふわりふわりと途切れる。身体の機能が生に追いつけない。生に置いていかれた肉体を、死体と呼ぶのだ。

「エリーニ！」

途切れる感覚が、一拍から二拍、三拍と増えはじめた中、意識を根こそぎ引っ張り上げる声が私を呼ぶ。

あなたが私を呼ぶのなら、生きている限り応えないわけがない。

目を開ければ、王子の顔が逆さまに見えた。美しい青緑色の瞳に光が点滅していて、少し心配だ。光が定着してほしいのに、私の呼吸に合わせて点滅しているように見える。しかし目蓋が重たくて、それ以上見ていられない。呼吸に合わせて点滅するのは私の意識も同様だ。

「何のための合い言葉だ！　言わなきゃ、分からないだろうが！」

寒さも暖かさも何も感じない。痛みも、音も、遠い。

最期に見る光景としては申し分ないはずなのに、王子が酷く怒っているから微妙に気になる。

ぎゃんっと怒ってくれたならまだいいのに、どうしてだか王子は喉が張り裂けんばかりに何かを叫んでいるようだ。

「俺は約束を守って生き続けたのに、お前が死んでどうするんだ！　生きる理由の約束相手が死ぬんなら、俺はもう生きるのを止めるぞ！」

「お前よくも僕の前でふざけたことを言ったな！　こいつが死んだらお前は僕が殺してやる！　その後、二人揃って地獄の底で説教だ！」

「エリーニ！　お前はいま三人分の命を背負っているぞ！」

なかなか、無茶を言う。理屈も理由も滅茶苦茶で。

思わず笑ってしまうほど、無理矢理で。

「馬鹿！　笑うな！　ここでその顔は駄目な流れだろ！　おい、エリーニ！」

はい、王子。

声はもう、出なかった。

「俺は殺しに来いと言ったんだ！　それなのにお前が死んでどうする！　俺の雪兎なら、とりあえず性別を偽った理由を弁解してから溶ける許可を取りに来い！　絶対やらんがな！」

髪を刈られていた私を見て、あなたが勝手に勘違いしたんですよ。そもそもあなたは私を男扱いも女扱いもしなかったから、勘違いしていたことすら知らなかったのに。

「大体、冬が来る前に溶けようとする奴があるか！　これから本番だろうが、粗忽者《そこつもの》！」

必死な声がおかしくて、こんな状況なのに楽しくて、くすくす笑った命はふわりと溶けた。

あの雪の日々と同じく、柔らかで温かいあなたの色が降り注いでいたから、寒さは一切なかった。


「私はね、この国の第一王子だよ」

これの身体に積もった雪を困った顔で優しく払う人は、そう言った。

「こんな所で、どうしたの？」

「父が眠るまで帰ってはいけないから」

「そう……寒くないの？」

「毎日繰り返すと、慣れる」

王子。王子を見たのは初めてだ。

知識としては知っていたが、本当に王族かどうか判じる材料は持っていなかったし、嘘でも本当でもどうでもよかった。

「君の名前を聞いてもいいかな？」

「ない」

「ない？」

「父は名づけなかった。このクズ、ゴミ、母親殺しの鬼子、ただ飯ぐらいの分際で、どうして生きてるんだ、なんだまだ生きてたのか、汚い、近寄るな、くそが、おい、てめぇ、死ね、くたばれ、殺してやる。好きな呼び方を」

身分を考えれば充分質素な格好だったが、貧民街と呼ばれるこの区画にいるにはあまりに場違いな身形をした人は、その綺麗な服が汚れるのも構わず私の横に腰を下ろした。

「――では、雪兎と呼ぼうかな。肌は雪のように白く、瞳は薄紅色の可愛い兎だ」

寒いだろうに。早く伸びるといいのだけど。

そう言って、髪が刈られた私の頭を撫でるために、わざわざ手袋を外した人の手は、優しかった。


己と関連づけて巻き込むまいと決めたこの人と、家には何も持ち帰れないこちらとの間で交わされた、妥協の名づけ。たぶん、他者と関われないこの人と、関わらないこの身との間で交わすには、それがちょうどよかったのだ。

しかし、ならば何故王子と名乗ったのか。その矛盾はきっと、この人の幼少時に出会ったという証左だったのだろう。

王子に残された最後の幼さと、死にかけた雪兎は出会ったのだ。

王子は汚れのないマントの中に、水に濡れたこの身体を迎え入れた。そこはきっと温かかったと思うのに、冷え切ったこの身体は人の体温を感じられる段階にはなかった。

それほど冷え切っていたのに、王子は父により刈られた髪の代わりに頭に載っていた雪を払い、残った分は自分の服に押しつけて拭いてしまう。彼とてそんなに大きな身体ではなかったのに、この身体を抱き込み、全て包んでしまった。

「私は魔術を使えないから、この程度しかできないが……」

「汚れる」

そして濡れるし、魔術を使えないのなら彼も冷える一方だ。そう言ったのに、彼はこの身体を下ろさなかった。

深く被ったフードの下にあった美しい顔は、酷く泣き濡れた痕が残っている。それが不思議で、思わず手を伸ばした。

「痛い？　悲しい？　つらい？　寂しい？　そういうとき、これを殴ればいいと父が」

多分、これは、優しくしてもらっているのだと思った。けれどお礼に差し出せるものが何もなくて、父を参考にそう言った。

それなのに、王子は殴られたかのような顔をした。寒さが限界を超えたのかと思い、離れようとしたのに深く抱き込まれて、やっぱり離してもらえない。

「君は、毎日ここにいるのかな？」

諦めて元の位置で力を抜きながら、少し考える。屋根の上なんて誰も通りかからないと思ったのに、この町にいること自体不釣り合いな人に知られてしまった。これをきっかけに屋根上で時間を潰せなくなったら困るなと思い、答えられなかった。

王子は、そんなこの身を殴ることはなかった。

その日は帰ると言うまで、そのままずっと同じ体勢で過ごした。

濡れたこの身体を抱えていた人の体温は失われていく一方で、温め合うことはできず互いに冷えていくだけだったのに、その晩は不思議と寒いと思わなかった。

それから毎晩、王子と屋根の上で出会った。

毎夜場所を変えるのはいつものことだったが、王子は必ず私を見つけてしまった。

これがほぼ毎晩川に放り込まれていたからか、王子はタオルを持ってくるようになった。強く擦っても肌を傷つけない、いい香りのするタオル。濡れていない上着。おいしいお菓子。柔らかなパン。異臭のしない味のついた肉。傷つき咳き込むこの身に薬を。

王子は何でも与えてくれた。何でも持っていた。

けれど、何も持っていなかった。

毎晩毎晩、泣き腫らした顔をしていた。腫れ上がった目元には、入れ墨でもしているのかと思うほど深い隈が刻まれていた。

冬を越せない人間が多数出るこの町で、彼ほど何も持っていない人間は、きっといなかった。

この町には蔑ろにされた命が溢れている。生が罰になる命もだ。それでも、命を罪にされ、生を死とされた人はいなかった。

王子は、最初に沈黙で返してからこちらの事情を聞こうとはしなかった。代わりに、いろんなことを話してくれた。知らない本の内容を、物語を、声を潜めて柔らかに。誰もが寝静まり、誰かが永久の眠りについた冬夜の中、しんしんと降る雪より密やかに。

そんな日々が九日ほど続いたある日、自分のこともぽつぽつ話してくれた。

家族はいるがいないこと。自分はどうやら、王妃が憎んだ女によく似ていること。大切に慈しんでくれた後見人が殺されたこと。友達が、姉のような人が、兄のような人が、父のような人が、祖父のような人が、祖母のような人が、殺されたこと。弟のような子どもを失ったこと。やるべきとして与えられていた仕事と権限全てなくしたことにより、人間としての権利も失ったこと。唯一手を出されないはずだった友達までもが事故により巻き込まれ、命の危機に瀕していること。その間に命が危ないと心配してくれた人々によって城から連れ出されたこと。

その屋敷から、城へ連れ戻されること。

当主が殺される原因となった疫病神なんて、早く追い出していればよかったんだと、王子は笑った。友達は一命を取り留めたらしいが、他の人間のように自分を恨んでいるかもしれないと、小さく笑った。

明日、城に戻されるらしい。もう会えないらしい。元々、当主が殺されてから屋敷も危険だとこの辺りに隠されていただけだったのだと、王子は静かに笑った。

疫病神なのだと。死神なのだと。そう言った。そうして、それならば虚無になりたいと、厄災になるくらいなら毒にも薬にもならない無意味なゴミになりたいと、笑った。

いっそ泣いてくれたらいいのにと、この身だって泣いたことがないくせに、そう思った。

食事をくれた。柔らかなタオルをくれた。薬をくれた。知識をくれた。物語をくれた。優しい手をくれた。優しい言葉をくれた。優しい温度をくれた。優しい音をくれた。穏やかな夜をくれた。

この身を雪兎と呼びながら、誰より人間扱いしてくれた。

生まれてこの方、楽しいと思ったことはなかった。向いていると思ったものはあれど、嬉しいと、楽しいと、穏やかだと思ったものはなかった。

彼と過ごした九回の夜以外、一度も。

同時に悲しいも、苦しいも、たぶん痛いもなかった。

彼と過ごした、この夜以外。

王子は冷え切った手でこの頭を撫でた。

「……きっともう会えないけど、元気でな」

「人を救ってくれる神様は、たぶんいない。父による怪我は年々大きくなる。だからきっとこの冬を越えられない、から、もう会えないと思う」

「……そうだな」

この身を苦しいほど抱きしめて、王子は肩に顔を埋めた。

「こんなのは一時的なことなんだ。本当に君を救いたければ根本から変えるしかない。だけど、私にはその権限がない。力がない。何もない。君を父親の元から連れ出せたとしても、父親を罰しても、私が関わった子どもだと王妃に知られれば君は殺される。ただ飢え死にするよりよほど残忍に、徹底的に」

「それは、今とどう違う？」

今日死ぬか、明日死ぬかの違いではないだろうか。父に殴り殺されるか、知らない人間に嬲《なぶ》り殺されるか。そこにたいした違いはありはしない。

「どう、しような……ねえ、一つだけ、私のお願いを聞いてくれるかな」

私の雪兎。

悲しいと思った。優しく呼ぶのに、柔らかく笑うのに。この胸は酷く痛むのだ。父に火を押しつけられたときより、何十倍も。

「君は、人を殺せるかい？」

穏やかで柔らかな声が聞こえる。

「私の言うことをよく聞きなさい。ただ殺すだけではいけない。きちんと手順を踏まなければ、君は何も手にすることはできない。ただし、きちんとできれば、君は全てを手に入れることができる。暖かい家も、柔らかな寝床も、美味しい食事も、綺麗な服も。髪だってこんな風に刈られたりせず、好きなように伸ばせる。そうしたら、きっと温かい。友達だって作れるし、君は整った綺麗な顔立ちをしているからきっと人気が出る」

生まれて初めて触れた、柔らかな人の温度。

「この魔石を使えば、王妃へ通じる。暗殺者からかすめ取ったんだ。使えるのは一度きりだよ。それで王妃と連絡を取るんだ。そうして、自分は私を殺せると言うんだ。王妃は私に関して以外は酷く真っ当な貴族だから、保身が関わらなければ慈悲と施しの精神を持ち合わせている。私を殺し、王妃から報酬をもらい、君の生きる糧にするんだ。いいかい？　それまで死んではいけないよ。何が何でも生き延びて、その先に君の幸福があると信じるんだ。私は君が来るまで誰にも殺されない。いつまでだって君を待っている。だから必ず生きて、私の元まで来るんだよ」

何も持たない王子は、自分の命を質にした。

「手順通り殺せたなら、君は未来を手に入れることができる。その時が来れば、私も君に協力するよ。……そうだね、そのとき互いが分からなくては困るから、合い言葉を決めよう。私はその言葉を聞いたら、君の暗殺を成功させる。いいかい、合い言葉はね」

約束をした。

「家族になろう、だ」

約束をした。

「覚えたね？　じゃあ手順をしっかり守って、そうして」

人生で初めて優しくしてくれた人と、約束をしたのだ。

「必ず、第一王子を殺すんだ」

優しく笑う、あなたの声を覚えている。

「……こんな方法しかできないけれど、私にも何かができるのだと、私にも誰かが救えるのだと、思わせてくれ。……私が生まれてきた意味を君に押しつけてごめん。けれど、たった一度でいいから、私も生まれてきてよかったと、思ってみたいんだ」

静かに失われた、あなたの光を、覚えている。


冷たかったように思う。温かかったように思う。嬉しかったように思う。悲しかったように思う。それらの感覚も感情もよく分からなかったから、正式にそう定義されるものかどうか確かめようがなかった。だから、これが勝手にそう思っただけだ。

総合すればきっと、淋しかったのだと思う。

あなたに会えて、これは淋しくなった。あなたを知って、あの町は地獄になった。

生きるのは、苦ではなかった。死も同様に。

けれど、あなたがいなくなって苦しくなった。あなたの生が苦しいのは苦しかった。あなたが悲しいのは悲しかった。

死なないように努力しようと思った。生きているからではなく、生きようと思った。生きて、あなたに会いにいこうと思った。

あなたの幸福になれるほど、この身は真っ当な心を得てはない。だけど、災いを振り払う盾程度にはなれるはずだと、思ったから。

何も要らないんです。王子、この身が、これが。

私、が。

私が、欲しいものは、王妃には決して与えられないものなんです。

あなただけ。あなただけなのだ。

あなたの、光だけなのだ。


微かな温もりが肌を撫でていく。そんな小さな刺激で、泥のように深い眠りから目覚めた。それがあまりに心地よかったからだ。私にそんな温かさを与えた人は一人だけだったから、この柔らかさを感じれば反射的に意識が向いてしまう。

最初に見えたのは、水底から天を見上げたかのような青緑だった。

「……よし、起きたな。いい子だ」

中指の背で私の額を撫でていた王子は、柔く微笑んだ。そして、ゆっくり立ち上がる。

「イェラを呼んでくる」

王子の手を煩わせるわけにはいかない。だから起き上がろうとしたが、長く閉ざされていた瞳はうまく映像を結べず、視界は掠れていた。声も出ず、身体もろくに動かない。

自分で呼びに行くのは諦めて、起き上がろうともがいていた重心をベッドへ沈める。一度目蓋を閉ざし、数秒経ってから再び開けた。何度か瞬きを繰り返し、視界の明瞭化を図る。

王子の寝室だ。私の周辺をいくつかの浮いた魔石が囲んでいる。魔力を利用した医術だ。

瞳を動かし、今日が何日か調べようとしたが、それよりも王子の帰還が早かった。宣言通りイェラ・ルリックを連れて戻ってきた王子は、再びベッドに腰掛けた。

イェラ・ルリックは、ぼさぼさの髪を適当に撫でつけ、数個開いたシャツの釦はそのままに私を覗き込んだ。どうやら寝起きらしい。

「よし、意識が戻ったな。いい子だ」

瞳孔を覗き込みながら落ちてきた言葉が王子と同じで、少しおかしかった。

「気分は？」

片手は浮いた魔石に触れている。魔術を扱えない医者は針による点滴を使うが、イェラ・ルリックは魔術の才もあるのでこの魔道具も扱えるのだろう。他にも心拍数などを測定する魔道具も存在するが、こちらは魔石の補充さえしていれば魔術を扱えずとも使用できる。

それらの魔道具を覗き込みながら問われた内容に、少し考えて答えた。

「問題、ないかと」

「吐き気は」

「ありません」

「食欲は？」

「ありません」

「まあそうだろうな。ある意味正常だ。死にかけほやほやの人間が食欲旺盛だと笑ってやる」

そう言ったが、イェラ・ルリックの顔は既に笑っていた。しかし、口角は片側だけ異様に吊り上がった左右非対称の歪なもので、瞳は全く笑っていない。

「オルトスへの説教は、この五日間みっちりした。次はお前だぞ」

「…………」

「あ、こいつ寝やがった！」

どうやら長いお説教が始まるらしい。王子と話せないのなら、その時間を睡眠に充てて体力の回復に努めたほうがよさそうだ。

そう思い、早々に目蓋を閉ざす。あっという間に意識が沈みはじめた。

「まあまあ、流石に生還一発目で説教くらうのはあんまりだろ。昏睡じゃないんなら、休ませてやろう。――俺も、言いたいことは山ほどあるけどな」

「……はぁ。久しぶりに見たお前のその顔に免じて今は引いてやる。一応水分と栄養補給はしているが、次に目を覚ましたとき食欲があるなら僕を起こせ。僕は仮眠し直す。お前も、一旦寝ろ」

「……ああ」

イエラ・ルリックの呆れた溜息が聞こえた。

「いい加減にしろ。お前が倒れたらそいつ治療分の魔力をお前に使うぞ」

「分かったよ。仮眠する」

「普通に寝ろ」

「ったぁ！」

ふわふわ途切れる意識がかろうじて引っかかっている覚醒で、聞こえた会話はいつも通り仲がいい。

もう恨まれているかもしれないと静かに笑った、あの日の王子に教えてあげたい。

あなたの友イェラ・ルリックは、あれから十年経った今もあなたの隣にいて、あなたの向こう臑を蹴り飛ばしたようですよ、と。


ぼんやりと漂う意識は、ふわふわ思考する。

五日。イェラ・ルリックは五日と言った。だったらまだ第二王子主催の夜会は始まっていない。それまでにある程度の体力を戻せばいいだろう。影はどうなったのだろう。私が作った影。私の分が剥がれて王子を守るほどの衝撃を受けたのだ。一度点検しておきたい。場合によっては修理もだ。そういえば向こうで行った採取は成功したのだろうか。そしてあの男に取られていた私の杖とローブは。ローブといえばイェラ・ルリックに話を。

回しすぎた思考は、睡眠から覚醒へ意識を切り替えた。ふっと目を覚まし、息を吐く。

「起きたか」

視線を向ければ、私の横に王子がいた。前回と同じだが、今回は着崩しているうえに寝転がっている。どうやらここで眠っていたようだ。

当たり前である。ここは王子の寝室で、寝台だ。

目が少し溶けているからさっきまで寝ていたようだが、何故ただ目を覚ましただけの私に気付いたのか。それだけが謎である。

「おはよう。何か食べるか？」

「おはよう、ございます」

答える前にさっさと起き上がった王子が寝台を下りた。それを追った視界の端に時計が入る。時間を確認するも、早朝なのか夕方なのかが分からない。

「水を。けれど、自分で」

枕元の小棚に用意されている水差しを取ろうと、身体を起こす。しかし、私が身体を起こしきる前に、さっさと回り込んだ王子がコップに水を入れてしまった。

諦めて、礼を言う。目の前に差し出されたコップに手を伸ばせば、何故かひょいっと戻されてしまった。何だろうと視線を向けた先で、王子はコップの水を飲んでいる。

「……流石にクリサンセマムは入ってないみたいだな」

成程。どうやら確認してくれたらしい。

新たなコップに注がれた水を改めて受け取り、少しずつ飲む。急ぎの何かがあるわけでもない。一息に飲み干し、機能が低下している身体に負担をかける必要もないだろう。

王子は一息で空にしたコップを置き、寝台に腰掛けた。私が飲みきるのを待ち、コップを受け取ってくれる。それを置き終わった後、視線と身体が私へと向けられた。

「どうしような」

「はい」

「言いたいことは沢山あったんだが、お前が生きてるのを見るとどうでもよくなるから困る」

「そうですか。私は特にありません」

「お前そういうところだからな！」

そうは言われても、特にないのだ。王子が元気だ。ならば問題ない。以上だ。

しかし、ぐしゃぐしゃと掻き回された金髪が短いと気付き、言いたいことができた。

「王子、髪をどうしたんですか」

「切った」

「何故。怪我を？」

「はいはい。それはどうでもいい。それよりお前だ」

それこそどうでもいいと思うのだが、王子が話したいのなら仕様がない。質問を一旦引っ込める。

王子の手が伸びてきて、私の髪を取った。五日間昏睡状態だったらしい私の髪は恐らくあまり綺麗ではないので、触らないほうがいいと思う。

しかし思っていたより肌を含めてさっぱりしているので、浄化の魔術をかけてもらっているのかもしれない。イェラ・ルリックがどこまで魔術を扱えるのか、今度聞いておきたい。

「綺麗に伸びたな」

「王子に見せたので、もう切っていいですか？」

「俺いまそういう話した？」

「王子はいつも、私の頭が寒そうだと心配していました。なので、伸ばしました。その姿を確認していただけたので、もういいかなと」

「よーし、少し待とう。話し合おう」

「話し合っています」

現状話し合っている場面だと思うのだが、王子は項垂れてしまった。しかし私の髪から手を離さない。手入れに時間と手間をかけ長く伸ばした髪を、王子が握っている。

「お前の髪だし好きにすればいいとは思うけどな……せっかく似合ってるのに勿体ないとは、思うぞ、俺は」

「分かりました、切りません」

「どっちにしろ罪悪感が湧くのは何故なんだ……」

何故か胸に手を当ててよろめいてしまった王子の体調が心配なので、寝てほしい。お誂え向きにここは王子の寝台だ。今すぐ眠れる。

その旨を伝えれば、今度は頭を抱えてしまった。早く寝てほしい。深い溜息の後、ようやく顔を上げた王子には隈がある。何だか昔のようで懐かしくもある。しかし寝てほしい。

「…………大きくなったな」

「十年経ちましたので。王子も大きくなりました。縦に」

「いまいち感動しきれないのはお前の受け答えの所為だと思うんだがな！」

昔だって、私よりは大きかった。けれど、今の私より小さかった。

小さく薄く、儚かった。

人のことをひと冬で溶ける雪兎に例えておきながら、その実誰よりも生が薄い人だった。薄い生を望まれ、形作られ、受け入れた人だった。

「いつまで経っても来ないから、もう溶けてしまったのかと思ったぞ。初めてお前を見つけたとき、雪兎の精霊かと本気で思ったしな」

そこで一度途切れた言葉は、次に紡がれた際、随分声音が変わっていた。

「………よく、生きていたな。よくやった。本当に、よく生きてきた。……しかし、何故会いに来なかったんだ？」

心底不思議そうな王子は、分かっていない。

「あなたの死に意味など与えたくはなかったからです」

酷く傷ついた顔をしたあなたは、やっぱり、何にも分かっていない。

「私はあなたに救われた。あなたを目指してここまで来ました。あなたが与えてくれた全てに生かされ、ここにいます。私はあなたの生に救われました。あなたが生まれてきてくれたから、私は生きているんです、王子」

欲しいものは死ではない。あなたの価値は死ではない。

「あなたの死などなくても私は生きていけます。けれど、あなたの生がなければとっくに死んでいました。死ぬ理由がないから生きていましたが、生きる理由もなかったので。けれど、あなたが生きていたので、私の生きる理由も定まった」

人の生に意味などない。産まれたから生きている。生きているから死んでいない。死んでいないから生と呼ぶ。ただそれだけのことだ。生に意味を持ちたがるのは人間だけだ。

そして私も、あいにくと人間なのである。

「あなたの死なんていらない。あなたの死を前提とした未来など、いらないんです。生きたあなたのくれた言葉が私をここまで連れてきてくれました。生きたあなたが待っていてくれたから、私はここまで来たんです。十五才の私は、あなたの生が連れてきたんです。あなたの死は私に何も与えない。あなたの死に意味などない。あなたの死に幸福なんてない。あなたの死は他者の幸福の前提なんかじゃない。あなたの死なんていらない。欲しくない。欲しいのは、あなたの生だけなんです。私はあなたがくれた合い言葉をあなたの死への道筋として使いたくはない。私はあなたの生を前提とした道に立つあなたに、家族になりましょうと言いたいんです。ですが私は人としてかなり不完全である自覚がありますし、正しい家族の形も分かりません。会話すらままならない。だから私以外の誰かがあなたの生を光溢れるものとした頃合いを見計らい、もう待たなくても結構ですと伝えに行くつもりでした。けれど互いに欠魂したことですしこれ幸いとお傍に侍りました。これからも侍るつもりではありますが、ひとまずあなたの魂を奪った魔物を殺して魂を奪い返そうかと……王子？　王子、どうしたんですか……あの、王子」

王子、王子。呼んでも答えてはくれない。困った。これは、困った。心底困っているのに、王子はあのときみたいに困った私を見て笑ってもくれない。長いとも言わない。

私の髪を握りしめて俯く王子の前で弱り果てる。

「泣かないでください、王子」

この人はどうして、静かに感情を零してしまうのだろう。

悲しみも怒りも絶望も。誰にも気付かれない場所でそっと溢れさせ、なかったことにしてしまう。

ぎゃんっと怒ってくれたらいいのに。わんわんと嘆いてくれたらいいのに。

こんなに静かでは、気付けないかもしれない。この人の感情を取り零すなんて嫌だ。だけど本当に、しんしんと降る雪のように静かに零す人だから、困るのだ。

そして現状でも、大変困っている。

「王子、泣かないでください。王子……おやつを食べますか？　何か食べ物の用意を……温かい、飲み物を…………本を読みますか？　何か、遊びますか？　私、あまり会話がうまくはないのですが、何かお喋りを？　王子、あの……イェラ・ルリックを呼んできます。だから、手を。王子、イェラ・ルリックを。イェラ・ルリック、イェラ・ルリックを。王子、イェラ・ルリックに、王子」

思いつく限りの手段を提示するも、王子は緩く首を振るのみだ。

俯き、私の髪をしかと握りしめている王子に弱り果て、視線を彷徨わせる。しかし現状打破に使用できそうなものは何もない。

「王子、お腹空いていませんか。王子、眠りませんか。王子、遊びませんか。王子、本を読みませんか。王子、見たい魔術はありませんか。王子、空を飛びませんか。王子、人形遊びしませんか。王子、かけっこしませんか。王子、泥遊びしませんか。王子、球技しませんか。王子、カード遊びしませんか。王子、卓上遊戯しませんか。王子、王子、あの、王子…………王子、お腹空いていませんか」

弱り果て、役立たずな脳みそから言葉を絞り出していると、王子の身体が僅かに揺れはじめた。王子の反応を注視し、よくよく聞けば、どうやら笑っているようだ。

「戻るのか」

くつくつ笑いながらようやく上げられた顔に、息を呑む。

光が、舞っていた。薄暗い部屋なのに、雨上がりの晴れ間に降る木漏れ日のように、温かで鮮やかで柔らかな光が。

笑っているのだ。

王子が、王子が、ここで、この世界で。死に近しい魂の傍ではなく、いま、ここで。

光を散らして、笑うのだ。

王子はどうしてだか小さく吹き出し、苦笑と共に指を伸ばした。静かな温かさを伴った掌が、私の頬を擦る。

初めて会ったあの夜、正常に受け取れなかった優しい温度を、今度は正しく受け取れた気がした。

「どうしてお前が泣くんだ」

どうやら私は泣いているらしい。成程。道理で視界が滲むわけだ。道理で鼻の奥が痛くて、道理で目の奥が痛くて、道理で胸が熱いわけだ。

「王子」

「うん」

「王、子」

「うん」

王子の顔が見えない。けれど、王子の声は何故か幸福そうで。

「私、私ずっと、あなたに、笑ってほしくて」

「……うん」

「あなたに、生きていて、ほしくて」

「……うん、そっか」

泣くという行為は、こんなにも痛いのか。痛くて、息もつらくて。胸を引き絞るように苦しくて。なのに、命を削る行為ではないのだ。こんなに肉体も感情も全てを費やさなければならないのに、ただ感情の反射だなんて、信じられない。

「王子が、王子じゃなくても、よくて。王子でも、よくて」

「うん」

「戦場、でも、下町、で、も、他、国、でも。どこ、どこでも、よくて」

「うん」

「あなた、あな、たが、わら、笑って、生きてて、くれたら、なんでも、よくて」

「………うん。うん、そうか。ありがとう」

何度拭ってもらっても一向に止まらない水分を諦めたのか、王子の掌が離れていく。温もりは後頭部と背中に回った。

額も、頬も、身体の前面も、背中も、全てが温かい。あの頃に比べれば私も大きくなったのに、やはり王子のほうが大きくて。抱きしめられればあの頃のように世界の温度は王子一色になる。

あの頃は何度抱きしめられても、触れられなかった。そんなこと考えもつかなかった。なのに今は、反射的にその背へ腕を回していた。ぎゅっと握りしめ、縋りつく。

生きている。王子が生きている。ちゃんと生きて、ここにいる。

「ごめんな。俺がびっくりさせたんだな。怖がらせてごめんな」

癇癪を起こして泣き喚く子どもへするように、緩やかなリズムで後頭部を撫でながら、王子は笑う。泣く子には敵わないと苦笑しているようでもあったし、何かを噛みしめるようでもあった。それなのに顔なんて見えるはずもなかった。だって涙が止まらなくて、世界すら見えないのに。

けれど私には人の心の機微など分からない。まして、顔が見えなくてはどうしようもない。それなのに顔なんて見えるはずもなかった。

「お前は凄い子だなぁ。お前はえらい。凄いな。お前は本当に、優しいいい子だよ。お前は、凄いよ。優しい、いい子だ」

それらは事実ではない。私は凄くなどない。私は決して賢くもなければ優しくもない。人間付き合いや日々の営みといった、人間が築いてきた文化や文明を維持する努力を放棄し、自分の持ちうる機能を一点集中させてきただけだ。

それなのに、王子は私をあやすのだ。自分だって慣れていないだろうことが丸分かりの、ぎこちないあやし方で。

「……本当は、こんな馬鹿げた約束からお前を解放してやるのが一番お前のためなんだ。そんなことは分かってるんだ」

そんなことあるものか。そんなことを言ったら撤回するまで視線を送り続け、背後をついて回る。

そう言いたかったのに、しゃくり上げる喉からは嗚咽しか零れない。泣くとは本当に厄介だ。湧き上がった感情は勝手に流れ出ていくし、意思を伝えようとする言葉は嗚咽に阻まれる。何も言えない代わりにしがみつく力を強くすれば、やっぱり王子は苦笑に近い笑い声を上げるのだ。

「だけど俺はどうにも我儘で、お前とイェラだけはどうしても連れていきたいんだ。お前とイェラは俺に生きろと言うから。イェラなんて、死んだら殺すうえに地獄の底までついてきて更に注射ぶち込むって言うんだよ。酷くないか？」

私だってそうする。注射の代わりに私の魂を突っ込んで蘇生させてやる。

温かな頬が私の頭に擦り寄せられた。

「……ついてくるか？」

それは、確信のうえでの問いではなかった。

ここまで来てもまだ迷い、躊躇っている人が張った防衛線だ。まだ間に合うのだと、引き返せるのだと、自分にも私にも言い含めたがっている、優しさと弱さが綯い交ぜになった戯言だ。

王子の胸を突っぱねて、互いの間に距離を取る。単に顔が見たかっただけなのだが、王子は柔らかい笑みを浮かべてすんなりと手を離した。

こうしてすぐに諦めてしまうところが、王子の駄目なところだ。同時に、この人が手放してきた、手放さざるを得なかった全ての象徴でもあった。

不自然に乱れた呼吸と、それ以外の何かで痛む胸も宥める。そうでなければ、声が出せない。この人に伝える言葉が、届かない。

適当に目元を擦った腕は包帯だらけだったし、王子が微妙な顔をしたので、どうやら折れたほうの腕だったらしい。後でイェラ・ルリックからのお説教を受けよう。だが、それはどうでもいい。

「王子の位置が王城から戦場や地獄へずれたところで、何が変わるのか理解できません」

「位置ってお前……」

「目的地が移動すれば、移動方法と方向を調整するだけではないでしょうか」

「……そういう問題じゃなくてだな」

「屋根上から出発し既に王城へ到着していますので、現状あの頃より問題なくお傍にあれるかと思います」

「ああ、うん、そうね……」

何故か王子は項垂れてしまった。きっと寝不足なのだろう。寝てほしい。

「私の目的地はあの日からずっと王子です。ですから、王子の位置は関係ありません。王子がいるかどうか。大事なのはそれだけです。左でも右でも、上でも下でも、空でも地下でも、天でも地獄でもどこでもいいです。どうでもいいです」

雪解け水になりたがったこの人の夢だけは叶えてあげられない。消えて初めて誰かの益になれるのだと、自分が消え去った後に咲く花を、それだけを救いとして死んでいこうとした静かで悲しい願いだけは、叶えてあげられないのだ。

だから、他の願いは全て叶える。この人の願いを一つ残らず掬い取るのだ。そのためには見える場所にいなければならないし、何より私がいたい。最初から、そう言っているではないか。

これでまだ納得してもらえないなら、貧弱な言葉を垂れ流して物量で押すしかない。

じっと見つめ、息を吸い込んだ私の前で、王子は肩を震わせた。ふはっと吐き出された息と共に、顔が上がり、光を散らして笑う。

見惚れられたのは一瞬だ。王子はすぐに私の頭を抱え胸に抱き込んでしまったので、温かさしか分からなくなった。

そのまま寝台に倒れ込むから、布団にまみれて世界さえ見えなくなる。

無造作に倒れ込んだようでいて、傷口には全く響かない。そういうところが油断できない人なのだと、知っている人間はどれだけいるのだろうか。

布団に縺れ、柔らかさにまみれ、温かさに溺れそうになる。私の背に回った腕は外されていないが、顔が見える程度には距離ができた先で、王子は楽しげな笑い声を上げた。

「分かった。俺の負けだ。というか、最初から負けてるな」

「勝負した覚えも勝利した実感もありませんが、どういう意味でしょうか」

「そうだな。俺がちょっと頑張るから、それをお前達に手伝ってもらおうかなって話」

ぱちりと瞬きする。よく分からないが、それは。

「嬉しいです」

涙より簡単にほろりと零れ落ちた言葉を拾った王子は、やっぱり楽しげに笑って、目蓋の上に温もりを降らせた。驚いて、もう一度瞬きする。

「王子、好きです」

「子どもを誑かした悪い大人の気分だ。一応言っておくがな、お前のそれはひな鳥のすり込みのようなものだからな」

「王子、手を貸してください」

「ん？　何だ、起きるか？」

背に回っていた手ではなく、衝撃を抑えるために差し込まれていた手が差し出されたので、両手で取って胸に当てた。

瞬時に王子の全身が総毛立つ。水に触れた猫のようで面白い。

「何っ…………俺が悪かった。子どもは俺だ」

「分かってくださって嬉しいです」

では、改めて。

「王子、好きです」

私の心臓に服の上から触れた王子は、私の感情表出手段として唯一働き者の鼓動に合わせて、耳まで赤くなった。どうも私は、顔には出にくいようだが身体は素直だ。

王子はそのまま布団に顔を埋め、息も絶え絶えに言葉を紡ぐ。

「…………保留でお願いします」

「是非前向きな検討でお願いします」

欠魂ついでに結婚します？

そう問えば、跳ね上がった王子により布団で頭まで埋められた。王子が見えなくなってしまったが、一応追い打ちをかけておく。

「王子、家族になりましょう」

「過去の俺が首を絞めてくる！」


　くつくつと食物を柔らかく煮込む音が続いている。既に材料は切り終えたらしく、刃と木の板がぶつかり合う軽快な音は途絶えていた。

　捕縛した男から回収された杖を起動させ、魔力を行き渡らせる。目立った損傷は見られないが、不可思議な空間で酷使した事態も踏まえ、手入れを念入りに行って損はない。

　あちらの世界での出来事がこちらに反映されているかは証明できなかった。しかし、同じく回収されたローブ内から薄ら赤錆色に染まった小瓶が出てきた。あちらで赤錆色の何かを一応と採取した小瓶である。内容物としては何も確認できないが、何らかの影響はあったようだ。

キンディ・ゲファーは歓喜のあまり、流石の二課でも引いたうえに口外できない事態に陥った。しばらく接触禁止となった。

　そのキンディ・ゲファーは現在、投獄されている元一課の男の元へ通い詰めだという。そちらは接触禁止どころか調査が推奨されているため、誰も止めていない。

　王子を欠魂させた男がどうなろうが知ったことではないが、その話を教えてくれた一課嫌いの先輩の口から「哀れな……」の一言が転がり出た様子を見るに、大惨事らしい。

　杖を浮かせ、妙な歪みがないか確認する。羽織っていた上着が落ちそうになり、片手で直していると、作業が終わったらしいイェラが向かいの椅子に座った。

私はまだオルトスの宮殿で厄介になっている。イェラによる治療を受けつつ、毎日訪問してくる二課長の検診も受けていた。

二課長により、オルトスの髪が短くなった理由を聞いた。私の生命維持に使用されたそうだ。

聞いたとき、自分の髪を引き千切ろうかと思った。指を揃えたオルトスの掌が脳天に落ちてきて止められなければ実行していただろう。

どうやら私の命は思っていた以上に限界だったようで、出血量もさることながら、欠魂していた事実が致命的だったらしい。

魂が欠け、命としての成り立ちが揺らいでいたところに肉体が損なわれた。つまりは、普通の人間より死にやすかったのだ。しかしイェラによれば、出血量を考えると欠魂していない人間でも充分死に至る範囲だったらしいので、どっちもどっちだろう。

そこでオルトスが使用された。

多大に許しがたい事実だが、オルトス本人による要望及び厳命と、使用がなければ私の生命活動が終了していたらしい事実で飲み込まざるを得なかった。私の生命活動終了はともかく、オルトスの要望及び厳命となると、断ちたくない。しかし内容が納得できない。

全てではないにしても欠魂部分回収により、四歩の制限は解除されたが、結局混ざり合っていた魂はそのまま残ってしまったらしい。それにより、互いの生命維持に干渉できる権限が発生した。

私とオルトスの身体は、互いの損傷を補修できるようになっていた。

オルトスが私の肉体補修に費やした物は髪だけではなかった。髪だけを肉体の補修に使ったと思っていたのに、何かが引っかかり問い詰めれば、血もかなり使用したと白状した。

即座に返還しようとしたが、受け取られなかったうえに、やはり脳天に衝撃を落とされた。何故かイェラまでオルトス側についてしまったので、結局返還は叶わなかった。

もしもオルトスが死にかけたとき用に取っておけと言われたので、渋々引いた。そんな事態に陥らせるつもりはないが、もしそうなったら物理的に血肉を刮げ取り、オルトスの生命維持に使用してもらいたい。

そう思っていたら、口に出していないのに三発目の衝撃が脳天に落とされた。

イェラは調理中捲っていた袖を下ろし、ちらりと時計を見た。時刻は八時。夕食を取ってくるわけでもないのに遅いと見るべきか、もう少し様子を見るべきか悩んでいるのだろう。

現在オルトスの御身は、諸事情により手出しはされないはずだし、影もつけているので大丈夫だろう。そうは思うが、何事においても絶対はないだけに心配は尽きないのだ。

オルトスは、最近少し、忙しい。

私に王子ではなくオルトスと呼んでほしいと言い、様すらつけさせなかったのに、王子として復権すると決めたらしい。

王は、領地を願い出たオルトスに是と答えた。

オルトスに与えられる領地の名は、エルビス。つい一年前までリューモスに奪われていた、雷雨によって取り戻したセレノーンの領土である。

オルトスはしばらくエルビスへ直に出向いて統治することになる。エルビス統治はうまくいっておらず、中が荒れ、遠方からどうこうできる状態ではないからだ。

前任者は死んだ。前々任者も死んだ。前々々任者も死んだ。

イェラは当然ついていく。勿論、私もだ。私は自分の研究室ごとの移動となる。

連れていってくれないのであれば退役してエルビス入りするところだったと、調書を取りに来ていた総務の人間の前で零してしまったがために、二課長、一課長だけでなく総隊長まで出てくる事態となった。面倒だった。

料理を作り終えたイェラは、一応待機を選んだらしく書類に目を通しはじめた。

死にかけたあの日より、療養食から通常食まで作り続けている。あるときふと「姓名で呼ぶな、長い」との要望を受け、こちらも王子と同じくイェラ呼びとなった。

明日は第二王子の夜会だ。私も、イェラと二課のおかげで立って歩く分には問題ない程度には回復した。まずそうな箇所は魔道具で補強してあるので、戦闘が起こらない限り問題ないだろう。

杖の最終確認を終えたので、私も書類に取りかかる。研究室移動に関する書類が多いのだ。ならば研究室ではなく個人管理の工房にしたいのだが、研究室を名乗れる設備と警備態勢を整えなければエルビス出向が許されなかったので仕方がない。

あまりに面倒なのでやはり退役しようかと思ったら、言葉にしていないのにどこからともなく総隊長が現れた。面倒だった。

総隊長は心配性で有名な人だが、勘がよすぎるという噂もまことしやかに囁かれている。

「昔」

ペンがインクを走らせる音と、書類が移動する音しかなかった空間に、イェラの声がぽつりと落ちた。

「僕が死にかけていた間、離れていた友人がやけにへらへら阿呆みたいに笑うようになって帰ってきた。そのうえ、後見人や支持者全て切って、僕すら遠ざけた。殴って蹴って罵って、蹴倒し投げ飛ばしクリサンセマム飲ませ、元の関係に戻るまでに四ヶ月の時間を有した」

溝が深まらなかったのは快挙ではなかろうか。

「そこから、そいつが交わしたふざけた約束を吐かせるまでに一年かかった」

動かしていたペンを止める。相手のペンは、とっくに止まっていた。

顔を上げれば、イェラはいつもと変わらぬ顔で私を見ていた。

「僕は、あいつの兎が現れたら殺すつもりだった」

「正しい選択と思われます」

約束を守ればあの人は殺され、約束を守らねば生きる意味を失う。私という存在は、あの人をここに縛りつける枷であり、生に縛りつける楔であった。だから直接関わりたくはなかったのだ。

けれどあの人は生きると言ってくれた。私を私と認識したうえで、約束の終了を経ても生きると。

それがどれだけ嬉しかったか。その喜びが胸を満たしたのは、きっと私だけではないのだ。

私の返答に、イェラは小さく笑った。

「……今はお前が兎でよかったと思っているさ」

イェラはペンを放り出し、背もたれに大きく凭れた。ペンが机の上に転がっていく様子を何とはなしに見送る。

「あいつに命を懸けられる人間はいくらでもいたし、作れる。だがそれだけでは駄目だ。想いがあっても、実力がなければあいつの傷を増やすだけだ。それなら力だけある人間がまだマシだが、心が伴わず力だけの人間を育ててやれるほど、僕達に余裕はない。だから誰も傍には置けなかった。あいつも置かなかったしな」

かたんと止まったペンが通った後は、インクが巻き散らかされることなく綺麗なものだ。

「せいぜい長生きしてくれよ、エリーニ。せめて、あいつよりはな」

「イェラも同様に。イェラがいなくなったら、オルトスはきっと一生笑いません」

「二人で見送ってやらないと眠れもしないんだろうさ。手間のかかる奴だよ、全く」

そう言いつつも、イェラの目は優しい。

私はイェラが少し羨ましい。オルトスから子ども扱いされず、守られる対象でも守る対象でもない、対等で雑な関係がとても好ましい。

けれど、同じではきっと意味がなかった。イェラと同じならば、きっとオルトスは私と約束を結びはしなかっただろう。彼が築いた、そしてなくした絆のどれでもない出会いだったからこそ、彼は私と約束を結んでくれたのだ。

かつんと外で小さな音がした。次いで扉が開くと、家の中は途端に騒がしくなる。

「つっかれたぁ。何だ、お前達まだ食べてなかったのか。先に食べててよかったんだぞ」

オルトスは縮こまらせていた首をやっと伸ばし、部屋の中の温度に眉を緩ませた。

ここ数日急に寒くなり、出かける際には一枚上着が増えるそうだ。私はほとんど外出していないので実感が薄い。どうせ明日、嫌でも実感するので問題はないだろう。

冬はあっという間に訪れる。晴れの日はともかく、一日日差しがなければ温度はぐっと下がり、そのまま迎えた夜は薪の用意を決意させるのだ。魔術師にとって火を起こすなど造作もない。だが、火を常時維持しておくとなると、できないわけではないが薪を使ったほうが楽である。

正常に機能しているか確認するため、影を回収しに近づく。

「おかえりなさい、オルトス」

「ああ、具合はどうだ？　明日無理して出ることはないからな？」

「良好です。出席します」

影を回収した後も、地面にはオルトスを映した影が残っている。当たり前だ。ここに存在する以上、ここに光源がある以上、存在には影ができる。

正しい影を宿した形に安堵する。この人が何者にも脅かされないようにと願うのに、まさか影を失うなんて思ってもみなかったので尚更だ。

魂を、生命として存在する分には問題なく機能する量は取り戻した。それでもまだ足りない。まだ私達は欠魂している。

魂が足りない。欠けている。現状目に見える支障は発覚していなくても、正常値より少ない事実は変わらない。影も若干薄い。この先どんな支障が現れるかは分からず、何より私が許せない。

　牢屋に放り込まれているらしい元一課のいつかの首席らしい男から手に入れたメモと、キンディ・ゲファーの解剖もとい調査を手がかりに、魔物を追い詰め、残りも必ず取り戻す。

　オルトスの魂を取り戻すのだ。

　そして私に混ざってしまった分も正しく返還したい。私の魂はついでに取り返せればいいし、取り返せなくてもそれはそれだ。現状特に支障はない。

　上着をかけ、衣服を緩めながら手を洗いに行ったオルトスが戻ってくる頃には、机の上の書類達は片付けられ、湯気の立つ料理が並んでいる。

　イェラの料理が上手なのは必要に迫られてだったのか、はたまた趣味も兼ねているのか。彩りも盛りつけも美しい料理を見ながら思う。答えを得たいほどの疑問ではないので問いはしない。

「お前達はいつ頃に目処が立ちそうだ？」

「僕は父上から嫌がらせの如く寄越された仕事が残っているだけだ。いざとなれば父上に投げ返して置いていく」

「私はいざとなれば退役するか、キンディ・ゲファーと取引します」

　動きを止めたオルトスとイェラは、互いに視線を合わせた後、揃って私へ集中させた。

「……よーし、これ流したら駄目なやつだって俺は学んだぞ。取引内容開示を要求する」

「キンディ・ゲファーの要求する対価を差し出し、書類の作成を手伝ってもらう取引です」

「差し出す対価を聞いてるんだよ」

「髪、肉、爪、体え」

「却下だ阿呆！　肉体切り売りする時点で却下と心得ろ大馬鹿者！」

ある程度は私を回収しにきたあのとき勝手に採取した血液分で賄えるはずだが、書類の量によっては追加が必要かと思っている。しかし駄目らしい。

「お前の能力も肉体もお前自身の所有物だが、お前自身がオルトスのものだと公言しているなら、勝手に価値を損ねるべきじゃないだろ。オルトスのものだぞ」

ぎゃんぎゃん怒っているオルトスの言葉を遮ったイェラは、黙々と食事を再開した。

成程、分かりやすい。

「了解しました」

「結果としては望んだ形に収まったのに、その理由が納得いかない場合、俺はどうすれば……」

「諦めろ」

「これ諦めたら駄目なやつだろ⁉」

三人でつく食卓は、いつも騒がしく穏やかで、時々冷気が漂いつつも温かい。何とも不思議な空間だ。

「きゃんきゃん喚く体力は明日に取っておくんだな。何せ明日は、王妃がお前に手を出せなくなってから初めて出席する、記念すべき公の場だ」

「お前いま鏡見るなよ。自分で卒倒するほど悪人顔だぞ」

「お前が卒倒しないならたいしたことないだろ」

「お前、俺を何歳だと思ってるんだよ」

「その台詞、そっくりそのまま返してやる」

友達とはこういう関係を指すのだろう。仲がよくて何よりだ。料理にクリサンセマムが入っていなくてこちらも何よりだ。

療養食から徐々に、けれど明日の夜会に合わせて急いで調整された食事はもう通常のものへと移行している。

「何はともあれ、僕は明日が楽しみだ」

「珍しいな。イェラ、ああいう席はどれも大嫌いだろ」

「だからこそ、たまには楽しんでもいいだろう。お前の反応含めてな」

私へ向けられた視線に、無言で頷く。私とイェラを交互に見ていたオルトスは、三度目の首振り後、フォークを取り落とした。

「……え？　何？　この期に及んでまさかの俺だけ仲間はずれ⁉」

「嘆き悲しめ。何年間も僕とエリーニの願いを理解できなかったお前への罰だ、愚か者」

ぐっと詰まったオルトスは、そぉっと私を窺った。救いを求める瞳を見れば何でも叶えてあげたくなるが、静かに頷く。以上だ。

「……え？　終わり？　そういえばお前達、他にも一つ隠し事したままだったな⁉」

「本件はその件ですので、実質隠し事は一件です」

「現状、お前より僕のほうがエリーニと気が合う。盛大に嘆き悲しめ、愚か者」

イェラの言葉通り、勢いよく嘆き悲しんだオルトスが机に突っ伏すのに合わせ、彼の着地地点にあった器をイェラと二人で持ち上げる。それを見て更にしくしく嘆きはじめたオルトスに与えられたのはイェラ特製の焼き菓子であり、秘密の暴露ではなかった。

ここ最近私の治療も兼ねて泊まり込みが多かったイェラだが、流石に今日は仕事の調整もあるため帰宅した。

彼が帰った後も、オルトスは私とイェラの内緒話を聞きたがった。どこまでも私の後をついて回ったのに、一緒に寝ますかとお誘いしたらいなくなった。

その間、一秒。驚いた猫より素早い。残念だ。

夜会とは夜からだ。だから、次の日も書類捌きに時間を費やす。

何度も何度も、出す場所が変わるだけで同じ意味の書類に名を入れていく作業は面倒の一言だ。これが研究の一環なら同じ作業が何万回無意味になっても面倒とは思わない。

仕方ない。二課なのだ。

夕方を迎えるまで一時間を切ってようやく着替えに取りかかる。

オルトスの寝室に籠もり、服を着ていく。治療中借りていた部屋割りがそのままとなり、何故か家主が客間で、私がオルトスの寝室を部屋としてしまっている現状だ。

いい加減返したいのだが、研究室への帰還許可が出ない。医者からも家主からもだ。それなら寝所を廊下に移動したいのだが、移動許可が出なかった。医者からも家主からもだ。

金と青があしらわれた服を重ね、帯を締め、襟を留める。最後に真新しいローブを羽織れば着用完了である。

肩と胸元の留め具に引っかけて留めるローブは、境目から両手が出せるようになっていた。これなら起動させた杖を持っていても問題ない。

動きやすさが必要とはいえ、ある程度の見場は重視されなければならない。見場は大事である。何せ、軍部にさえ制服目当てに入隊してくる新人が一定層いるくらいだ。それに外から見て格好が良ければ、敵は怯み、味方の士気は上がる。見場は大事だ。

見場の一環であろう。胸元には長い青の装飾が二本流れ、動く度に音を立てて揺れる。それらが絡まらないか確認し、適当に髪を結う。前髪はいつも通り三つ編みにして横へ流し、いつも緩く編んでいる後ろ髪はいつもより若干丁寧に三つ編みにする。

左右に二課を象徴する銀色の羽根飾りをつける。以上だ。

鏡を見つめ、問題ないかもう一度確認していると、家の中が騒がしくなった。

どうやらイェラが到着したらしい。久しぶりに履く固い靴の踵を鳴らしながら扉を開けた途端、オルトスの大声が飛び込んできた。

「お前なに考えてるんだ！　絶対に駄目だって、何年も前に結論づけただろ！」

「それこそ今更なうえに、あれはお前が勝手に決めただけで僕は納得していない」

「俺が死んだらどうするんだ！」

「安心しろ。お前の墓は僕が開業する医院の庭だ」

「費用面と場所の心配してるんじゃないわ！」

扉を開けてすぐ飛び込んできたのは、言い争うオルトスとイェラの姿だった。言い争うといっても、オルトスが一人で怒っているだけだ。

全身黒を纏った男が二人立っている。一人がオルトスで、一人がイェラだ。

「お前は宰相の一人息子だろう！」

「お前が死ななければいい話であり、僕がお前を死なせなければいい話だ。全員死んだなら皆仲良く喪服でちょうどいい。地獄で弔い合えばいいさ」

オルトスの声を払うように黒のローブを揺らしたイェラと目が合った。オルトスの肩越しに私の姿を認めたイェラは、肩を竦める。

「そう怒鳴るなよ。お前の可愛い雪兎が脅えるぞ」

「怒鳴らせてるのはお前だが怖がらせたなら悪かっ――……………は？」

振り向いたオルトスの呆けた声を最後に、音が消えた。

家の中がしんっと静まり返っている。オルトスの肩越しに見えるイェラの身を包むのは、上から下まで私と同じ意匠。

姿形、色、全て同じの、黒の陣営だ。

呆然としているのに強固な視線が、私を頭の上から爪先まで撫でていく。靴まで見つめきった後、

再び顔に戻る。

口と同じほど戦慄《わなな》いている両手は、中途半端な位置で止まっていた。

「言っただろう。僕とエリーニはお前より気が合うんだ」

「オルトス、好きです」

人を食った笑みを浮かべるイェラに、反応を返せたのは私だけだ。イェラに渡した自室の合鍵で寸法を確認してもらった礼服により、初めて袖を通した黒の服はぴったりであった。

「嫌だぞ、俺は行かないからな。お前達を連れては行かないからな！」

「別にお前が行かなくても、僕とエリーニは手を繋いで堂々と入場するぞ。……別にお前いらないな。帰っていいぞ。邪魔だ」

「どういうことなの！」

「見ろ、僕とエリーニは髪型も揃いだ。こういうときは統一感があると映えるからな」

耳の横、一房細く編まれた三つ編みを摘まみ上げたイェラに、私も無言で自身の前髪を指差し、後ろ髪を持ち上げた。

「仲間はずれはよくないと思うんだ！」

「オルトスが髪を切るからです」

「………一瞬仕方ないなと思いかけたが、よく考えたら揃いにする誘いすらなかったよな？ この長さでも編めるだろう⁉」

「さあ、参りましょう」

「どうして俺の周り、俺の意見全く聞かない奴ばかりなの？」

三つ編みのお揃いはともかく、それ以外はオルトスが私達の意見を聞かず却下すると分かっていたからだ。頑固で言うことを聞かないのはお互い様である。

入場の鐘が鳴り響き、大きな扉が開いていく。一組一組、入る度に鳴る鐘の音だ。ほとんどの参加者は入場済みである。

なぜならもう始まっているからだ。

第二王子に阿《おもね》る人間が集まった夜会だ。全身を統一する人間こそ少ないが、赤を取り入れている人間がほとんどだった。

遅れて入ってきた組へは、一応視線を向けるものの、よっぽどの相手でなければ群がってくることはない。遅れて入場した組も、会の雰囲気を乱さぬよう入場後は静かに輪へと入り込む。

しかし、私達が入場すると同時に、会場の空気は止まった。

雰囲気が乱れるどころの話ではない。音楽ですらも乱れた。

音楽が慌てた駆け足で足並み揃えていく間も、参加者達は動かなかった。押し出されて転がり出てくるのではと思うほど力の入った目が、私達を凝視している。

さっきまでぐずり嘆き喚いていたオルトスは、既に感情全てをしまい込んでいた。

扉が開いていくと同時に、感情全てが消え失せ、いつも浮かべていたへらへらと流れるような笑みですら見られない。

炎と魔術灯が混ざり合った会場内は、日が落ちた後でも明るい。昼間よりもよほどだ。虹が、星が、陽光が。全て混ざり合っているような奇妙な明るさに満ちている。

そんな中で、黒を陰にせず光としてまっすぐに立つオルトスは、恐ろしいほど美しい。

何よりも早く正常を取り繕った音楽に支えられ、人々は徐々に正気を取り戻す。失われていた喧噪が蘇り、静寂が遠のく。

「第一王子が公の場に出てくるとは珍しい……」

「エルビスを与えられたとの噂は本当だったようですな。しかし、死にに行くようなものよ」

「死んでこいということでしょう。陛下も酷な命を為さるものだ」

「しかし、あの方がまだ王子として立つ気があったとは。余生を生きているようなものと思っていたが」

ずらりと並ぶ料理は、参加者達の邪魔にならぬよう壁際に集まっている。

「イェラ卿が、黒をお召しに？」

「ルリック家が第一王子に下ると⁉」

「まさか！　イェラ卿は優秀な方ですのに変わり者でいらっしゃるので……」

「結局、第一王子を見捨てられなかったのでしょう。あの方はお優しすぎるのです」

料理までは厚く重なった人の壁を泳いでいかなければならないだろう。

「……待て。イェラ卿の隣にいるのは誰だ？」

「――エリーニ・ラーニオン⁉」

「エリーニ・ラーニオンだと⁉」

先にイェラが作った軽食を食べてきたので、あれを目指す必要がなくて助かった。

「第二王子に下るのではなかったのか⁉」

「王弟殿下ではありませんの⁉」

「王妃様の子飼いだとばかりっ」

「第一王女が熱心に勧誘していたと聞いていたが……」

「第五王子手ずからの贈物を受け取ったはずでは？」

しかし、オルトスが食べたいのなら話は別だ。何か食べたい物はあるだろうか。

「それよりも、イェラ卿だけでなくエリーニ・ラーニオンまで王都から出すのか⁉」

「あれを失えばセレノーンの損失になるぞ⁉　雷雨はどうするんだ！」

「ラーニオンは独り身だろう？　資産と権利の譲渡先を作らせておくべきではないのかね」

「誰かを宛がおうとはしたが、どれも弾かれたと聞くぞ」

「それよりも脳保存の魔術を二課に開発させるべきだろう。あの小娘ならば、意思がないほうが扱いやすかろう」

飲み物はまだいいと思うが、手持ち無沙汰になるのなら持っていたほうがいいだろう。

「しかし……あの三人が並ぶと」

「見慣れぬ並びだからもあるだろうが……」

「目立ちますこと……」

オルトスへ視線を向ければ、何とも形容しがたい顔をしていた。

どうしたのだろう。怒りを堪えているような、くすぐったさを堪えているような。とにかく何かを堪えていた。唇が若干曲がっているので近くで見れば分かる。

私とイェラの視線を受け、オルトスは小さく咳払いをした。拳で隠した口元を困ったように開く。

「あまりいい感情ではないんだろうが、存外気分がいいな」

どうやら笑うのを堪えているらしい。しかし本当に困っているのだろう。隠しきれない困惑がはみ出している。

ふんっと鼻を鳴らしたのはイェラだった。

「この程度で満足するな、大馬鹿者。それに偶然にも顔のいいのが揃ったんだ。顔だって才能だ。生かす練習をしろ。これからますます必要になるぞ。お前は堂々と侍らせる練習、エリーニは顔を使う練習だ。才能は財産だ。財は使えるから意味を持つんだ」

「エリーニは引き際見極めるどころか引かなそうだから、今はまだ却下だ。ところで、フィレン手ずから何をもらったって？」

「蓑虫です。蓑虫を採取した現場に偶然通りかかりました。正確には、その後お茶会の予定があった第五王子の手から蓑虫を処分させたかった侍女の策略と判断しました」

「あー……フィレンは虫が好きだからな」

フィレン第五王子は御年六つにお成りだ。

私の王子は御年十八にお成りなわけだが、十九の誕生日は本人を前にして祝っても許されるだろうか。

「……全く、どうしてくれるんだ。お前達の所為で、客観的にも俺の心情的にも、もう引き返せなくなったじゃないか。お前達の優秀なおつむを墓守で終わらせたら、俺はセレノーンに重大な損害を与えた大罪人だぞ」

「ははは、ざまあみろ」

「ざまあみろ⁉」

「さて、王妃へ配慮しつつルリックに阿りたい連中の手腕を拝見してくるか。――楽しみだ」

「うーわー、悪人面ぁ……」

「今まで鳴りを潜めて我慢してやったんだ。これくらいは鬱憤を晴らさせろ」

ローブを払い、ざわめきを切り裂かんばかりに靴音を高らかに響かせたイェラの姿はあっという間に見えなくなった。

様子を窺いながらも、オルトスに直接話しかけるより対処の仕様があると判断した人々がそちらへと流れたからだ。衣擦れとざわめきがイェラを包むように流れていく様は、水面に油を一滴落とした光景に似ている。

「さて、と。イェラだけに任せるわけにもいかないからな。俺も少しは頑張るか」

イェラへ流れた分、多少見通しがよくなった視界が割れる。人の波がさざめいたのだ。ならばこちらにも油があるのだ。

「やあ、兄上。エリーニも、来てくれて嬉しいよ」

己のために空けられた道を当たり前に進んでくる第二王子は、今日も赤い。正直に言うが、色で判断している面も大いにあるので、赤以外を着られると誰だか分からなくなる。

かつんと靴音を止め、私達の前に立った第二王子に、赤いマントがふわりと追いつく。

「やれやれ、今日は兄上のエルビス就任祝いになってしまったな」

「物珍しいから少し騒いでいるだけさ。お前の夜会を乗っ取れるほどの話題性はないよ」

ひょいっと肩を竦めたオルトスに、第二王子は苦笑した。そして、通りのよい声をざわめきに隠すよう器用に沈める。

「兄上が王子としての任に就任してくれたから、母を止める口実を得られた。感謝するよ」

オルトスは緩やかに笑みを浮かべた。それはきっと笑顔ではなかったけれど、美しく精錬された、王子の笑みだった。

第二王子の強みは、彼自身の才もさることながら何より王妃の後ろ盾が大きい。だからこそ、一番の泣き所でもあったのだ。

現在王位継承権の一、二を争う王弟派の言い分は、第二王子は一人で立つ力がない、である。

オルトスが王子としての任を得ていない今までの現状であれば、王妃からの手出しは彼女個人のもので処理されてきた。しかし、オルトスが王子として立つのであれば、最下位とはいえ王位継承権を持つ王子への攻撃と見做される。彼女が擁立する第二王子を保護するための攻撃と見做せるのだ。

それは、王弟派へ絶好の口実を与えることに他ならない。

第二王子は、母親の守護がなければその地位に立てない軟弱者だとの誹《そし》りを受けるのだ。第二王子が年端もいかぬ幼子の時分ならばともかく、現状それは第二王子の足を引っ張るだろう。

これ以降、王妃からの攻撃は全て王弟派への援護となり得る。王妃は、オルトスと第二王子の成長によって、選択を迫られることとなった。

息子への愛か、王への恋か、だ。

オルトスへの攻撃を続けるのであれば、愛する息子の離反さえ覚悟する必要がある。

現状において唯一使える王妃への手札を、オルトスはここに来て初めて切った。


「お前のために選んだわけではないから礼は必要ないよ」

「そうだろうね。イェラがついに口説き落としたかな？　それとも――エリーニかな？」

「……さあてな」

黒の意匠を身に纏う彼の姿は、まるで喪に服すようだ。

厳かでいて、他の色を塗り潰す色。全てを凝縮し飲み込む強さを秘めた色を纏い続けた人は、全てを覆ったあの白の夜、誰よりも優しかった。

「けれど、その二人が、真《ま》っ新《さら》に生まれ変わりたいと思えない理由なのは確かだ。お前がどういうつもりでエリーニを求めたかは知らないが、この二人だけは渡せないし、渡さない。……諦めてもらうよりない。この二人は、私が最後まで連れていく」

私の頭から靴まで眺め下ろした第二王子の視線が、顔に戻ってきた。その瞳には大きな驚愕が映し出されていた。

「エリーニ、君、笑えたのか」

成程。どうやら私は笑っているらしい。しかし、それも当然といえるだろう。

「人間は、心が喜びに満ちると笑う生き物ですので」

オルトスの死によって築かれた〝幸せ〟とやらに連れていってもらいたいわけでは決してない。けれどどこの人の未来へ連れていってもらえるのなら、こんなに嬉しいことはない。

辿り着く先が地獄であったとしても、何の問題があるのか分からなかった。この人の未来を失う以上の苦痛がこの世にあるのだろうか。

そもそも私達は地獄の出身だ。

言葉もなく私を凝視していた第二王子は、ふっと全ての感情をしまい込んだ。こういうところは、オルトスも第二王子もよく似ていた。

「兄上、一度聞いてみたいと思っていたのだが、貴方は我が母を、王妃を恨んではいないのだろうか」

虚を衝かれたのか、オルトスは第二王子の前では珍しく、日頃イェラに見せているものと同じ顔になった。

第二王子は静かに答えを待っている。僅かな沈黙が場を支配した。

周囲は聞こえない会話に焦れ、取り巻く輪を縮めようとさざめきはじめる。彼らが互いの存在に背を押され、輪を縮めきる前に、オルトスは口を開いた。

「俺はあの方を許すつもりも、あの方に許されるつもりもない。だが、嫌いではないよ。陛下を慕いさえしなければ、もっと幸せに生きられた方だ」

「……どうやら私は、兄上への認識を改める必要がありそうだ」

それは確かに必要だろう。悪意があろうがなかろうが、誰かを見下していい理由にはならない。

オルトスを侮っていい理由など、世界中のどこにもないのだ。

万が一あったら、世界の果てまで追いかけて破壊する心づもりである。

「エリーニ。私は君を友人のように思っていたよ」

そうなのか。私はそう思わなかった。

そう思えば、オルトスが形容しがたい顔をしていた。私が何を考えているのか分かったのだろう。

私は機微が分からない生き物だが、オルトスは魔術を使わず人の思考を読めてしまうのだ。凄い。

尊敬する。好きだ。読めなくても好きだ。

「それに……君となら、楽しい人生が歩めそうだと思った心に偽りはないんだよ。今もね」

そうなのか。私はそう思わなかった。

そう思えば、第二王子が苦笑した。

「エルビスはいま、非常に荒れている。しかし重要な拠点でもある。どうか気をつけてくれ。次に会ったとき君がどう変わっているのか、とても楽しみだ。では、今晩は楽しんでいってくれたまえ」

いつも浮かべている笑みを貼りつけた第二王子が去っていけば、その道に合わせて人が流れていく。流れに逆らい、こちらにもぽつぽつと人が流れはじめた。

オルトスは人々をそつなく捌いた。

長らく公の場を退いていたとは思えない。公の場にいたときでさえ幼い時分で、手慣れる暇はなかったと思うが、やはりこの人は器用な人なのだろう。

そこに努力がないとは言わない。けれど、努力だけでは補えないものは確かにあるのだ。

ある程度会話をこなせば、会場全体の空気も落ちついてくる。会話を楽しむ者、軽食を嗜む者、輪から外れ一息つく者、誰かと連れ立ち静かに消えていく者、ダンスに興じる者、様々だ。

オルトスの元へも、猛禽類のような視線が集まってくる以外は一応落ちつきを見せはじめた。穏やかに会話に興じていたオルトスも、ようやく途切れた人の合間を縫って喉を潤し、細く長い息を吐いた。

「流石に堪えるなぁ。やっぱり俺は外交向いてないわ」

「素敵でした」

「ああ、うん、どうも……」

視線で呼び寄せた給仕に飲み終わったグラスを渡したオルトスは、ついでに私の分も引き取ってくれた。

いつもなら空いた手はすぐにローブの下に入れる。二課はそういう人間が多い。

手持ち無沙汰になった手の位置をどこに置けばいいのか悩むからという人もいれば、ローブの下で何かしらの作業をしている人もいる。会議中や集会中などは、ほとんど作業に費やされていた。それが分かっているから、合同会議中、一課長は二課のローブを捲って回る。起きているだけよしと思ってほしいというのが二課の言い分だった。

しかし、今日は手を引っ込められない。オルトスが握ってしまったからだ。

先ほどまで冷えたグラスを持っていた指先だけが冷たい手だ。魔術で冷やしたグラスは、握っていてもなかなか温まらないのである。

外はそろそろ白い息が目立つ温度になってきたが、会場内は暑いくらいなので飲み物は冷たい。

「次は様子見していた連中が流れてくるだろうが、もう少し頭を休めたいな。ダンスに付き合ってくれないか？」

それも一つの手だろう。身体面での疲労は増すだろうが、話しかけられることはないので精神面での疲労は軽減される可能性が高い。

「了解しました」

「助かる。ところでお前、ダンスは踊れるのか？」

少し、考える。

「二課の人間は、たった一人を除き総じてその手の技能を習得する才に見放されています。よってこのような場を取り繕うための魔具の開発が進められております」

「なんてこった」

「ダンスが可能な二課隊員の動きを魔石に記録し、この影に埋め込みます。影と身体を連結させ、操り人形にする仕様です。新しい型が出る度に更新が必要であり、突発的な動きに対応できない欠点があります」

「つい最近の話である事実に驚きを禁じ得ない……」

「唯一ダンスが可能な二課長は、踊りすぎて疲労骨折しました」

「酷い話だ……」

「皆が一丸となって作業に取り組んでいるため、とても楽しいとはしゃいでいました」

「酷い話だ！」

「ちなみに二課長は男性担当部分しか担っておりませんので、女性担当部分は何の情報もありません」

ダンスの輪へ向かっていたオルトスがぐるりと振り向いた。

「つまり」

「私は一切踊れません」

「よーし、長いロープと俺達の体格差に感謝しよう」

曲の切れ目で輪に交ざったオルトスは、私の腰と重なった手に力を籠めた。本来手は軽く重ねるだけなのだが、しっかり握られている。

「全部俺が振り回すから、お前は自立に必要な分以外の体重は全部俺に預けろ。後はひたすら慣れろ。基本的には同じ動きの繰り返しだ。音楽に合わせて単調な動作を繰り返す作業になる。いくぞ」

音楽に合わせてオルトスが動く。オルトスが動けば私も動く。

足は床についている時間より浮いている時間が多いのではないかと思うほど、私は何もしていない。これでは精神面でも休息にならないのではないかと心配になった。

しかし、不思議なことにオルトスは楽しそうだ。

「疲れませんか？」

「流石に、この短時間でお前程度の軽さを振り回しても疲れないぞ。お前、俺のダンス練習相手誰だと思ってるんだ。イェラだぞ。ちなみにあいつの練習相手も俺だから、俺達はどっちの担当も踊れる……悲しいな」

「成程。ダンスはイェラに習えるということですね」

「俺に習うという発想はないのか」

「初めて思いつきました」

オルトスの手を煩わせるという発想がなかった。

くるくる回る視界に入る女性陣の動きを把握しようと努めていると、不意に動きが変わった。腰に回されている手に力が籠もったのだ。更に密着した身体は、若干動きづらい。

「踊っている相手に集中」

「はい」

ダンスにおける暗黙の規則というものだろう。今まで軒並み断ってきたから全く知らない。知識の範囲外だったが、これからはそうもいかないのだろうか。

「俺とのダンスでお前は踊れると思われたら厄介だな。恐らくこの後から誘われはじめるだろうが、適当に理由をつけて全部断れ」

「はい。黒を纏った人間以外とは踊らないと」

「………黒髪が名乗りを上げたらどうするんだ？」

「考えていませんでしたが、そこまで限定している私に対しあえて踊ろうと食い下がる人がいるとは思えません」

今までもそんな人間はいなかった。基本的に研究室から出なかったし、出席が必須な集まりは会議や集会などがほとんどだったので、ダンス自体がない場合も多かったが。

ダンスがある場合も、断れば皆すぐに引いた。その代わりなのか話は長かった。耳の遠い人間も多く、肩や腰を抱いて近くで話したがり、煙草の臭いが移るので困った。実験で匂いの変化が分かりづらくなるからだ。

そんなことを、オルトスに問われるままつらつらと話す。踊りながら話すと途切れ途切れになるので、何度か話を打ち切ろうとしたが、その度にオルトスが促すのでつい続けてしまった。

音楽が再びなだらかになる。曲の切れ目になれば、先ほどまで踊っていた組は、ダンスを終了する組と継続する組に分かれていく。オルトスと私は終了した。

オルトスは疲れていないだろうかと思ったが、息も切れていないし平気なようだ。

ダンスの輪から外れ、遠巻きに見ていた人々の足がこちらを向いたのを見て取ったのか、オルトスは向かっていた方向を変更した。

どこへ行くのだろうかととりあえずついていけば、通りすがりの給仕から飲み物二つを浚い、カーテンの裏へと移動した。

ここは小部屋になっており、休憩所として使用されている。普通はあらぬ誤解を避けるため、出入りの際は男女が重ならないよう気をつけるそうだ。面倒なしきたりだと思う。

カーテンは下半分が開いていれば空いている合図となる。オルトスは擦り抜けざまに紐を引っ張り、カーテンを落とした。

カーテンが示していた通り、壁に添って置かれている長椅子には誰もいない。

長椅子の前にある小さなテーブルに飲み物を置いたオルトスは、どっかり長椅子に座った。ほぼ倒れ込む勢いだ。うつ伏せに近い状態である。

その体勢のまま、長椅子がばしばし叩かれた。どうやらそこに座れという意味らしい。

断る理由もないので座った。すると、腕の隙間からじっとりとした視線が私を見上げる。

「…………いろいろ、いろいろ言いたいことはある。が！」

がばりと起き上がったオルトスに驚く。自然と伸びた背筋の上を、動きに合わせた髪が滑り落ちていった。

「通常触らせていい箇所はなし！　握手時掌のみ！　ダンス時掌と腰のみ！　復唱！」

「通常触らせていい箇所はなし。握手時掌のみ。ダンス時掌と腰のみ。復唱」

「復唱はいらん！」

私も言った後に気がついたが、勢いに飲まれてつい全部を復唱してしまったのだ。

私が驚いている状況を察したのか、オルトスは持ってきた飲み物の一つを私へ突き出し、もう一つを一気に飲み干す。

私が飲んでいる間に長く深い溜息をつき、背もたれに体重を預けた。壁に描かれた紋様を余さず見ようとしているかの如く、天井まで仰いでいる。

「お前、エルビス行く前に説教だからな……無防備が過ぎるだろう」

「暗殺への危険性が薄かったもので」

「そうじゃない……そうじゃあない……」

仰いでいた顔は、今度は両手で覆われて俯いてしまった。

「駄目だ……お前を見ていると死んでいる場合じゃないと心底思う……お前を置いては死ねないぞ……」

「何故その結論に至ったかは理解できませんが、至った結論は大変喜ばしいです」

「お前よく、よく無事で……いや待て、もしかして無事じゃなかった⁉」

落ち込んだり青くなったり、忙しい人だ。具合が悪いわけではなさそうだから、そこは安心する。元気なら何よりだ。

「おい！　全部、全部吐け！　お前の認識じゃなくあったこと全部だ！」

折れていないほうの肩を掴んで揺さぶってくるオルトスの力は強く、視界ががくがく揺れる。しかしダンス時も今も、魔道具で補助しているとはいえ負傷箇所には全く負荷をかけないので凄い。

だが視界は大惨事だ。

カーテンが激しく揺れたのはだからかと思ったが、続いて聞こえてきた声に揺れが原因ではないと知った。

「いつまで休んでるんだ！　僕一人じゃ流石に限界があるぞ！」

「イェラ！」

「あ？」

「こいつ無防備が過ぎて性質《たち》の悪い男共の格好の餌食だぞ⁉　そもそも情操教育がされてない！　無闇に触られてる自覚が一切ない！」

何故か泣き出しそうな顔になったオルトスに、機嫌悪そうに聞いていたイェラは少し考えた。

「お前が触ったのか？　だったら責任取れよ。結婚おめでとう」

「俺だったらこんなに嘆くかっ……いや嘆くな…………それはともかく、知らん男共だ！」

「……成程。後で説教と講義だ。とりあえず、オルトスと僕以外に触られそうになれば避けろ。それで基本的に事足りる。お前の普段の言動と立場なら、その程度の無礼は納得と共に許される。以上、さっさと出てこい！」

首根っこ摘まんで休憩室から叩き出された。

全体的によく分からなかったが、要約すればオルトスとイェラ以外と踊らなければいいのだろう。それは願ったりだ。ダンスは得意ではない。

しかし、オルトスと踊るのは楽しかった。負担を全て担わせてしまったのは申し訳ないので、のちほどされるらしい説教と講義の後にダンスの授業を入れてはもらえないだろうか。

その後、夜会から退出する最後まで、私の隣には必ずオルトスかイェラがいた。

後々の話し合いで、特に問題はなく無事だったとの結論が出たと思うのだが、そもそも何が問題か分からないと言った途端、王都出立まで二人からの講義と説教は続いた。

私の話が長いとオルトスは何度も言っていたが、オルトスとイェラも相当である。


王城を出る用意をし、オルトスとダンスの練習をし、説教をされ講義を受け、影を調整し、委託できる研究は委託し、ひょっこり現れては連行されていくキンディ・ゲファーを見送り。

くるくるくるくる目まぐるしく変わるのは、視界か環境か。


その日は雪が降っていた。

今日は王城を出発する日なのだが、見事に初雪である。

イェラはうんざりした顔をしていたが、オルトスは何だか機嫌がよさそうだ。

「何せ俺の味方は、雪の精に氷の精だ。これは当然の結果だろ」

「僕は別に名乗っていない」

「私もです」

人は自分に興味を持たない相手に、冬に関する称号をつけたがる生き物のようだ。

「俺は冬が好きだからいいんだよ！」

「別に僕だって冬は嫌いじゃないぞ。何せ、僕の友達が生きて帰ってきた季節だからな」

「私もオルトスに会えた季節ですので好きです」

「…………お前達の、その、無表情で人を喜ばせるの、何なの？」

まだ積もるほどの雪ではない。空気を彩り、寒さを添えるだけのささやかな雪だ。

けれどエルビスでは既に積もっていると聞く。こんな時期の移動はよっぽどでないと推奨されない。危険度もそうだが、純粋に億劫だからだ。

私達は馬のみ。旅に必要な荷以外のものは別で送られている。

そちらは盛大に護衛がついているが、こちらは私達のみであった。護衛の話もあったが、まずその護衛を信用できる段階にないので仕様がないのだ。

荷は私の研究物もあり、失えばその責任を問われるらしく、かなり厳重な警備がついたので大丈夫だろう。もし全て駄目になったところで、私の頭が正常ならばどうにかなる。

こちらも生きていればいいので何とかなるだろう。

「結局王妃は最後まで出てこなかったな」

「まあな。あの方にとっての俺は、王城に存在すべきではない身分卑しいゴミだ。わざわざゴミ処理に自身が出てきはしないだろう。だからこそ、あの方は王妃なんだ」

その言には矛盾がある。自分で言っていて、オルトスも分かっているのだろう。

出自だけで判断する人ならば、第二王子の交友関係にも口出しをしていたはずだ。何せ、目的は知らないが、私という人間に求婚したのだ。

けれど彼女はそれを咎めはしなかった。彼が私の元へ話をしに来ていたときも、何一つとして邪魔をせず、なおかつ私と会話をしてみせたのだ。

私は王を見たことがある。確か、雷雨披露の場だっただろうか。

王は、オルトスによく似ていた。若い頃の肖像画はオルトスとそっくりだ。

自分が嫁いだ好いた人とそっくりな子どもを他の女が生んだ事実は、王妃の人生にどんな雪を降らせたのだろう。私を生んで命に雪を降らせた母は何を思ったのだろう。

白い息を吐き、王城を見上げる。

考えても詮なきことだ。答えなんて私の中から出てくるはずはない。かといって、オルトスの元を離れ、問いに行きたいほど意味を持つものでもない。

オルトスを見れば、同じように王城を見上げていた。

けれど、その瞳はゆっくり閉ざされた。何かを閉じ込めるように閉ざされた目蓋の上に雪が降る。

何物も区別せず全てを覆い尽くす雪は、かならず終わりを呼ぶ。季節であったり、命であったり。様々だ。

けれど、ゆっくり目蓋を開いたオルトスは笑っていた。

「行こうか」

私達にとって、この季節はどこまでも始まりでしかないのだ。

人生に雪を降らせ続けられた人は、どこまでも温かで柔らかな色の髪を揺らし、それ以上に優しい瞳をして私達を振り向く。

「さて、エルビスの地獄はどんなもんだろうな。ここ以上の根性を見せてくれるなら笑うぞ」

「駄目そうなら雪に紛れて逃げ出せばいいさ。真っ新な地獄もきっと悪くない」

「そうか……そうだな」

絶え間なく降り注ぐ雪を受けながら、オルトスはどこまでも楽しそうだ。

「こんなに身軽になれるなら、魂が欠けるのも悪くない」

「悪いわ、ぼけなす」

「悪いです」

「お前達仲良しだなぁ」

欠魂の事実自体は許しがたい。許しがたいのだが。

目を細めてオルトスを見るイェラは、それ以上何かを言うことはなかった。

結局のところ、私もイェラも、オルトスが楽しそうなら何でもいいのだろう。だから、この人が私達を連れていくと決めてくれた今、恐ろしいものは何もなかった。

私達の前に広がるのは真っ新な地獄だ。一から始めることは叶わず、望まず。続く生はどこまでも気難しい。

それでもこの人が笑うなら、きっと地獄も悪くない。

そもそも、私達の生は大抵が地獄で構成されてきた。各々の地獄を生き抜いたうえで、オルトスを主軸に三人で集った。

だからこれはきっと、形容するならば幸福と呼ばれる何かだと、思うのだ。

特別書き下ろし　外伝　新魂旅行

そこは街道沿いにある宿だった。大きさはそれなりの、貴族の屋敷よりは小さく、一般家庭と呼ばれる家よりは遙かに大きく。そんな、寂れているとも繁盛しているとも言いがたい宿だ。

そんな宿だが、今日は繁盛していた。

扉をくぐるとすぐにある受付と食堂を兼ねた空間には、人がひしめき合っている。受付にはこの時期には少ないはずの旅人が列をなし、まだ食事時間には少し早いというのに、食事を待つ人々で席も埋まっているほどだ。

大きな街道に沿って建っているこの宿は立地に恵まれているとはいえ、普段はこのような混みようを見せない。

この宿は、普通の宿だ。貴族であっても妥協で宿泊しようと思えば選択肢に入れられ、平民であっても手持ちがあれば選べる。この宿でなければならないほどの特色はなく、多くが選択肢に入れるもここでなくてもいい。立地に恵まれてはいるが、余裕を持って進む旅人達はここより手前の宿を選び、先を急ぐ旅人達はここより先の宿を選ぶ。

ここはそんな宿だ。この手の宿は街道沿いに溢れている。

そんな宿であるはずのこの店が、今日は人でいっぱいになっている。

理由は簡単だ。

その理由を犬のように飛び散らせたオルトスは、勢いよく外套のフードを外した。

「くっそ」

ぼたぼたと水を滴らせるオルトスの横で、イェラも鬱陶しそうに水を払いながらフードを外す。

「かなり濡れたな」

今日はエルビスへ向かう旅の途中であり、出発の日でもあった。最初は順調だった旅路だが、王都の外れに差しかかった辺りから雲行きが怪しくなった。

さっきまで雪を降らせていたはずの空から、突如大粒の雨が降りはじめたのだ。文字通り雲行きが怪しくなった空から解き放たれた豪雨により、旅人達は急遽予定変更を強いられ、手近な宿へと殺到したのである。

この時期の雨は、受けると身体への負担が大きい。人々は慌ててこの辺りの宿に飛び込んだ。

それは私達も同じだ。

オルトスとイェラは、川に突き落とされた子どものようにずぶ濡れになっているというのに、互いに視線を合わせると小さく吹き出した。そのまま額をぶつけ合い、くすくす笑う様も、まるで幼い子どものようだった。

「ひとまず部屋が取れるか聞いてきます」

ぼたぼたと床に水が落ちる重たい外套に張りつかれつつ、受付を指差す。

今日は本当に誰も予想がつけられないような雨だった。何せ、私達が王城を出たとき、空は雪模様だったのだ。それが突如豪雨となった。空は大量の雨を降らせるような雲ではなかったし、何よりそんな気温でもなかった。

雪がちらついていた日に、夏の夕を彷彿とさせる雨が降るはずはない。明らかに魔術師が関わっている案件だ。

つまりは王妃の嫌がらせである。

日に何度も暗殺者を送ってきていた王妃が、この程度の嫌がらせしかできていないのはオルトスの作戦が有効だった証左だ。

何年間も、それこそ彼が物心つく前から、命と尊厳を壊そうと執着し続けてきた人間が嫌がらせの域を出られない手しか選べなかった。

それは、オルトスとイェラにとってどれだけの愉快さを齎すか。悪戯が成功した幼子のような顔で笑っている二人を見ればよく分かる。オルトスにはそのまま笑っていてもらいたい。

オルトスにはずっと楽しい時間を過ごしていてもらいたかったのに、私が声をかけた途端オルトスは私の外套を引っ張った。水を含み重さを増したフードはその衝撃で脱げ、べちゃりと背中に張りついた。

「お前は先に身形《みなり》をどうにかしろ」

そう言うや否や、オルトスは自身の外套をイェラへ預け、受付の列に並んでしまった。王子が率先して小間使いのような役割を担うのはいいのだろうか。

しかし、オルトスの言葉は絶対だ。私は身形をどうにかしろと言われたので、自分の身形を見直すことにした。濡れそぼった外套が重い。以上だ。

「ひとまず、風邪をひく前に外套を脱げとあいつは言ってるんだ」

成程そうなのか。全く思い至らなかった。

イェラに言われ、外套を脱ぐ。重い。

手に持った外套からも、私達の服からも水は滴り落ちている。突然の雨に降られたのは他の旅人も同じで、宿屋内は浸水したかの如き惨状だ。

だが、こういう宿には雨の日に備え防水の術がかけられている。ここも例に漏れずそのようで、一見ただの木材に見える床へぼたぼた滴り落ちる水は、硝子の上を滑るように流れ外の溝へと排出されていった。

それをじっと見つめ、考える。こういう術を身体にかけられるととてもいいと思うのだ。

雨に限らず、身体や精神に害為す全てを弾けるような魔術を。

そう考えたことは一度や二度ではない。だが、人の身に直接魔術を施すのは、対象者への危険を伴う。防水効果のある塗料は桶に塗れば効果的だが、人体に塗布すれば様々な問題が生じるのと似たようなものである。

だが身体に防壁効果のある術をかけられると便利だ。今オルトスにつけている影と合わせて使えば、生命の危険度合いは格段に下がる。体内にかけられれば毒をも恐れる必要はなくなる。更に毒も含め、攻撃してきた相手へ呪詛返しの要領で跳ね返せれば完璧なのだが、現段階の魔術では夢物語だ。

なんとも口惜しい。自分の才のなさが悔まれる。

「あー、悪いねお客さん方。ここまで！　ここまでのお客さん分しか部屋はありませんよ」

足元を流れていく水を見下ろしていると、大きな声が聞こえた。オルトスがいる方向から大声が聞こえると、私もイェラも反射的に視線を向ける仕組みになっている。

私とイェラが弾かれたように顔を上げた先では、この場の誰より恵みの雨を受けた店主がオルトスの前で両手を大きく振っていた。

「おいおいおやっさんよぉ。そりゃねぇだろ。こんな雨の中追んだされたら風邪ひいちまうよ」

オルトスの後ろに立っていた中年の男が、オルトスを押しのけ店主に詰め寄る。

「すみませんねぇ。こっちとしても心苦しいんですが、部屋がないんですよ」

「雑魚寝でいいからさぁ」

大声とは裏腹に、男の声はどこか泣き出しそうだった。よほど雨の中に戻りたくないらしい。

「おう、おっさん。だったらさ、俺と相部屋でどうだ？　その代わり、宿代出してくれよ」

「おう乗ったぁ！」

食事を待っていたらしい若い男が手を上げながら声を出した瞬間、男は反射のように返事をした。

その問答を皮切りに、店主から線引きをされた客達が、既に部屋を確保できている客達相手に交渉へ向かう。

食事処はさっき以上に騒がしくなった。

そんな中、男に押しのけられたオルトスは流れるように店主の元へと寄っていく。

「なあ、店主さん」

「はい？」

「俺達三人なんだよ」

店主は部屋の交渉と気付き、慌てて一歩下がる。

「あー、駄目駄目。駄目ですよ、お客さん。後はお客さん同士で決めてもらわないと不公平になって大事になりますからね」

「あんたも大変だよな。だけどさ、俺の連れを見てほしいんだけど」

声と同時に体重の置き場を変えたオルトスは、店主が下がって開けた一歩をあっという間に詰めた。その手が私とイェラを指す。困った顔でオルトスの指先を追った店主が、うっと呻く。

「相部屋はさ、流石にさ」

「うっ……ぅ、むぅん」

「俺達兄弟なんだ。な、似てるだろ？」

「ああ、確かに。みんな綺麗な顔してますし、雰囲気もそっくりだ」

オルトスは少し嬉しそうな顔をした後、すぐに表情を作り替えた。

「俺達、これから祖父母の家に行くところなんだ。祖父の具合が悪くてさ……両親は一足先に向かったんだけど……もう、長くないらしいんだ。だから俺達も呼ばれて……この雨の中次の宿まで行ったら、絶対風邪をひくと思うんだ。だけど、風邪ひいた状態で危篤状態の祖父に会うわけにはいかないし、だからといって風邪が治るまで待っていたら……きっと間に合わないんだ」

オルトスは器用に表情を変えている。思わず駆け寄ってしまいそうな悲愴感がある。

だが、私達が目指す先はエルビスで、待っているのは危篤状態の祖父ではなく、これまでの就任者を何人も屠ってきたエルビスの民である。

確かに風邪をひいた状態で目指したくない。風邪をひいた状態で会うわけにはいかない。風邪が治るまで待つわけにもいかない。オルトスの言い分は正常だ。

危篤状態の祖父がいないだけである。

店主は弱り切った顔で、オルトスと私とイェラを交互に見た後、料理を頼みつつ交渉に励む他の客達をちらりと見た。

「頼むよ、店主さん。物置でいいんだ。俺はともかく、せめて弟妹達は屋根のある場所にいさせてやりたいんだ」

その店主よりも弱り切った顔をしたオルトスが詰め寄る。ちなみにオルトスが屋根のない場所にいるのなら私達も同様の場所に立つこととなるのだが、オルトスは分かって言っているのだろうか。

イェラが舌打ちすると、さっと視線を逸らしたのできっと分かっているのだろう。

店主は何度か同じように視線を巡らせた後、深い溜息をついた。

「分かった、分かりましたよ。本当に物置でいいんですね？」

「ああ、助かるよ。ちゃんと正規の部屋代三人分払うからさ」

にこやかに告げたオルトスに、店主はぱっと表情を明るくした。

交渉成立である。

正規の宿泊客でないとはいえ、料金は正規の値を支払ったためか、店主の対応は緩和した。寧ろ気を配っている類いといえる。

食事処の使用も、宿の施設である浴場の使用許可も出た。

全員濡れ鼠なので早急な入浴が推奨される。私達は店主が一夜開放した部屋に立ち寄ることなく、浴場に直行した。

だが、入浴において誰が見張りに立つかという問題が立ちはだかった。

私はオルトスとイェラが入っている間見張りに立つ予定だったが、オルトスが猛反対した。ならばと私とオルトスが入っている間イェラが立つと宣言した。オルトスが猛反対した。私とイェラが入っている間オルトスが立つと意気揚々と口に出される前に私とイェラが猛反対した。オルトスは嘆いた。

その結果、誰がどう立っても角が立つとイェラが判断し、全員同時の入浴となった。イェラ曰く、「この問答で風邪ひいたら馬鹿だろ絶対」とのことだ。次いで「医者として許しがたい」、最後に「お前と同じ馬鹿さ加減になりたくない」とのことだった。オルトスは泣いた。

浴場は軍の施設とは比ぶべくもない広さであったが、宿の施設らしく男女で分かれ、両者一般家庭の浴場とはこれも比ぶべくもない広さがあった。私が入っているほうには、十数人の女達がいた。この時期の旅は体力を使うので、基本的に女子供はよほどの事情がないと旅には出ない。だから、これは格段に多いほうだ。

オルトス達が入っているほうは、もっと混み合っているだろう。オルトスがゆっくりできるといいなと思う。

状況と、既にオルトスに見てもらったこともあり、髪の手入れもそこそこに私は浴場を出た。私より先に入っていた女性達の誰よりも早く浴場を出たのに、何故か既に支度を終えていたオルトスとイェラが立っていて、驚く。

「お前、はっやいなぁ」

オルトスも驚いていた。当然ながらまだ乾ききっていない髪から滴り落ちた水が、肩に掛けられたタオルを湿らせていく。

「早いのはオルトスとイェラかと」

「いやまぁ、なぁ。一応な。風呂上がりの集合場所が男女混合になっている場合、女一人がうろついているといろいろ面倒なんだよ」

「オルトスに面倒をかけてしまい申し訳ありません。今後そのようなことがないよう、面倒の内容を教えていただけないでしょうか。対処します」

「うん、分かってない段階で対処不可能なんだわ」

私は困った。対処不可能では、ずっと面倒をかけるということだ。そんなことは許されない。私がオルトスの面倒をなくすため尽力するのは当然だが、私がオルトスに面倒をかけるなど許されるはずもない。

私では対処不可能ということは、高位の魔術師でなければ扱えない高度な魔術が必要なのだろうか。確かに私には魔術師としての才はない。だが魔道具であれば人並みには扱えるつもりだ。

「魔道具を使用しても対処不可能でしょうか」

「魔道具なぁ……お前とんでもないもん作りそうだから不可能ってことにしとこうな」

これ以上話すつもりはないのだろう。オルトスは凭れていた壁から背を離し、歩きはじめた。オルトスに面倒をかけたくはないが、手間もかけたくはないので後でイェラに聞こうと心に決める。イェラは終始無言だった。一応視線を向けてみたが、虫を払うように手を振り、視線を払われた。どうやら彼もまた、私への説明に口を開くつもりはないらしい。

廊下には意外と人がいた。

脱衣所には暖房器具があったが、廊下にはない。ここが建物内であり浴場の側なので外に比べれば格段に温かいが、それでも雪がちらつく気温が通常となった今の季節では相応の温度となる。夜の冷え込みが濡れた髪や風呂上がりの身体を芯から冷やそうとしているのに、やけに人が多い。

きっと連れを待っているのだろう。男ばかりなのは、男のほうが髪が短いので、女より時間が短いのだろう。

そう思っていると、オルトスの溜息が聞こえた。きっと疲れているのだろう。早く暖かい場所に行って髪を乾かし、食事を取り、ゆっくり休んでほしい。

誰かを待っていると思った男達は、女湯から誰も出てきていないのにぞろりと移動しはじめた。進行方向が同じようなので、全員食事処を目指しているのだろう。

隣を歩いていたオルトスが歩を緩め、私の半歩後ろに位置を変えた。オルトスに合わせ私も歩を緩めようとしたけれど、オルトスは私の背を押した。

「はいはいはいはい。腹減ったからとっとと夕食にしような。あー、寒い寒い」

そう言いながら私の背を押して歩くオルトスに溜息をつき、イェラは先頭を進んだ。

その辺りで、気がついた。

廊下に立っていた男達は、誰かを待っていたわけではなく私で遊びたかったのではなかろうかと。

ここは王城ではないので私と交際開始して賭けに勝ちたいという男はいないはずだ。私という固有名詞を知っているのならばまた話は変わってくるが、恐らく違う。

私の資産を求めている人間は、もっと勢いがある。そもそも私を知っているならば、共にいる二人が誰かも分かっているだろう。その場合、少なくともイェラに粗雑な態度を取りはしない。オルトスを粗雑に扱ったら許さない。

そうなると、残っているのは私の性か肉体的特徴が気に入ったという結果くらいだろう。


食事処の使用許可は出ていたが、人が多く三人纏まって座る席を確保できそうになかったため、部屋に持ち帰って食べることにした。

注文した料理ができるまで、混み合っている食事処の片隅で待つ。この場で食事を取っていく者は椅子に座り、私達と同じように部屋へ持ち帰る予定の者は皆、壁際で気怠げに佇んでいる。

私達の後をぞろぞろついてきていた男達も、人目が多くなったからか空腹を思い出したのか、そこでようやく背後から散っていった。

調理場が一番よく見える位置に陣取ったオルトスとイェラは、何気ない風を装い調理風景を眺めている。一見するとなしに見ているようだが、調理人の一挙一動を見逃さないほどに視線は鋭い。

私は毒を検知できる魔道具を作った。そして彼らもそれを使用していた。それでも視線は調理人から外れない。魔道具で毒は検知できても、誰がどの段階で入れたかまでは把握できない。そもそも入れられないのが一番だ。

魔道具には、まだまだ改良の余地がある。私は頭の中で研究の優先順位を入れ替えた。

「オルトス」

「ん？」

「私はオルトス以外と交際するつもりはありませんし、私で遊ぼうとする人間の相手をするつもりもありませんので対処は可能です。今までも対処してきました。曲がりなりにも私は魔術師です。オルトスの手を煩わせる必要はありません」

そう思ったので告げたのだが、オルトスは驚いた顔をした。

「まださっきの話題考えてたの？　律儀なとこほんと可愛いよな、お前」

「律儀と言うべきかぽんこつと言うべきか悩むところだろ、これ」

イェラは欠伸をしつつ、壁から背を離した。どうやら私達の料理ができたようだ。

私達はここで食事をするわけではないので、食事は三人分纏めて籠に入って出てきた。それを受け取りに行ったイェラの背中を見送りながら、オルトスは腕と首をゆっくり伸ばした後、力を抜いた。

「俺が好きでやってるからいいんだよ。こういうのは手間とか煩わしいとかそういうんじゃないの」

「ではどういうものでしょう」

「いろいろあるが、全てひっくるめるなら独占欲だな。ま、あんまいい感情じゃないからお前は忘れておいてくれ」

　私はオルトスの所有物なので、管理者責任を果たそうとしているのだろう。オルトスは責任感が強い人だ。

「……お前、なんか妙な方向に考えてそうで怖いな」

「オルトスは私の管理責任者としての義務を押しつけられた不運な人だなと思っています」

「ほらねー⁉」

　人が多い場所なので、いつもより控えめのぎゃんっとした嘆き声を出したオルトスは器用だ。

「うるさい」

「いっだ！」

　オルトスはいつもより控えめに嘆いていたけれど、籠を持って戻ってきたイェラに臑を思い切り蹴り飛ばされた。イェラは痛みに跳ね飛んだオルトスに一瞥もくれることなく通り過ぎていく。

　その後を、蹴り飛ばされた足をひょこひょこ引き摺りながらオルトスが続いた。そのついでに私の腕も掴んでいったので、必然的に私の足も動いた。私は自動でオルトスを追尾していくので、オルトスの手を煩わせる必要はない。だがオルトスは、今までの経験から自分の持ち物はしっかり持って移動する癖がついているのかもしれないと思い、黙る。

どんな理由であれオルトスが私を連れていってくれるのなら嬉しいので、オルトスが問題なければ私も問題ないのだ。

店主が私達に開放した部屋は、宣言通り物置だった。恐らく後から増設されたのだろう。建物内と繋がってはいるものの、小屋が建物に張りつく形をしている。

しかし、物置といっても放置されて久しい荒れ方はしていない。まるで昨日まで人が住んでいたかのような状況だ。

埃は積もっていないし、虫はいないし、屋根に穴は開いていないし、壁に罅は入っていないし、床は腐っていないし、黴《か》びてもいない。孤児も浮浪者も住み着いていない、ゴミも捨てられていない、死体が放り込まれもしていない。

ただ物が多いだけだ。

詰まれた箱は、イェラから籠を受け取ったオルトスが適当に足で寄せていく。私とイェラはその間、部屋の中を調査した。結果として、オルトスを害為すような仕掛けは見つけられなかった。

ただ寒いだけだ。

部屋の中には、店主が炭を入れた鉢を用意してくれていた。上には網と水の入った鍋も載っていたので、暖房器具及び調理器具としても使える。旅人は自分達である程度の手持ちがあるので、これだけあれば充分だ。水は足りなくなったらもらいにいけばいいので、今晩の宿は不便なく過ごせそうだ。何よりである。

オルトスが籠の中身を並べ、イェラが火の管理をしながら湯を沸かしている間、私は魔術を使い部屋の温度を調整していた。まだみんな髪が乾ききっていないので、風邪をひかないよう気をつける。髪の余分な水分だけを狙って排出する術は、生活の一部を再現するだけなのに高位魔術の部類に入るのだ。

現状私が容易に行える魔術はせいぜい部屋の空気循環と、髪を拭いていたタオルの水分をこまめに飛ばし乾かすくらいである。その要領で服は乾かした。だが最初から水分を保持し、また一定量の水分を保持し続けなければならない生体から不要な水分だけを除くのは本当に難しいのだ。

魔法ならば必要なのは力と感覚だけなので、それほど難しくはないだろうというのが魔術師の見解である。

だが私は魔法を使えず魔術師としての才も貧相だ。できることはほとんどない。

やりすぎれば生体は干からびる。私はキンディー・ゲファーではないので、人間の干物を作る予定はない。いつか個々に適した水分量を自動的に計算し、勝手に髪を乾かしてくれる機能を影につけたい。そうしたら濡れてもオルトスは風邪をひかないし、日々の煩わしさに時間を取られなくていいと思うのだ。

夕食は、湯を沸かしている鉢の周りに並べて取った。床には布を敷き、その上に広げた料理をオルトスは満足げに食べている。オルトスが嬉しそうなのは何よりだが、食事内容も場所も状況も、王子が過ごす環境ではないことは確かだ。

「雨のおかげでいい部屋取れたな」

オルトスにとって、物置はいい部屋らしい。

「まあな」

イェラにとってもいい部屋らしい。

「窓がない分気が楽だ」

続くイェラの言葉に、成程と納得した。オルトスにとっていい部屋とは、窓がない部屋だと記憶する。

窓の硝子に強化魔術を付着させておけば話は違うが、基本的に窓は内の様子を外に見せるうえに防御が薄い。光と風を取り入れるため設置されている物だから当然だが、オルトスのような生活をしてきた人にとっては注意すべき存在となる。

「イェラはともかく、お前をこんなところで寝かせるのは罪悪感があるけどなぁ」

そう言って私を見たオルトスを、私は不思議な気持ちで見つめる。

「屋根があり、雨漏りせず、隙間風が入らず、暖房器具があり、オルトスがいます。とてもいい部屋だと思います」

「あ、はい」

総合評価二点の部屋も、オルトスがいれば百点となるのだ。これだけいい部屋の条件を満たしているこの部屋がいい部屋ではないわけがない。

「僕もいるぞ」

「うん、見れば分かるね。寧ろお前がいなきゃこの状況かなりまずいからね」

「どうでもいいが、寝る並びはどうするんだ」

「扉、箱、俺、箱、イェラ、箱箱箱、エリーニだろ」

頭の中でオルトスが語った状況を組み立てる。オルトスが扉の前は一番許されないと思うのだ。

「僕は挟むな馬鹿野郎。扉、僕、お前、箱、エリーニだろ、せいぜい」

「扉、私、イェラ、オルトスでは」

この中で一番死んでも問題ないのは私だ。オルトスは当然だが、イェラは宰相の息子で、何より
オルトスの大切な親友だ。

これが最適解だと思ったのだが、オルトスは不機嫌な顔となった。怒っているにしては威力が弱
い表情をしているので、拗ねているのかもしれない。何が意に添わなかったのか分からない。

「お前は俺が好きだと言った割に、イェラを挟むのはどういう了見だ」

「オルトスが最優先の了見です」

当たり前の話だ。

「もう面倒だから僕、箱箱箱箱箱箱、エリーニ、お前でいいだろ」

「箱積みすぎだろ」

「心底関わりたくないという僕の気持ちを思い知れ。分かっていると思うが、手を出すなら防音は
張れよ」

「出っ……大馬鹿野郎！　最悪！　お前最低！」

ぎゃんっとオルトスが怒鳴る。オルトスが口を開いた瞬間に張った防音魔術壁が間に合った。

私が魔術を作動させると同時に自身の耳を塞いでいたイェラが、うるさそうに片目を細める。

「その座は埋めておいたほうが、余計な手間が省けていいだろ。適当な女宛がわれて身動きを封じられるほうが面倒だ。エルビスで押しつけられても面倒だが、王妃越しに手を回されたらもっと厄介だろうが」

「手を出してくださるんですか？　オルトス、好きです」

「何……何なの……お前ら何なの！」

オルトスは人の思考を読む能力があるようだが、それでもやはり言葉にするほうが齟齬《そご》がない。だから私は、伝えたいことがある場合は音にするようにしている。

だから今回もそうしたのだが、オルトスはがっくりと項垂れた。そしてすぐに顔を跳ね上げる。

「お前らがいるのに孤軍奮闘している気持ちになるのはどうしてだ！　お前らがいるのに！」

「仕方がないだろう。現状お前より、僕とエリーニのほうが気が合う」

「納得いくか！」

「お前の納得が必要だったのなら申請してやろうか」

オルトスとイェラの会話は早い。会話とは互いが理解するためにあるので、互いが理解していれば互いだけが理解していても問題はない。

長い間、二人だけで生き延びてきた人達だ。二人だけで構成された会話の流れがあるのは当然だ。

オルトスが元気なので何よりだ。楽しそうではないがつらそうでもないので何よりだ。

「お前ら俺のこと何だと思ってんの⁉」

「好きに決まってるだろ」

「私も好きです」

それ以外の何があるというのだろう。

だからそう答えた。イェラもそう答えた。

だが王子は答えない。

何かを叫ぼうとしていたのだろう。中途半端に薄く開いた唇が、閉じるでもそれ以上開くでもなく同じ位置に留まっている。オルトスが紡ぎたい言葉があるのなら、何年待っても問題ない。

黙ってオルトスの言葉を待っていると、オルトスはゆっくりと持ち上げた両手で顔を覆った。更に、徐々に俯いていく。その耳と露わになった首筋が真っ赤に染まっている。

「イェラ、オルトスが熱を出しました。診てください」

「これはお熱のほうだから処置不要だ。どうでもいいからさっさと栄養補給して、とっとと寝るぞ」

病人に対しての対処に、医師の指示は絶対だ。

私達はまだまだエルビスへの旅の途中だ。何せ初日である。

エルビスには到着すればいいという問題ではない。着いた途端殺されるかもしれないのだ。寧ろ、エルビスに辿り着くまでに、王妃ではなくエルビスが放った暗殺者が来る可能性もある。

これまでは王妃だけを警戒していればよかったが、オルトスには敵が増えた。第一王子に合流した戦力は私だけなので増えた敵の規模とは割に合わない。

体調を整え、崩さず、常に最善の状態を保つ努力を怠ってはならない。そんな日々をオルトスはずっと続けてきたし、これからも続けなければならない。

だから絶対である医師の指示のもと、私は食事を再開した。イェラもとうに食べている。首筋まで綺麗に染め上げたオルトスだけが動かない。しっかり食べてほしい。

そして、結局どう並んで寝るのだろう。オルトスが安全な位置で安心して眠れるのなら後は些末事なので、オルトスにとって都合のいいようにしてほしい。

深夜セレノーンを襲った猛烈な寒波により三人一緒くたになって迎える朝を、私達はまだ知らない。


鼻の奥が凍るような冷気で目が覚めた。

私とイェラを両脇に抱えて眠るオルトスが見える。深夜、急速に冷え込んだ気温に耐えかね、この形となった。

雨が降った後にセレノーンを襲った寒波は、恐らく多数の死者を出しただろう。王妃はセレノーンへの損害は望んでいない。だから恐らく、この寒波は自然のものだった。

オルトスを起こさぬよう気をつけながらその腕から抜け出し、杖を起動する。既に燻《くすぶ》るだけとなった火をつけ直し、部屋の温度を整えた。

二人が起床しないか確認するため、そこに視線を固定しつつ外套を羽織る。私が抜け出したことにより、オルトスとイェラが寄り添って眠ったことになった。温かいから問題ないだろう。

何故オルトスを挟んで三人で眠っていたかは簡単だ。私達の中でオルトスが一番体温が高かったからだ。私とイェラは低かった。よって、オルトスを暖房器具とした。

一応私の魔術で部屋の温度を上げたうえ、魔道具も使用していた。一晩中、私が魔術を使って部屋を暖める選択肢もあったのだが、オルトス曰くないらしい。イェラ曰く、外だった場合はその選択肢が発生するらしい。眠らない夜は通常ともいえるので、いつでも選択肢に入れてほしいとは思う。

外套を羽織り終え、懐から時計を確認する。予想通りの時間だ。

私は音を立てず部屋を出た。

廊下は静まり返っている。音も光も消え失せ、冷気だけが漂っていた。起き上がる際に防音魔術を張っているので音は気にせず、廊下を進む。増設された物置だからか、裏口も近い。すぐに辿り着いた扉の内鍵を開け、外へ出た。閉めると同時に魔術で鍵をかけ直す。

外は雪が積もっていた。まだ降り続く雪は、重たい。乾いた雪であればいいと思ったが、そううまくはいかないようだ。

日が昇る前の雪雲に覆われた空はどす黒い。世界は宿内と同様静まり返っている。夜に活動を停止するのは人も自然も同じだ。中には夜こそ活動が活発になる類いもいるけれど、世界の中では圧倒的に少ない。

音は雪に飲み込まれ、淀みは冷気に隠される世界は、酷く澄んでいる。美しい物しか存在しないように見える白い世界は、多くの死者を生む。暖を得られない命にとって、これは地獄の色だ。

それに、あちこちが凍りついている。確実に昨日の雨の影響だ。滑らないよう気をつけながら、馬小屋へと辿り着く。

馬達は慣れない寝床へ知らない人間が入ってきたことで、次々目を覚ましたようだ。しかし警戒心を大きく見せることはなかった。私が音をさせていないことと、どの馬も長距離の移動を経てここにいるのだ。その疲労感は昨日の雨によって増幅されているはずだ。

余計な疲労は避けたいと思うのは、人も馬も同じだろう。

三頭並んでいる馬の前に立つ。私達が乗ってきた馬だ。

昨日宿へ預ける際にもかけていたが、改めて防寒魔術をかけ直す。本当はオルトスにもかけたかったが、持続させる魔術は魔力を多く使う。私は魔力が多くないので、馬三頭にかければ後で魔力を補充しなければ咄嗟のときに対応しきれない可能性があった。

魔術瓶により魔力を補給した後、オルトスに使おうとしたら止められたうえに怒られた。重要性が低い場合は使うなと怒るのだ。オルトスの健康維持と快適性は重要性が高い。最優先事項であると告げたのだが駄目らしい。

オルトスに納得してもらうため、今度オルトスの健康維持と快適性がどれだけ重要性が高いか資料を纏めて提出するつもりだ。

馬に問題はなさそうなので、馬小屋を離れる。誰かに目撃されれば、馬に何か問題が発生した場合、余計な手間がかかる。ここにいる馬が私達の馬だけならばともかく、宿に泊まっている人間全ての馬が揃っているのだ。

足跡を魔術で消しながら裏口まで戻った私は、足を止めた。思わず深く吸い込んだ息で、鼻の奥が痛む。

「オルトス」

裏口に背を預け、オルトスが立っていた。外套を羽織ってはいるが、フードを被っていないため鼻の頭が赤くなっている。オルトスは顔を隠す必要があるとき以外、被り物を好まない。フードのようなものは特にだ。

好まないというより、視界が狭まるものを避けているといったほうが正しいだろう。これは好き嫌いの問題ではなく、必要に迫られた結果だ。

足早に近づき、その前に立つ。

「何かありましたか?」

「それ、俺の台詞じゃないか?」

小さく白い息を吐いたオルトスに首を傾げる。私を見て、オルトスは改めて大きく白い息を吐いた。

「移動する際は報告していけ」

「馬を見ていました。オルトスの睡眠を妨害する必要がある案件とは思いませんでした」

「この話の重点は、離れた用事じゃなくて、お前が離れる行為にあるって話なんだよ」

「私はオルトスの言動を誰かに密告しません」

私は密偵ではない。オルトスへ情報を渡すため密偵になることは吝かではないが、オルトスを害すための密偵には決してならない。

そう伝えたら、オルトスは苦笑する。

「そんなこと、誰が今更疑うか」

成程。そうなのか。疑われていないのは嬉しい。

「それに、お前がしたければすればいいさ」

ゆっくりと持ち上げられた掌が、私の髪に触れる。細められた目と薄く持ち上げられた口角は笑みを形作っているが、そこにあるのは楽しさなのかそれ以外の何かなのか。

一つ言えるのは、そこに懐古は確実にあった。

「別々の人間にやったと思っていた命も心も、全部お前が持っていったんだ。俺のことはお前の好きにすればいい。できるなら有益に使ってもらいたいけどな。だが、無為に捨てたいなら捨てるで構わない。好きにしろ、エリーニ」

「オルトスはオルトスの望むように生きる必要があり、またそうあるべきだと思っていますが、好きにしていいのなら温かくしてほしいです。今夜は冷えます」

今度こそ、オルトスは声を上げて笑った。その様子は子どものようなのに、私を見下ろす瞳は子どもでは抱きようのない色をしている。私を生かし、私が目指した光そのものだ。

「俺は好きだよ。こんな夜が、一等好きなんだ」

「私も好きです。オルトスと過ごした夜に似ています」

もう一度笑い声を上げ、オルトスは小さく勢いをつけ扉から背を離した。

「だからだよ」

そう言って私の手を握る。外にいたとは思えない温かな手だ。その手に引かれ、宿の中へと戻る。

防音魔術を改めてかけ直したので、廊下の軋みは心配しない。

「便利だな、これ」

オルトスは鼻歌さえ歌いそうなほど機嫌がいい。オルトスが楽しいと私が嬉しい。

何故楽しいのか分からないのが難点だ。そこを理解できていれば、オルトスに楽しさを提供することができると思うのだ。

「オルトス、楽しいですか？」

分からないので聞いてみた。私の手を引くオルトスは、私を振り向き目を細めた。

「さあな」

楽しいか否か、定かでなくなった。

だが、オルトスは穏やかな笑みを浮かべている。声音も、雰囲気も、暖かな暖炉の前で甘い飲み物を飲んでいるかのような穏やかさがある。

いつの日かオルトスの楽しさを提供できるような存在になりたいけれど、オルトスが穏やかに過ごせるならば今もそれで何よりだと思うのだ。

SPECIAL!

キャラクターデザイン公開

『私達、欠魂しました』キャラクターデザイン画を特別公開。

Illustration：鳥飼やすゆき

エリーニ・ラーニオン

15歳。セレノーン国軍魔術二課所属の優秀な魔術師。表情筋が仕事をしない。

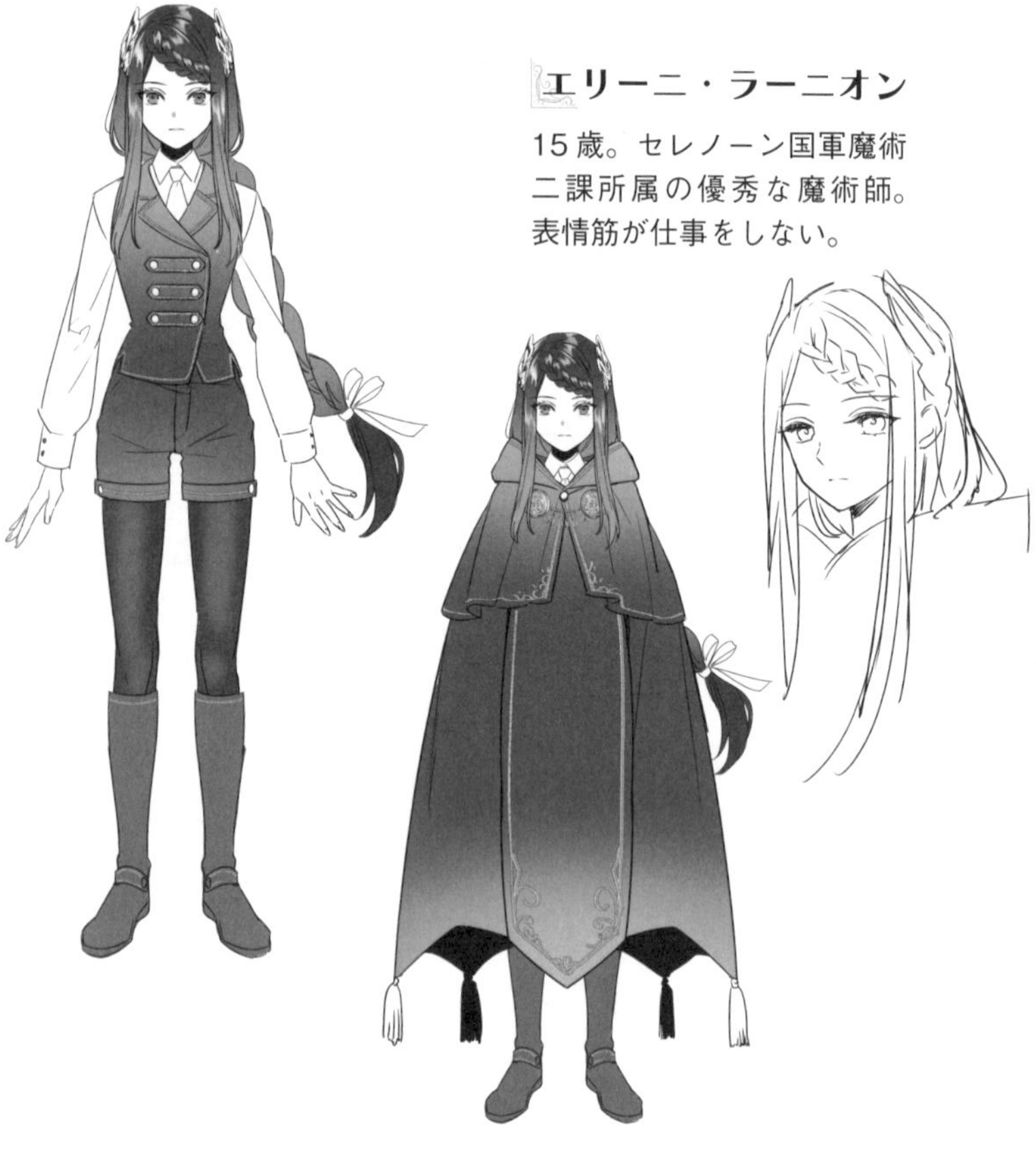

オルトス・ゼース・セレノーン

18歳。王位継承権13位（最下位）の第一王子。育ってきた境遇のわりに素直。

イェラ・ルリック

18歳。セレノーン王国宰相の息子だが医療の道に進む。オルトスの親友。

あとがき

こんにちは、守野伊音です。

この度は、『私達、欠魂しました』をお手にとっていただきまして誠にありがとうございます。

この物語は最初から最後までオルトスがエリーニに振り回されているように思えましたが、私もずっと振り回されました。

私は基本的にプロットをたててキャラクター設定を決めてという書き方ができない人間で、物語が頭の中でいっぱいになると他のことが考えられなくなるので小説という形で外に出し、頭の容量をなんとか確保しています。イラストが描けたらイラストで、漫画が描けたら漫画で描いていたでしょうが、私は瀕死の棒人間しか描けない人間なので見果てぬ夢です。

私がプロットを書けないのは技量的な要因もあるのですが、プロットを書いたら頭の容量が空いて満足してしまうことが大きいです。ですので、恐らく一生プロットを書けないまま生きていくのだと思います。

しかもあれやこれやと物語が頭に沸いてくるので、長編を書く体力がないときは短編という形で外に出すようにしていました。

『私達、欠魂しました』。こちらの作品も最初は短編になる予定でしたが、気がついたら長編一本分の分量になっていました。私の体力と書きたい気持ちならば、当然体力には死んでもらいます。

楽しかったです。

楽しんで書いた作品を楽しく読んでくださる方がいるのは、とても幸せなことだなといつも思います。皆様いつもありがとうございます。これからも私と一緒に物語を楽しんでいただけますと幸いです。

この本の制作に携わってくださった方々、そしていつも応援してくださる全ての皆様に厚く御礼申し上げます。

これからもどうぞよろしくお願いします。

守野伊音

救国の英雄の救世主
砦を守る騎士のみなさんを
アレから守り抜きます!
救国の英雄の救世主
著者：守野 伊音　イラスト：めろ
定価：本体1,200円（税別）
救国の英雄の救世主
守野伊音
Morino Ion
Illustration：めろ
国境近くの村に唯一ある診療所で医師の父とふたりで暮らすミシル。ある夜、急患の呼び出しを受けた父が出かけ、診療所兼自宅にひとり残っていたミシルは、急襲するかのように診療所を訪れた鬼気迫る顔の騎士によって、国境沿いの砦へ連行されることに!?　そこには彼女の助けを待つ騎士たちがいた──。
“救国の英雄”と謳われる騎士と医者の娘のじれじれな恋のライバルはまさかの桶!?　知る人ぞ知る珠玉の一作が大幅加筆で書籍化!

MORNING STAR BOOKS LINEUP

勇者召喚に巻き込まれたけど、異世界は平和でした

著者：灯台　イラスト：おちゃう
①〜⑫巻　定価：本体1,200円（税別）／⑬巻　定価：本体1,300円（税別）

戦国時代に宇宙要塞でやって来ました。

著者：横蛍　イラスト：モフ
①〜⑤巻　定価：本体1,200円（税別）／⑥巻　定価：本体1,300円（税別）

養蜂家と蜜薬師の花嫁　上・下・〜3回目の春〜

著者：江本 マシメサ　イラスト：笹原 亜美
定価：本体1,300円（税別）

家の猫がポーションとってきた。

著者：熊ごろう　イラスト：くろでこ
①〜②巻　定価：本体1,200円（税別）

ファンタジー化した世界でテイマーやってます！
〜狸が優秀です〜

著者：酒森　イラスト：珀石 碧
①巻　定価：本体1,200円（税別）／②巻　定価：本体1,300円（税別）

異世界の常識は難しい
〜希少で最弱な人族に転生したけど物理以外で最強になりそうです〜

著者：つぶ餡　イラスト：北沢 きょう
定価：本体1,300円（税別）

私達、欠魂しました

2023年2月7日 初版発行

【著　　者】守野伊音

【イラスト】鳥飼やすゆき
【編集】株式会社 桜雲社／新紀元社編集部
【デザイン・DTP】株式会社明昌堂

【発行者】福本皇祐
【発行所】株式会社新紀元社
〒101-0054　東京都千代田区神田錦町 1-7　錦町一丁目ビル 2F
TEL 03-3219-0921 ／ FAX 03-3219-0922
http://www.shinkigensha.co.jp/
郵便振替　00110-4-27618

【印刷・製本】中央精版印刷株式会社

ISBN978-4-7753-2063-1

※本書は、「小説家になろう」（http://syosetu.com/）に掲載されていたものを、
改稿のうえ書籍化したものです。